Überlieferung aus Ciceros
tusculanae disputationes

...und dann erblickte Damokles das schwere
Schwert, welches, nur von einem dünnen Rosshaar
gehalten, bedrohlich über seinem Haupte hing...

Dieter Ebels
Das Schwert des Damokles
Duisburg-Krimi
2024

Dieter Ebels

Das Schwert
Des
Damokles

Die Tote in Binsheim

„Das Auto fährt viel ruhiger als unser alter Wagen", stellte Kommissar Sven Söhlbach, der den dunkelblauen VW-Passat Kombi steuerte, fest.

„Das ist mir auch sofort aufgefallen", sagte sein Beifahrer, Tibo Nowack.

Hinter den beiden Kripobeamten, auf der Rückbank, saß ihre Kollegin Silvia Muisfeld.

„Es war auch allerhöchste Zeit für einen neuen Dienstwagen", meinte sie. „Der Alte ist ja fast auseinandergefallen."

„So neu ist das Auto ja auch nicht", warf Tibo ein. „Die Karre hat auch schon zehn Jahre auf dem Buckel."

„Unser alter Wagen war doppelt so alt", sagte Silvia.

Für die drei war es die allererste Fahrt mit dem neuen Dienstfahrzeug.

Sie befuhren die Binsheimer Straße, vom Duisburger Stadtteil Baerl kommend, in Richtung Orsoy.

Ihr Ziel war das dazwischenliegende Binsheim, ein Stadtteil, welcher nur aus ein paar wenigen Bauernhöfen und Häusern bestand.

Ein Anrufer hatte dort angeblich eine tote Frau mit einer Kopfverletzung entdeckt.

Der Anruf war um 7.30 Uhr bei der Polizei eingegangen. Zunächst war ein Streifenwagen nach Binsheim gefahren, um die Sache zu überprüfen. Die Polizisten hatten tatsächlich eine Tote entdeckt und sofort die Kripo informiert.

Jetzt war es 8.10 Uhr.

Söhlbach fuhr sehr zügig und hielt sich nicht an die Höchstgeschwindigkeit von 70 km/h, die auf dieser mit

Bäumen gesäumten Straße zulässig war. Die Geschwindigkeitsbegrenzung auf dieser Allee, die durch weitläufige Felder verlief, hatte einen guten Grund. Es hatte hier immer wieder schwere Unfälle mit Todesfolge gegeben, und es war noch gar nicht so lange her, dass eine junge Frau hier ihr Leben verloren hatte, als ihr Auto mit hoher Geschwindigkeit mit einem Baum kollidiert war.

„Gestern Abend bin ich auch hier entlang gefahren", sagte Sven. „Da kam ich von einem Besuch bei Bekannten in Orsoy zurück."

„Ich wusste nicht, dass du dort Bekannte hast", hörte er Silvia hinter sich sagen.

„Du musst ja auch nicht alles wissen", sagte Söhlbach schnippisch.

Bevor Muisfeld noch etwas sagen konnte, bremste Sven vor einer Linkskurve stark ab.

An das Verkehrsschild, welches auf eine Geschwindigkeitsbegrenzung auf nun 50 km/h hinwies, störte Söhlbach sich nicht.

Erst als die Straße einen Rechtsknick machte und vor ihnen das Ortsschild von Binsheim auftauchte, fuhr er langsamer.

Schließlich sahen sie dort, wo die Straße, geregelt durch eine abknickende Vorfahrt, in Richtung Orsoy weiterführte, einen Streifenwagen, der eine von rechts einmündende Straße halb versperrte.

Söhlbach hielt neben dem Polizeiwagen an.

Als ein uniformierter Polizist ihm Handzeichen gab, weiterzufahren und ihn durchwinken wollte, hielt Nowack seinen Dienstausweis aus dem Autofenster.

„Ups", sagte der Polizist. „Kollegen."

Er wies in die einmündende Straße.

„Ihr müsst hier entlang."

Tibo nickte ihm zu, und Sven steuerte das Auto am Polizeiwagen vorbei.

„Wolterhofer Straße", las Nowack die Angaben auf dem Straßenschild laut vor.

Vor ihnen, in etwa einhundert Meter Entfernung, stand ein weiterer Streifenwagen und ein Traktor, welche die Straße blockierten.

Hinter dem letzten Haus auf der rechten Straßenseite erstreckten sich Felder soweit das Auge reichte.

Sven stoppte das Auto unmittelbar vor dem Streifenwagen.

Neben dem Traktor standen drei Polizisten und zwei Männer in Arbeitskleidung.

Als Silvia und ihre beiden Kollegen aus dem Wagen stiegen, kam einer der Polizisten sofort auf sie zu.

Nach einer kurzen Begrüßung deutete er auf eine Hecke, die auf der rechten Straßenseite wuchs.

„Die Tote", sagte er mit heiserer Stimme, „liegt dort hinter der Hecke, ganz am Ende."

Dort befanden sich auch die anderen Polizisten und die beiden Männer.

Wenig später standen Nowack, Söhlbach und Muisfeld vor der toten Frau.

Sofort stach ihnen die klaffende Wunde auf ihrer Stirn in die Augen. Das Blut, welches ihr aus der Wunde heraus über das von tiefen Falten durchzogene Gesicht gelaufen war, war eingetrocknet. Auch in den krausen, ungepflegt wirkenden, grauen Haaren konnte man überall Blut erkennen.

Die Kleidung der Toten machte die drei stutzig. Sie trug trotz der sommerlichen Temperaturen eine dunkelgrüne, vergammelt wirkende Thermojacke. Die Jacke war nicht zugeknöpft, und ein Blick auf die darunterliegende Kleidung ließ erkennen, dass alles, was die Frau trug, schmutzig und verschlissen war. Neben der Toten lag eine prall gefüllte, große Einkaufstasche aus Plastik, auf der man noch schwach das fast abgeblätterte Logo eines großen Lebensmitteldiscounters erkennen konnte.

Einer der Männer in Arbeitskleidung, die neben den Polizisten standen, trat an sie heran.

„Ich hab´ erst gedacht", sagte er, „dass die aus der Obdachlosenszene sich jetzt auch schon bei uns zum Nickerchen niederlassen, aber dann hab´ ich gesehen, dass sie tot ist."

Nowack schaute den Mann an.

„Sie haben die Tote entdeckt?", fragte er.

„Ja", antwortete er. „Als ich vom Feld zurückkam, habe ich sie oben vom Trecker aus im Vorbeifahren gesehen."

Mit einem kurzen Blick auf den Traktor, der in Fahrtrichtung der Häuser stand, sagte Tibo: „Und als Sie heute Morgen zum Feld gefahren sind, lag die Frau noch nicht da?"

Der Angesprochene verzog das Gesicht und blickte kurz nach unten auf seine lehmverschmierten Stiefel. Dann schaute er den Kommissar an, zuckte mit den Schultern und sagte: „Das kann ich Ihnen nicht sagen. Ich habe nicht darauf geachtet. Kann sein, dass sie schon dort lag, kann aber auch nicht sein. Ich weiß es nicht. Gestern Nachmittag lag sie auf jeden Fall noch nicht dort, denn dann hätte ich sie gesehen, weil ich hier zu Fuß unterwegs war."

„Wann sind Sie denn heute Morgen auf das Feld gefahren?", wollte Nowack von ihm wissen. „Wie spät war es da?"

Die Antwort war zunächst ein erneutes Schulterzucken. Dann sagte er: „Ich habe nicht auf die Uhr geschaut, aber es war noch nicht lange hell."

Tibo schaute sich um.

„Es ist alles sehr einsam hier", sagte er. „Sind Ihnen heute Morgen, als sie hier unterwegs waren, irgendwelche Leute aufgefallen, und wie war es, als Sie die Tote entdeckt hatten?", fragte Tibo den Mann.

„Nein, so früh sind hier keine Leute unterwegs, und wenn, dann nur Leute, die auf den Feldern arbeiten. Heute war aber definitiv niemand hier zu sehen. Als ich die Frau gesehen habe, bin ich sofort vom Trecker runter und zu ihr hin. Ich wollte sie ansprechen, aber als ich die blutige Wunde bei ihr gesehen habe, wusste ich sofort, dass sie tot war. Ich habe die Frau nicht angefasst und die Polizei angerufen."

„Und Sie haben nicht einen Moment daran gedacht, dass die Frau nur schwerverletzt sein könnte?", wollte Nowack von ihm wissen.

Der Mann schüttelte den Kopf. „Nein, dass sie tot ist und keinen Notarzt mehr braucht, war mir sofort klar."

Tibo verzog kurz den Mund.

Dann deutete er zu den Beamten der Streifenwagenbesatzung und sagte: „Würden Sie bitte bei den Kollegen ihre Personalien hinterlassen?"

Der Mann nickte und begab sich wieder zu den uniformierten Polizisten.

Söhlbach, der die Aussage des Zeugen mitgehört hatte, wog den Kopf hin und her und meinte: „Wer weiß, vielleicht hat die Tote schon dort gelegen, als ich gestern hier vorbeigefahren bin. Mir wäre sie hinter der Hecke nicht aufgefallen."

Silvia schaute ihn mit großen Augen an.

„Wie, du bist hier vorbeigefahren? Ich dachte, du bist von deinen Bekannten in Orsoy gekommen." Sie deutete zur Hauptstraße, an der der zweite Polizeiwagen stand und die Einmündung absperrte. „Soweit ich weiß, ist diese Straße hier eine Sackgasse, die ins Nirgendwo führt. Die Hauptstraße ist hundert Meter von hier entfernt. Von dort aus hättest du die Hecke überhaupt nicht sehen können."

Sven lächelte.

„Da hast du Recht, Silvia. Von der Hauptstraße aus kann man die Hecke nicht sehen. Ich habe aber gestern noch einen Abstecher gemacht, der genau hier vorbeiführte. In der Hoffnung, einen anderen Bekannten von mir zu treffen, der mindestens dreimal in der Woche an der Natorampe sitzt, um dort zu angeln, bin ich genau hier vorbeigefahren und das gleich zweimal, einmal hin und wenig später wieder zurück. Mein Bekannter war leider nicht da."

„Was ist denn eine Natorampe?", wollte Tibo wissen.

„Dass es so etwas hier gibt", antwortete Sven, „das wissen selbst viele Duisburger nicht. Diese Straße hier ist, wie Silvia schon sagte, eine Sackgasse. Sie endet nach, nun ich schätze mal, gut anderthalb Kilometern, direkt am Rhein. Genauer gesagt, führt sie in den Rhein hinein. Mir hat jemand mal erzählt, dass diese Rampe aus der Zeit des kalten Krieges stammt und im Verteidigungsfall für eine Pontonbrücke eingesetzt werden kann, um den Rhein zu überqueren."

Söhlbach wollte noch etwas sagen, aber er schwieg, weil in diesem Moment zwei Fahrzeuge der Spurensicherung in die schmale Straße eingebogen und auf sie zufuhren.

„Die Spusi kommt", stellte Nowack fest.

Kaum waren die Autos zum Stehen gekommen, stiegen die weißgekleideten Frauen und Männer aus.

Ralf Meier, der Leiter der Spurensicherung, war wie immer der Einzige, der seine Kapuze nicht über den Kopf gezogen hatte.

Mit den Worten: „Donnerwetter! Ihr seid ja ausnahmsweise mal schneller als wir vor Ort", begrüßte er die drei Kripoleute.

Meier hatte eigentlich immer das Bestreben, mit seinen Leuten vor allen anderen an den Tatorten zu sein. In den meisten Fällen gelang es ihm auch. Für den Leiter der Spurensicherung war es ein sportliches Wetteifern, immer der Erste sein zu wollen.

In seinem Gesichtsausdruck konnte man deutlich den Unmut darüber ablesen, dass Muisfeld, Söhlbach und Nowack heute schon hier waren.

Meier strich sich eine Strähne seiner blonden Haare von der Stirn und schaute die drei fragend an.

„Was habt ihr bis jetzt?", wollte er wissen.

„Eine tote Frau mit einer offensichtlichen Schädelverletzung", antwortete Söhlbach. „Für die Todesumstände seid ihr und die Rechtsmedizin zuständig. Also, Ralf, ran an die Arbeit, damit auch wir mit Ermittlungen anfangen können."

Meier runzelte für einen Moment die Stirn.

„Was machst du überhaupt hier, Sven?", fragte er verwundert. „Heute ist doch Samstag. Ich dachte, du bist im Urlaub."

13

Söhlbach verzog den Mund.

„Du weißt doch, wie das ist, Ralf. Eigentlich wäre heute mein erster Urlaubstag, aber da ich erst am morgigen Sonntag verreise und unsere liebe Kollegin Silvia heute verschlafen hat, habe ich mich vom Chef überreden lassen, einzuspringen. Naja, Silvia ist ja dann doch noch gekommen. Da ich schon mal da war, habe ich mich dazu entschlossen, meine beiden Mitstreiter zu unterstützen. Aber ab morgen bin ich weg. Dann müssen Silvia und Tibo alleine klarkommen."

Nach einem kurzen Blick zu Nowack und Muisfeld meinte Meier zu Sven: „Meinst du, die beiden schaffen das ohne dich?"

Der Leiter der Spusi war dafür bekannt, immer wieder unpassende Bemerkungen und Sticheleien von sich zu geben.

Während Tibo über diese Aussage nur müde lächelte, verzog Silvia kurz das Gesicht. Sie mochte Meier nicht sonderlich, denn seine oft auch frauenfeindlichen Anmerkungen waren ihrer Meinung nach aus der untersten Schublade, auch wenn andere darüber lachen konnten.

Ralf Meier fühlte sich als Sunnyboy, denn er wusste, dass er gut aussah und besonders bei seinen Mitarbeiterinnen gut ankam.

Während Sven und Tibo mit Ralf gut klarkamen, hatte sich Silvia noch nie so richtig mit ihm anfreunden können.

Das einzige, was die Kommissarin dem Leiter der Spurensicherung hoch anrechnete, war, dass er und sein Team eine mehr als ausgezeichnete Arbeit leisteten.

Wenn es an den Tatorten auch nur die geringsten Hinweise gab, mochten sie noch so unscheinbar sein, Ralf und seine Leute fanden sie.

Meier trat an die tote Frau heran, begutachtete sie kurz und gab seinen Mitarbeitern umgehend Anweisungen. Man merkte sofort, dass sie ein eingespieltes Team waren. Während die einen die Tote näher untersuchten, schwärmten die anderen aus und schauten sich akribisch das Umfeld des Fundorts an.

Währenddessen blickte Muisfeld sich um.

Sie deutete auf die wenigen Wohngebäude, die hier standen.

Dann sagte sie: „Ich schlage vor, dass wir bei den Anwohnern anklingeln, um sie zu fragen, ob ihnen gestern oder heute etwas aufgefallen ist."

„Gute Idee", meinte Nowack, „Dann lasst uns mal gleich losgehen."

„Und wenn ihr von eurer Befragung wieder zurück seid", sagte Ralf Meier, der das mitgehört hatte, „kann ich euch vielleicht schon die ersten Erkenntnisse über die Tote mit teilen."

Silvia, Sven und Tibo teilten sich auf, um die Anwohner zu befragen.

Es dauerte nicht lange, und sie kamen ohne neue Hinweise zurück. Von den Leuten, die sie zuhause angetroffen hatten, hatte niemand etwas gehört oder gesehen.

„Diese Befragung hätten wir uns auch sparen können", murmelte Muisfeld, als sie wieder am Fundort der Toten angekommen waren.

„Es gab von den Anwohnern also keine Hinweise", deutete Meier ihre Aussage. „Dafür kann ich euch schon etwas Näheres über die Todesursache sagen. Die Frau wurde offensichtlich erschlagen. Neben der Wunde auf der Stirn befinden sich unter ihren Haaren noch zwei weitere, erhebliche Kopfverletzungen. Näheres wird sich bei der Autopsie ergeben. Ich kann nur sagen, dass die Wunden, nun, wie soll ich es beschreiben, sehr merkwürdig aussehen."

„Merkwürdig?", fragte Nowack. „Wie meinst du das, Ralf?"

„Das kann ich schlecht erklären", sagte Meier, „aber wenn die Frau zum Beispiel mit einem Knüppel oder einer Eisenstange erschlagen worden wäre, dann hätten die Wunden in etwa das gleiche Aussehen. Hier sieht jede Wunde aber irgendwie anders aus."

Tibo blickte ihn ungläubig an.

„Du meinst, der Täter hat mit verschiedenen Dingen zugeschlagen?"

„Ich meine gar nichts", antwortete der Leiter der Spusi. „Ich sage nur, dass die Wunden ein sehr ungewöhnliches Aussehen haben."

„Also definitiv Mord", sagte Tibo.

„Ja, definitiv."

„Habt ihr beim Mordopfer Hinweise auf die Identität gefunden?"

Ralf Meier schüttelte den Kopf.

„Nein, wir konnten weder in ihrer Kleidung noch in der großen Tasche Dinge finden, die auf ihre Person hindeuten."

Bevor jemand noch etwas sagen konnte, trat einer der uniformierten Polizisten, der bis gerade noch neben dem Streifenwagen gestanden hatte, an sie heran.

„Entschuldigt, Kollegen", sagte er, „aber wie es aussieht, hat jemand diese Frau gestern als vermisst gemeldet."

Söhlbach schaute ihn verwundert an.

„Und warum erfahren wir das erst jetzt?"

„Ich habe es gerade erst erfahren. Als ich einem Kollegen der Homberger Wache am Telefon eine kurze Beschreibung der Toten durchgab, hat er sofort gesagt, dass gestern jemand zur Wache gekommen war, um eine Vermisstenmeldung aufzugeben und dass die Beschreibung der Toten passen könnte."

„Dann haben wir also die Identität der Toten?"

„Nein, nicht direkt. Es gab nur eine Personenbeschreibung. Der Mann, der sie vermisst, gab an, dass es sich um die grüne Gertrud handeln würde."

Svens Augen wurden immer größer.

„Die grüne Gertrud?", kam es verwundert über seine Lippen. „Was ist das denn für ein Name?"

Sein Gegenüber zuckte mit den Schultern.

Dann sagte er: „Der Kollege von der Wache meinte, dass die Gesuchte wohl genauso aus der Obdachlosenszene stammen würde, wie der Mann, der sie als vermisst gemeldet hat. Da die Frau erst seit zwei Tagen nicht mehr gesehen wurde, hat man den Mann wieder weggeschickt."

„Und was hat der Kollege von der Wache sonst noch erzählt?", wollte Söhlbach wissen.

„Nichts. Das war alles."

„Dann werde ich doch gleich noch mal nachhaken", sagte Sven. „Vielleicht kann sich der Kollege von der Wache ja noch an weitere Dinge bezüglich der Vermisstenmeldung erinnern. Ich brauche sofort eine Verbindung zu ihm."

Die gewünschte Verbindung stand sehr schnell, und nachdem Söhlbach sich kurz vorgestellt hatte, bat er den Polizisten der Homberger Wache ihm haarklein zu erzählen, wie das mit der Vermisstenmeldung abgelaufen war.

„Nun", erzählte der Kollege, „gestern Nachmittag, so gegen 17 Uhr, war ein Mann in der Wache aufgetaucht, um das plötzliche Verschwinden seiner Freundin zu melden. Er hatte sich als Frank Meier vorgestellt. Es war ein sehr ungepflegter Typ mit langen, grauen Haaren, die er zu einem Pferdeschwanz zusammengebunden hatte. Er hatte gesagt, seiner Freundin sei mit Sicherheit etwas zugestoßen und dass wir unbedingt nach ihr suchen müssten. Als wir ihn gefragt hatten, warum er sich so sicher sei, dass ihr etwas zugestoßen sein könnte, hatte er geantwortet, dass sie ihre Verabredung nicht eingehalten hätte. Daraufhin hatten wir dem Mann erklärt, dass wir deswegen noch lange keine Vermisstenmeldung aufnehmen können. Er war aber hartnäckig geblieben und hatte gesagt, dass etwas Schlimmes passiert sein musste, denn die grüne Gertrud sei die zuverlässigste Person, die er kenne. Grüne Gertrud, über diesen merkwürdigen Namen hatten wir uns natürlich gewundert und sofort nachgefragt, was er zu bedeuten hat. Angeblich wird die Frau so genannt, weil sie immer, egal zu welcher Jahreszeit, eine dunkelgrüne Jacke tragen würde. Nun, wir hatten dem Mann noch einmal klar gemacht, dass er deswegen keine Vermisstenmeldung aufgeben könne. Daraufhin war er laut schimpfend gegangen. Beim Hinausgehen hatte er noch gesagt, dass er tagsüber auf den Bänken vor dem Brunnen auf dem Markt zu finden sei und dass wir ihm dort Bescheid geben sollten, wenn wir die grüne Gertrud finden. Ich möchte anmerken, dass dieser Frank Meier ganz offensichtlich zur Obdachlosenszene gehörte. Nicht nur, dass sein Aussehen auf diese Szene hingewiesen hatte, als er gegangen war, hatte ich aus dem Fenster geguckt

18

und gesehen, wie er mit einem mit Plastiktüten gefüllten Einkaufswagen, den er auf dem Gehweg vor der Wache abgestellt hatte, davongegangen war."

Söhlbach überlegte kurz.

Dann fragte er den Kollegen am Telefon: „Hat dieser Frank Meier denn erwähnt, dass die Vermisste von jemandem bedroht worden war oder dass sie vor irgendetwas Angst hatte?"

„Nein, so etwas hatte er nicht erwähnt."

„Danke für die Info", sagte Sven und beendete das Telefonat.

Alle anderen hatten mitgehört.

„Wie es aussieht", sagte Nowack, „wird es sich bei der Toten tatsächlich um die grüne Gertrud handeln. Sie gehörte offensichtlich auch der Obdachlosenszene an. Dann waren die Sorgen dieses Frank Meiers berechtigt."

Seine Kollegin Muisfeld nickte und sagte: „Das bedeutet für uns, dass wir jetzt, in der Hoffnung Frank Meier zu finden, zum Homberger Markt fahren müssen."

Sie verabschiedeten sich kurz von den Mitarbeitern der Spusi, stiegen in ihren Dienstwagen und fuhren los.

*   *   *

Der heimliche Beobachter

Der Mann legte das Fernglas beiseite und lächelte.

„Es läuft alles wie geplant", sagte er leise zu sich selbst. Von seinem Versteck aus, welches sich etwa vierhundert Meter vom Fundort der toten Frau entfernt befand, hatte er alles durch ein extra starkes Objektiv beobachtet.

Sein Lächeln verwandelte sich in ein bösartiges Grinsen.

„Söhlbach, du wirst sterben."

Er hatte sich für seine Planungen und Vorbereitungen viel Zeit gelassen und Kommissar Sven Söhlbach, so gut es ihm möglich war, beobachtet. Ihm durfte kein Fehler unterlaufen. Es hatte zwei Jahre gebraucht und er hatte auch finanziell einiges für sein Vorhaben ausgeben müssen. Nun war er sich sicher, einen fehlerfreien Plan zu haben.

Selbst das Versteck, in dem er jetzt saß und die Polizei beobachtete, hatte er mit Bedacht ausgewählt. Ihm war bewusst, dass hier niemand hinkommen würde.

Der Mann saß versteckt im Gestrüpp in einer der Gehölz-gruppen, die sich wie mit Bäumen und Büschen bewachsene Inseln mitten in den Binsheimer Feldern befanden. Zunächst hatte er sich über diese begrünten Inseln im Feld gewundert und sich gefragt, warum die Bauern diese Areale nicht auch umgepflügt hatten, um sie für die Landwirtschaft nutzbar zu machen.

Akribisch, wie er bei seiner Planung war, hatte er den Grund dafür sehr schnell herausgefunden. Bei diesen dicht bewachsenen Gehölzgruppen handelte es sich um ehemalige Flakstellungen aus dem Zweiten Weltkrieg. Hier verstecken sich die Überreste von ehemaligen deutschen Geschützeinheiten. Die Betonfundamente, die heute von einer dichten Vegetation überwuchert sind, waren nie entfernt worden und verhinderten, dass diese Flächen ackerbaulich genutzt werden konnten.

Er ergriff erneut sein Fernglas, um die weiß gekleideten Leute der Spurensicherung zu beobachten. Das Fernglas legte er auf einer der alten Betonmauern ab, um die Szenerie besser im Blick zu haben. Bei der starken Vergrößerung des Fernglases war es nicht möglich, es so ruhig in den Händen zu halten, ohne dass das Geschehen in der Ferne vor den Augen verwackelte. Nun, wo sein Sichtgerät ruhig auf einer erhöhten, von Moos bewachsenen Betonmauer lag, konnte er alles klar erkennen.

Jetzt, wo er durch das Glas schaute, sah er, wie Kommissar Söhlbach neben einem der uniformierten Polizisten stand und sich angeregt mit ihm unterhielt.

Schade, dachte der Mann, *dass ich nicht hören kann, worüber sie gerade reden.*

Nun beobachtete er, wie Söhlbach telefonierte.

Was nutzt ihm die ganze Ermittlungsarbeit, ging es ihm durch den Kopf. *Er wird sowieso nicht mehr lange leben.*

Jetzt erkannte er durch das Fernglas, dass der Kommissar, den er beobachtete, das Telefongespräch beendete und etwas zu seiner Kollegin Muisfeld und dem schwulen Kollegen Nowack sagte. Er hatte auch über die beiden viel herausbekommen, denn er hatte sie ebenfalls im Vorfeld genau unter die Lupe genommen. So wusste er, dass Silvia Muisfeld keinen festen Partner hatte. Tibo Nowack hingegen war mit einem gewissen Matteo zusammen. Dieses schwule Pärchen hatte er schon einige Mal beobachten können.

Nun sah er, dass Söhlbach mit den beiden zum Dienstwagen ging. Die drei stiegen ein und fuhren los. Schließlich verschwand das Auto aus seinem Blickfeld. *Alles läuft nach Plan*, dachte er und in seinem Gesicht zeigte sich wieder ein zufriedenes Lächeln.

Er atmete tief durch und schaute auf die alten, teilweise zerborstenen Betonplatten, die noch deutlich die Form der ehemaligen Flakstellung, in der er sich versteckt hatte, erkennen ließen.

Aus reiner Neugier hatte er Nachforschungen über diese Monumente aus einer schrecklichen Zeit angestellt. Diese bunkerartigen Überreste, die ihn umgaben, vermittelten für einen Augenblick ein merkwürdiges, fast unheimliches Gefühl. Es war, als wollten die halb von der Vegetation überwucherten Betonmauern noch einmal nachdrücklich an den Wahnsinn des Zweiten Weltkrieges erinnern. Dank seiner Nachforschungen kannte er alle Einzelheiten über diesen erdrückenden Ort. So wusste er, dass diese Geschützstellung im Frühjahr 1944 fertiggestellt worden war. Zur Bedienung der Kanonen hatte man damals Jungen der Hitlerjugend herangezogen, um sie an der Flak auszubilden. Schließlich war die Stellung Ende 1944 wieder aufgegeben worden.

Zu seiner Verwunderung hatte er sogar erfahren, dass diese ehemaligen Flakstellungen, die hier in den Binsheimer Feldern lagen, sogar amtlich eingetragene Bodendenkmäler der Stadt Duisburg waren.

Der Mann nahm das Fernglas von der Mauer und begab sich zur anderen Seite der verfallenen Flakstellung. Von hier aus konnte er durch die Büsche hindurch die Binsheimer Straße sehen. Diese vielbefahrene Allee führte in einer Entfernung von nur fünfzig Metern an seinem Versteck vorbei.

Er ging davon aus, dass die Ermittler über die gleiche Straße zurückfahren würden, über die sie auch hierher gekommen waren und dass das Auto, in das sie gerade eingestiegen waren, gleich hier vorbeikommen würde. Abwartend schaute er nach rechts, wo das Fahrzeug eigentlich jeden Moment auftauchen sollte.

Als das Auto, auf das er wartete, auch nach zwei Minuten noch nicht zu sehen war, stutze er.

Wo bleiben sie? Sie hätten schon lange hier vorbeifahren müssen.

Seine Gedanken kreisten, und er dachte daran, dass sie in Richtung Orsoy gefahren sein könnten, um sich von dort aus mit der Fähre auf die andere Rheinseite in den Stadtteil Walsum übersetzen zu lassen.

Er wollte noch eine Minute warten, und wenn sie dann nicht kommen würden, würde er sich auf den Heimweg machen.

Der Mann steckte sein Fernglas in den kleinen Rucksack, den er bei sich trug. Seinen Rückweg würde er zunächst ein kurzes Stück über den Acker auf einem schmalen Feldweg zurücklegen. Er trug Gummistiefel, denn mit normalen Schuhen wäre der Weg über dem lehmigen Untergrund ein schwieriges Unterfangen gewesen. Es war alles genau geplant, und der Feldweg würde ihn über ein kleines Sträßchen hinauf auf den Wall führen, über dem die Dammstraße verlief. Dort, wo diese Straße kurz vor dem Stadtteil Baerl wieder vom Damm aus nach unten führte, hatte er sein Auto abgestellt. Das Ganze würde für ihn ein Spaziergang von etwa zwei Kilometern sein.

Zunächst aber wartete er noch in seinem Versteck.

Er konnte nicht ahnen, dass die Einmündung zur Wolterhofer Straße, an der der Fundort des Mordopfers lag, mittlerweile von mehreren Streifenwagen abgesperrt worden war und dass diese erst zur Seite manövriert werden mussten, damit die Kripoleute mit ihrem Fahrzeug weiterfahren konnten.

Als der Mann noch einmal zur Allee hinüberschaute, sah er schließlich doch noch den dunkelblauen Passat Kombi, auf den er gewartet hatte, die Straße entlang kommen.

Als das Auto in etwa fünfzig Meter Entfernung an ihm vorbeifuhr, erkannte er Sven Söhlbach, der hinter dem Lenkrad saß, ganz deutlich.

„Söhlbach", sagte er leise, „ich weiß, dass du morgen in den Urlaub fährst. Ich weiß auch, wo und mit wem du deinen Urlaub verbringen wirst. Genieße deinen Urlaub, denn bald wirst du sterben. Das Schwert des Damokles schwebt über dir und der dünne Faden, an dem es hängt, wird bald reißen. Dann bist du tot, Söhlbach.

*   *   *

Der Typ auf der Bank

Kommissarin Silvia Muisfeld und ihre beiden Kollegen betraten den Homberger Marktplatz.

„Es ist ja nicht gerade viel los hier", meinte Nowack angesichts der Tatsache, dass die Anzahl der Leute, die hier unterwegs waren, sehr überschaubar war.

„Heute ist ja auch Samstag", sagte Silvia. „Gestern war hier auf dem Bismarckplatz Wochenmarkt. Da wird es garantiert unruhiger gewesen sein."

Sie deutete auf den historischen Brunnen, der sich auf dem Platz befand. Oben auf diesem Wahrzeichen des Marktes thronte eine Frauenstatue. Unweit des Brunnens standen einige Bänke.

„Da sitzen ein paar Leute herum. Mit etwas Glück ist dieser Frank Meier auch dabei."

„Hier bin ich noch nie gewesen", sagte Nowack. „Das ist ein sehr schöner Brunnen. Was soll diese Statue oben auf dem Brunnen denn darstellen?"

„Das kann ich dir nicht sagen, Tibo", antwortete Silvia.

„Aber ich kann es dir sagen", meinte Sven. „Eine Tante von mir hat früher einmal hier gewohnt, und sie hat mir erzählt, dass die Dame auf dem Brunnen, die meine Tante immer als Komps Traut bezeichnet hatte, die Göttin des Glücks sei. Der Brunnen ist übrigens schon mehr als einhundert Jahre alt."

„Komps Traut?", kam es verwundert aus Silvias Mund. „Was ist das denn für ein komischer Name?"

Söhlbach zuckte mit den Schultern.

„Keine Ahnung", entgegnete er. „Ich weiß nur, dass auch

die Nachbarn meiner Tante die Frau auf dem Brunnen so genannt hatten."

Nowack deutete auf eine der Bänke.

„Ich glaube, das dort ist unser Mann."

„Das denke ich auch", sagte Silvia angesichts des mit gefüllten Plastiktüten beladenen Einkaufswagens, der direkt neben der Bank stand.

Das Aussehen des Mannes auf der Bank wies eindeutig auf eine Herkunft aus der Obdachlosenszene hin. Bekleidet war er mit verschlissene Sandalen und eine ebensolche Jeans, über die er ein blau kariertes, kurzärmeliges Hemd trug.

Der Mann saß schräg nach hinten gelehnt mit nach vorne ausgestreckten Beinen auf der Bank. Seine Arme hatte er vor dem Bauch verschränkt und auf den ersten Blick wirkte es so, als würde er nach unten auf den Boden schauen.

Erst als die drei Ermittler näher kamen, erkannten sie, dass er offensichtlich ein Nickerchen machte, denn seine Augen waren geschlossen.

So, wie er mit nach vorne hängendem Kopf dort saß, sah man, dass die wenigen langen, grauen Haare, die seine Glatze umrahmten, hinten zu einem Pferdeschwanz zusammengebunden waren.

„Herr Meier?", sprach Muisfeld den Mann leise an, als sie und ihre beiden Kollegen schließlich direkt vor ihm standen.

Er reagierte nicht.

„Herr Meier", sagte sie nun etwas lauter.

Ein unschlüssiges Brummen kam aus seinem Mund.

Dann hob er den Kopf und öffnete langsam die Augen, um sie dann wieder, geblendet vom hellen Sonnenlicht, zu zukneifen.

„Was", brummelte er. „Was wollt Ihr?"

Er öffnete seine Augen wieder zu schmalen Schlitzen und sah die Leute, die direkt vor ihm standen, skeptisch an.

Die drei blickten in ein unrasiertes, mit weißen Bartstoppeln übersätes, faltiges Gesicht. Die rote Nase des Mannes war mit kleinen, bläulichen Äderchen durchzogen und unter seinen Augen lagen dicke Tränensäcke.

„Mein Name ist Muisfeld", stellte sich die Kommissarin vor, „und das sind meine Kollegen Nowack und Söhlbach. Wir sind von der Kripo und…"

„Ich habe nichts gemacht!", fiel der Mann auf der Bank ihr ins Wort, bevor sie ihren Satz zu Ende bringen konnte.

„Nein, Sie haben auch nichts gemacht", erklärte Muisfeld ihm. „Sie sind doch Frank Meier, oder?"

Der Angesprochene zögerte kurz.

Dann sagte er: „Ja. Woher kennen Sie meinen Namen?"

„Herr Meier, Sie waren gestern in der Homberger Polizeiwache, um dort eine Vermisstenmeldung aufzugeben. Ist das richtig?"

„Ja, das war ich."

Er hob seine Arme, die bis gerade eben noch vor seiner Brust verschränkt waren, in die Höhe.

„Ich wusste es doch", sprach er weiter. „Der grünen Gertrud ist etwas Schlimmes passiert."

Seine Stimme klang heiser.

„Wann haben Sie Gertrud das letzte Mal gesehen?", wollte Silvia von ihm wissen.

Der Mann vor ihr blickte kurz nach unten und runzelte dabei nachdenklich seine faltige Stirn.

Dann schaute er wieder auf und sagte: „Vor vier Tagen, aber jetzt will ich erst mal wissen, was der Gertrud passiert ist."

„Tut mir leid", sagte die Kommissarin, „aber sie ist tot."

Meier schaute sie zweifelnd an. Dabei klappte sein Unterkiefer nach unten, und für einen Moment sah es so aus, als würde seine unnatürlich dick wirkende Zunge ihm jeden Moment aus dem Mund rutschen.

Er schüttelte ungläubig den Kopf.

„Die Gertrud ist tot", kam es fast flüsternd aus seinem Mund. Er atmete tief durch. „Wie ist das passiert?"

„Sie wurde ermordet."

„Was?" Ermordet?"

„Ja."

Meier schüttelte den Kopf. „Die Gertrud", meinte er, „war der liebenswerteste Mensch, den ich kannte. Sie konnte keiner Fliege etwas zuleide tun. Warum wurde sie ermordet, und wer war das?"

„Das wüssten wir auch gerne, Herr Meier", sagte Silvia. „Und nicht nur das, wir würden auch gerne ihren vollen Namen erfahren. Wie hieß sie denn mit Nachnamen?"

Die Antwort war ein Schulterzucken. „Keine Ahnung. Alle haben sie immer nur die grüne Gertrud genannt."

„Kannten Sie die Gertrud denn schon lange, Herr Meier?", wollte Söhlbach, der genau wie Nowack bisher geschwiegen hatte, von ihm wissen.

„Ja", antwortete der Mann auf der Bank. „Ich kannte sie schon seit vielen Jahren. Ich hatte sie damals hier in Homberg im Übergangsheim an der Königstraße kennengelernt. Gertrud und ich hatten uns für einige Zeit aus den Augen verloren, aber seit dem letzten Jahr haben wir uns wieder regelmäßig getroffen. Ich kann gar nicht glauben, dass sie tot ist."

„Hatte sie, außer Ihnen, noch andere Bekannte, mit denen sie regelmäßig zusammen war?"

„Ja, sie hatte sich auch mit anderen aus der Szene getroffen."

„Können Sie uns sagen, mit wem sie sich getroffen hatte?", fragte Söhlbach. „Verraten Sie uns, wie diese Leute heißen, damit wir sie auch befragen können?"

Meier schüttelte den Kopf.

„Nein, das kann ich nicht. Ich kenne diese Penner nicht und will auch nichts mit ihnen zu tun haben. Ich weiß nicht einmal, wo sie sich herumtreiben."

Sven hob verwundert seine Augenbrauen.

„Gibt es einen Grund dafür, dass Sie mit den anderen nichts zu tun haben wollen?"

„Ja. Sie glauben nicht, wie oft diese Penner mich schon bestohlen haben. Bekannte, die einen beklauen, brauche ich nicht."

Er schaute Söhlbach fragend an. „Wo hat man Gertrud denn umgebracht?", wollte er wissen.

„Man hat sie in Binsheim tot aufgefunden."

„Binsheim, Binsheim", murmelte Meier. „Gehört habe ich das schon mal, aber ich weiß nicht genau, wo das ist. Helfen Sie mir mal auf die Sprünge."

„Der Ort liegt oben im Norden, kurz vor Orsoy."

„Ach ja, ich glaube, das kenne ich."

„Nun ergriff Nowack das Wort: „Herr Meier, können Sie uns sagen, wann genau Sie Gertrud das letzte Mal gesehen haben?"

„Das war vor vier Tagen, nachmittags, aber die genaue Uhrzeit weiß ich nicht. Als wir uns nach unserem Treffen voneinander verabschiedet hatten, hatten wir uns direkt wieder für den nächsten Tag verabredet. Gertrud war bei jeder Verabredung immer pünktlich und man konnte sich auf sie verlassen. Als sie zu unserer Verabredung nicht gekommen war, wusste ich sofort, dass ihr etwas passiert sein musste."

„Wissen Sie", fragte Tibo weiter, „wohin Gertrud gegangen war, nachdem Sie sich voneinander verabschiedet hatten?"

„Nein, ich wusste noch nicht einmal, wo sie immer übernachtet hatte."

„Ich dachte, Sie kannten sie gut?"

„Na, so gut kannte ich sie ja auch nicht."

„Sagen Sie, Herr Meier", übernahm nun wieder Silvia die Befragung des Mannes, „wo haben Sie Gertrud denn das letzte Mal gesehen?"

„Das war gar nicht weit von hier, in der Nähe von Aldi. Da gibt es eine Stelle, an der man sich unauffällig in die Büsche schlagen kann. Da ist man ganz ungestört."

Die Kommissarin machte große Augen.

„Und was haben Sie dort gemacht, wenn ich fragen darf?"

„Das, was wir regelmäßig dort gemacht hatten. Die Gertrud hatte mir einen geblasen. Sie bläst, wie der Teufel, aber an dem Tag hatte ich keinen hoch gekriegt, weil ich zu besoffen war. Deshalb hatten wir uns auch für den nächsten Tag verabredet."

Nach dieser Aussage fehlten Silvia für einen Augenblick die Worte. Sie warf ihren beiden Kollegen ungläubige Blicke zu.

Dem Mann auf der Bank war die Reaktion der Kommissarin nicht entgangen.

„Sie brauchen nicht so merkwürdig zu gucken", sagte Meier. „Menschen wie wir haben auch Gefühle und Bedürfnisse. Das, was Sie zuhause im Bett machen, machen wir in den Büschen."

Muisfeld schluckte.

„So genau wollte ich das gar nicht wissen, Herr Meier. Also, ich fasse das noch einmal zusammen. Sie wissen nicht, wie Gertrud mit vollem Namen heißt, Sie wissen nicht, wie deren Bekannte heißen, und Sie wissen nicht, wo Gertrud übernachtet hat. Wenn Gertrud mit Ihnen zusammen war, dann haben Sie sich doch bestimmt auch mal unterhalten. Hatte sie Ihnen überhaupt nichts von ihrem Leben erzählt?"

„Nein, wenn wir zusammen waren, dann nur in den Büschen und da haben wir nicht geredet, sondern etwas anderes gemacht." Meier grinste. „Außerdem konnte sie dann nicht reden, weil sie den Mund voll hatte. Sie hatte es im Übrigen auch nicht umsonst gemacht. Ich musste ihr jedes Mal ein paar Fläschchen Schnaps dafür geben. Sie brauchen mich jetzt auch nicht fragen, woher ich den Schnaps hatte, denn woher ich meine Getränke beziehe, ist meine Sache. Und ob Sie es glauben oder nicht, ich werde die grüne Gertrud, dieses liebenswerteste Miststück, vermissen."

Nowack schmunzelte.

Dann sagte er: „Herr Meier, verraten Sie uns doch bitte, wo sie gestern am späten Nachmittag, beziehungsweise abends waren."

„Wie? Wo ich war? Jetzt hören Sie mal. Sie denken doch wohl nicht, dass ich die Gertrud getötet habe, oder?"

31

„Nein, das denke ich nicht, aber wir ermitteln in einem Mordfall, und deshalb muss ich Sie befragen."

„Ich kann Ihnen sagen, wo ich war", sagte Meier. „Ich war genau hier, wo ich jetzt auch bin."

„Gibt es Zeugen, die Sie hier gesehen haben?", wollte Tibo von ihm wissen.

„Zeugen? Ja, es gibt Zeugen, aber ich kann Ihnen nicht sagen, wie sie heißen, denn die Leute, die hier vorbeikommen und den armen Obdachlosen auf der Bank mitleidvoll oder naserümpfend betrachten, kenne ich nicht näher."

Nowack atmete tief durch.

„Nun, sagte er, dann haben wir erst mal keine weiteren Fragen."

Er reichte dem Mann auf der Bank seine Karte.

„Sollte Ihnen doch noch etwas einfallen, dann setzen Sie sich bitte mit uns in Verbindung, Herr Meier."

Der Angesprochene lachte kurz auf.

„Ihre Karte können Sie behalten", sagte er. „Ich kann mich mit niemanden in Verbindung setzen, weil mein Telefon kaputt ist." Er griff in seine Tasche und zog ein betagt anmutendes Handy heraus. „Das Ding funktioniert schon lange nicht mehr. Ab und zu darf ich es in einem Geschäft aufladen. Dann kann ich immerhin noch damit fotografieren, aber anrufen, nee, das kann ich nicht mehr."

„Na gut", meinte Tibo, „dann bitte ich Sie darum, den Kollegen von der Homberger Wache Bescheid zu geben, falls Ihnen noch etwas einfällt. Die Karte können Sie dann den Kollegen zeigen, damit sie wissen, wen sie anrufen sollen."

Meier nickte.

Die drei Ermittler verabschiedeten sich von dem Mann und wandten sich ab, um zu gehen.

„Warten Sie bitte noch einen Augenblick", hörten sie Meier sagen. „Ich würde noch gerne etwas von Ihnen wissen."

Sie drehten sich wieder um und blickten ihn fragend an.

„Was möchten Sie denn wissen?", fragte Muisfeld ihn.

„Sie haben gesagt, dass die Gertrud ermordet wurde. Ich würde gerne wissen, wie sie ermordet wurde. Hat man sie erwürgt?"

„Wie kommen Sie darauf, dass sie erwürgt wurde?", wollte Silvia von ihm wissen.

Meier zuckte mit den Schultern.

„Ich weiß nicht, wie ich darauf gekommen bin. Ich habe mir das halt so vorgestellt. Wurde sie denn erwürgt?"

„Nein, sie wurde wahrscheinlich erschlagen. Näheres wird aber erst die Obduktion ergeben."

Der armselig gekleidete Mann auf der Bank blickte für einen Moment teilnahmslos in die Ferne.

Dann sagte er: „Ich hätte noch eine Frage. Hätten Sie vielleicht ein paar Euro für mich?"

Während Sven und Silvia lächelnd mit den Köpfen schüttelten, zückte Tibo seine Geldbörse aus der Tasche, nahm einen Fünfeuroschein heraus und überreichte ihn Meier.

„Für ein paar belegte Brötchen reicht das", meinte Nowack.

„Danke", sagte Meier. „Das ist sehr lieb von Ihnen."

Dann machten sich die drei Ermittler wieder auf den Weg zu ihrem Auto.

*   *   *

Das Warten auf den Feierabend

„Es ist schon zwölf Uhr", sagte Nowack und blickte zu seinem Kollegen Söhlbach, der am Schreibtisch nebenan saß. „Warum gehst du denn nicht nachhause, Sven? Eigentlich hast du ja Urlaub."

Söhlbach schüttelte den Kopf und meinte: „Eigentlich hätten wir heute alle frei und sitzen jetzt wartend hier herum. Außerdem habe ich schon alles für meinen Urlaub eingepackt. Ich brauche mich morgen Früh nur noch in mein Auto zu setzen und loszufahren. Ich bin genauso neugierig auf den Obduktionsbericht und auf die Erkenntnisse der Spusi wie ihr. Es kann ja nicht mehr allzu lange dauern."

„An deiner Stelle wäre ich auch schon längst weg, Sven", sagte Muisfeld, die das Büro im Duisburger Polizeipräsidium mit ihren beiden Kollegen teilte. „Warum fährst du nicht zu deiner geliebten Nina, um mit ihr zu besprechen, was ihr zwei alles im Urlaub machen wollt."

„Erstens", gab Söhlbach ihr zu verstehen, „haben wir für den Urlaub schon alles geplant und zweites ist Nina zu ihrer Mutter nach Wesel gefahren, um sie vor dem Urlaub noch einmal zu besuchen. Wie gesagt, wenn ich schon mal hier bin und freiwillig Urlaubsüberstunden mache, will ich auch wissen, wie diese grüne Gertrud, die Frau, die geblasen hat wie der Teufel, umgebracht wurde."

Tibo und Silvia lachten.

Während die beiden sich nun daran machten, irgendwelchen Schreibkram zu erledigen, blickte Sven gedankenversunken zum Fenster.

Er dachte an Nina, seine neue Liebe.

Die beiden waren erst seit vier Wochen zusammen, doch er hatte das Gefühl, schon viel länger an ihrer Seite zu sein.

Söhlbach hatte sich total in sie verliebt und Nina sagte, dass auch sie ihn über alles lieben würde.

Sven erledigte seine Einkäufe fast immer samstags Vormittag, weil er sonst kaum Zeit dafür hatte. Es war ein Zufall gewesen, dass er Nina nach vielen Jahren bei seinem Wochenendeinkauf wiedergetroffen hatte. Sie hatte im Supermarkt an der Kasse hinter ihm gestanden, als sie ihn angesprochen hatte: „Sven? Sven Söhlbach?"

Er hatte sich zu ihr umgedreht.

„Du bist es tatsächlich", war es freudig aus ihrem Mund gekommen.

Als er die außergewöhnlich schlanke Frau mit langen, blonden Haaren, die zu einem Pferdeschwanz zusammengebunden waren, angeschaut hatte, war er sich sicher, sie zu kennen, doch er hatte in diesem Moment nicht gewusst, wo genau er sie einordnen sollte.

Die Frau hatte seine Unsicherheit sofort bemerkt und gesagt: „Ich bin Nina Büttgen." Dann hatte sie gelacht und gemeint: „Früher hieß ich Nina Hagedorn."

In diesem Moment hatte Sven gewusst, woher er sie kannte.

Nina war eine ehemalige Klassenkameradin von ihm. Sie hatte in seinen Augen zu den hübschesten Mädchen der Schule gehört und Sven konnte sich sogar noch daran erinnern, dass er seinerzeit vorgehabt hatte, sie zu fragen, ob sie mit ihm gehen wolle. Es war aber lediglich bei einem Vorhaben geblieben, denn er hatte es nicht gewagt, sie anzusprechen, auch wenn er damals heimlich in sie verliebt war. Dann, im neunten Schuljahr, hatte sie die Klasse verlassen, weil ihre Eltern mit ihr in eine andere Stadt gezogen waren. Seitdem hatte er sie nicht mehr gesehen.

In dem Moment, in dem sie neben ihm an der Kasse gestanden hatte, war ein merkwürdiges Gefühl in ihm aufgestiegen.

Auch wenn sie älter geworden war, Nina hatte immer noch das gleiche, hübsche Gesicht wie damals.

„Du hast dich kaum verändert, Sven", hatte sie gesagt und ihn freudig angestrahlt. „Du bist immer noch eine stattliche Erscheinung, auch wenn du früher mehr Haare auf dem Kopf hattest."

Damit hatte sie auf seine Größe von 1,87 Meter und seine Glatze angespielt.

Söhlbach war es vor einigen Jahren leid gewesen, dass seine Haare immer weniger geworden waren und die Geheimratsecken schon bis zur Kopfmitte gereicht hatten. So hatte er sich dazu entschlossen, sich eine gepflegte Glatze zu zulegen.

„Du hast dich auch kaum verändert, Nina", hatte er gesagt. „Wie ist es dir so ergangen?"

Die beiden hatten sich für einen langen Moment in die Augen geschaut und angelächelt.

Erst als die Frau hinter der Kasse Söhlbach angesprochen hatte, hatte er sich von Nina abgewandt.

Sven hatte ihr gesagt, dass er draußen auf sie warten würde.

Das hatte er auch gemacht, und als sie schließlich zu ihm gekommen war, hatten die beiden gemerkt, dass sie sich noch viel zu erzählen hatten.

Im Eingangsbereich des Supermarktes befand sich eine Bäckerei mit einem kleinen Café. Dort hatten die zwei sich spontan hineingesetzt, um Kaffee zu trinken. Ganze zwei Stunden hatten sie dort gesessen, um zu berichten, wie ihr Leben so verlaufen war.

Sven hatte Nina erzählt, dass er bei der Polizei sei und sich mit einer Kollegin und einem Kollegen ein Büro im Polizeipräsidium teile. Dass er ein aktiver Ermittler war, hatte er ihr erst einmal verschwiegen.

Von Nina hatte er erfahren, dass sie damals in der Schulzeit mit ihren Eltern von Duisburg nach Wesel gezogen war. Dort hatte sie nach dem Studium auch eine Stelle als Lehrerin angetreten. Dann hatte es zwischen ihr und einem Kollegen namens Jens gefunkt, und die beiden waren ein Paar geworden. Jens war für den Sportunterricht in der Schule zuständig. Nina hatte erzählt, dass es dem damaligen Rektor der Schule nicht recht war, dass zwei Leute aus dem Lehrkörper etwas miteinander hatten. Er hatte gesagt, dass es ein schlechtes Licht auf die Schule werfen würde. Erst als Jens und Nina geheiratet hatten, hatte der Rektor Ruhe gegeben.

Ninas Ehe war aber vor drei Jahren in die Brüche gegangen, weil ihr Mann es mit der Treue nicht so ernst genommen hatte. Sie hatte ihn in der Turnhalle mit Sabrina, einer Kollegin, die eigentlich eine enge Freundin Ninas war, beim Sex in der Umkleidekabine erwischt. Sabrina hatte sich, nach vorne gebeugt, mit den Händen auf einer Bank abgestützt und Jens hatte sie von hinten genommen. Die beiden hatten es so sehr genossen, dass sie zunächst nicht einmal bemerkt hatten, dass Nina die Umkleidekabine betreten hatte. Erst als Nina sie mit: „Ihr Schweine!", angeschrien und dann wütend den Raum verlassen hatte, waren sie auf sie aufmerksam geworden.

Nina hatte Sven erzählt, dass für sie in diesem Moment eine Welt zusammengebrochen war, und als sie erfahren hatte, dass Sabrina nicht die einzige Kollegin war, mit der es Jens regelmäßig getrieben hatte, war es endgültig aus mit ihm.

Sie hatte sich von ihm scheiden lassen.

Da eine Zusammenarbeit mit ihrem Exmann und den netten Kolleginnen, mit denen Jens es regelmäßig in der Turnhalle getrieben hatte, für Nina nicht mehr möglich war, hatte sie sich sofort bei anderen Schulen um eine Stelle beworben. Sie hatte gleich das erste Stellenangebot, das sie aus Duisburg bekommen hatte, ohne zu zögern angenommen. Jetzt lehrte sie die Kinder in einer Grundschule im Stadtteil Homberg das Lesen und Schreiben.

Als Nina vor Sven im Café gesessen hatte um ihm von ihrem Leben zu berichten, hatte er ein Gefühl von tiefer Vertrautheit verspürt. Nina hatte ihm schon damals in der Schule gut gefallen, aber in dem Moment, in dem sie im Café vor ihm gesessen hatte, war ihm klar geworden, dass er mehr als nur Sympathie für sie empfand.

Svens strahlende Augen waren Nina nicht entgangen und auch sie hatte sofort gemerkt, dass da etwas in der Luft lag. Sie saßen sich gegenüber und plauderten über private Dinge, über die man eigentlich nur mit vertrauten Freunden spricht. Dann gab es einen langen Moment, in dem sie schwiegen und sich einfach nur tief in die Augen schauten. In diesem Augenblick wussten beide, dass sie sich gesucht und gefunden hatten.

Es war ein Moment, den Sven bis heute nicht vergessen hatte. Er hatte nur noch Nina vor sich gesehen, und es war, als wäre die Welt um ihn herum einfach verschwunden. Die Leute, die zusammen mit ihnen im Café gesessen hatten, waren nicht mehr existent und es hatte nur noch Nina und ihn gegeben, und dann war da noch diese unbeschreibliche, prickelnde Atmosphäre, die die beiden in diesem Augenblick umgeben hatte.

Sven wusste noch genau, was ihm in diesem Moment, als er tief in ihre Ninas strahlende Augen geblickt hatte, durch den Kopf gegangen war.

So müssen die Augen eines Engels aussehen, hatte er gedacht und sofort gewusst, dass er sich in sie verliebt hatte.

Nina hatte ihm hinterher erzählt, dass sie dieses prickelnde Gefühl bereits gespürt hatte, als sie mit ihm an der Supermarktkasse ins Gespräch gekommen war.

Noch bevor sich die zwei nach ihrem Cafébesuch getrennt hatten, hatte Nina Sven gefragt, ob er heute Nachmittag schon etwas vorhätte, weil sie ihn gerne zum Kaffee bei sich zuhause eingeladen würde.

Sven hatte sofort zugesagt, und sie hatte ihm ihre Adresse in Alt-Homberg gegeben.

Er hatte sogar einen kleinen Blumenstrauß gekauft, als er nachmittags zu ihr gefahren war.

Auch der Moment, in dem er ihre Wohnung betreten und sie in ihrer Diele vor ihm gestanden hatte, war für ihn unvergessen geblieben. Er hatte die Tür hinter sich geschlossen und für einen Augenblick unschlüssig dagestanden. Sven hatte in ihre freudig strahlenden Augen geschaut, und wieder war der Vergleich mit den Engelsaugen durch seinen Kopf gegangen.

An das, was dann geschehen war, konnte er sich nur noch schemenhaft erinnern. Er wusste noch, wie ihm der kleine Blumenstrauß aus der Hand geglitten und auf den Boden gefallen war. Dann hatten die zwei sich, wild und gierig küssend, in den Armen gelegen.

Als sie nach einer Weile wieder voneinander abgelassen hatten, hatte Nina gesagt: „Sven, ich glaube, ich hab` mich in dich verliebt. Nein, stimmt nicht, ich glaube es nicht, ich weiß es. Ich liebe dich."

„Ich liebe dich auch", hatte er sofort geantwortet, sie wieder in den Arm genommen und geküsst.

Diese Liebeserklärungen waren von beiden nicht einfach so dahingesagt worden, sondern sie waren das, was beide füreinander in diesem Moment empfunden hatten.

Wenig später hatten sie sich in Ninas Schlafzimmer begeben und ihrer Liebe freien Lauf gelassen.

Diesen herrlichen Nachmittag und die darauf folgende Nacht, die Sven bei ihr verbracht hatte, waren für ihn unvergesslich geblieben.

Seitdem hatten die beiden jede freie Stunde miteinander verbracht und sogar einen gemeinsamen Urlaub geplant. Sie hatten eine Ferienwohnung in Dahme an der Ostsee gebucht.

Nun saß Söhlbach an seinem Schreibtisch im Präsidium und dachte an Nina. Er war bis über beide Ohren in sie verliebt und alleine der Gedanke an sie reichte aus, um bei ihm Glücksgefühle auszulösen.

Sein Blick fiel auf die Uhr.

„Fünf nach Zwölf", murmelte er. „Die Zeit zieht sich heute wie Kaugummi."

Auch, wenn er sehr leise gesprochen hatte, seine Kollegin Silvia, die an dem Schreibtisch neben ihm saß, hatte jedes Wort verstanden.

„Geh´ doch nachhause, Sven", sagte sie. „Sobald die Ergebnisse da sind, werde ich dich anrufen und dich darüber informieren."

Söhlbach schüttelte den Kopf.

„Zuhause würde ich auch nur gelangweilt herumsitzen. Nina ist nicht da und alle Urlaubsvorbereitungen sind auch getroffen."

„Wann willst du denn morgen losfahren?", fragte Silvia ihn.

„Nina wohnt in Alt-Homberg an der Duisburger Straße. So gegen Acht werde ich bei ihr sein und dann fahren wir gemeinsam los. Die Fahrt nach Dahme dauert etwa fünf Stunden. Wir werden so gegen Mittag da sein. Wir haben uns schon ein Restaurant direkt an der Strandpromenade ausgesucht, in das wir Essen gehen werden. Danach haben wir einen Bummel über die lange Strandpromenade und eine Einkehr in die Eisdiele geplant. Dort soll es super leckeres, italienisches Eis in Riesenportionen geben. Wir werden uns Zeit lassen, denn wir können erst ab 16 Uhr in unsere Ferienwohnung. Unsere Autos können wir aber schon vorher dort abstellen."

„Autos?", wunderte Muisfeld sich. „Fahrt ihr nicht mit einem Auto?"

„Nein, hatte ich dir das nicht erzählt?"

„Nein, hast du nicht."

„Nina wird ein Tag eher zurückfahren als ich. Als wir die Ferienwohnung gebucht hatten, hatte Nina vergessen, dass ihre Oma an unseren letzten geplanten Urlaubstag den neunzigsten Geburtstag feiert. Da darf sie nicht fehlen."

„Und du bist nicht zu diesem Geburtstag eingeladen?"

„Um ehrlich zu sein, ich habe keine Lust auf so ein Familienfest. Erstens kenne ich dort sowieso niemanden, und zweitens mag ich solche Veranstaltungen nicht. Das habe ich auch Nina gesagt, und sie konnte es verstehen. Außerdem werde ich bei der Gelegenheit etwas machen, was ich schon lange mal vorhatte. Ich werde auf der Rückfahrt von Dahme einen Zwischenstopp in Lübeck einlegen, um mir endlich mal das Holstentor anzusehen. Das ist so ein Kindheitstraum von mir, denn mein Vater hatte mit immer erzählt, dass es das gewaltigste Tor sei, vor dem er je gestanden hatte und dass der Eindruck, den dieses monumentale Bauwerk bei ihm hinterlassen hatte, unvergesslich geblieben war. Deshalb wollte ich es mal selbst erleben und einmal davor stehen. Bisher bin ich aber noch nie dazu gekommen."

Seine Kollegin lächelte.

„Soso", sagte sie. „Ein Kindheitstraum."

„Du brauchst gar nicht so zu grinsen, Silvia. So, wie mein Vater immer davon geschwärmt hatte, muss es beeindruckend sein."

„Es ist beeindruckend", mischte sich nun Tibo in das Gespräch. „Ich war auch schon in Lübeck."

In diesem Moment klingelte das Telefon auf Söhlbachs Schreibtisch.

*   *   *

Ein tödlicher Plan

Im Dachstudio des Einfamilienhauses im Duisburger Stadtteil Ungelsheim herrschte eine düstere Atmosphäre. Der schwarze Vorhang vor dem großen Panoramafenster ließ kaum Licht in den Raum, dessen schräg nach oben zusammenlaufenden Wände im Giebel eine Deckenhöhe von fast fünf Metern erreichten.

Etwa drei Meter vor dem dunklen Vorhang stand ein alter, antik wirkender Stuhl mit breiten Armlehnen und einer äußerst hohen Rückenlehne.

Das Bild, welches sich dem Betrachter bot, war sehr skurril, denn auf dem Stuhl saß eine merkwürdig anmutende Gestalt. Es war eine unbekleidete, kopflose Schaufensterpuppe. Der Kopf war durch eine Melone ersetzt worden. Die Puppe hatte man mit Klebeband, welches sie in einer aufrechten Position hielt, auf dem Stuhl befestigt. Die Melone war ebenfalls mit einer hölzernen Vorrichtung und Panzerband an der Rückenlehne fixiert worden.

Ein Mann, der direkt davor stand, fasste die Melone, die den Kopf der Schaufensterpuppe ersetzte, mit beiden Händen und versuchte, sie zu bewegen. Es gelang ihm nicht, die Position der Melone zu verändern.

„Genauso soll es sein", sagte er leise zu sich selbst.

Die ersten beiden Versuche waren erfolgreich, ging es ihm durch den Kopf, *und nun folgt der dritte und letzte Versuch. Wenn die Generalprobe jetzt auch so planmäßig verläuft, dann wird Söhlbach bald dort sitzen und sterben.*

Der Mann hieß Enrico Tomaso.

43

Er hatte seiner todkranken Mutter am Sterbebett versprochen, den Tod seines Bruders Francesco zu rächen.

Seine Mutter hatte es im Leben nicht leicht gehabt. Als Enricos Eltern in den sechziger Jahren nach Deutschland gekommen waren, hatten sie in Hamburg eine italienische Eisdiele eröffnet. Er und sein Bruder Francesco waren noch klein, als sein Vater bei einem Verkehrsunfall ums Leben gekommen war. Seine Mutter hatte die Eisdiele aufgeben müssen und war zu Verwandten nach Duisburg gezogen. Hier hatte sie sich mit den verschiedensten Jobs durchgeschlagen, um ihren beiden Söhnen ein wenigstens einigermaßen angenehmes Leben bieten zu können. Die zwei Tomaso-brüder hatten sich sehr unterschiedlich entwickelt. Enrico war solide geblieben und hatte nach dem Abitur studiert, während Francesco sich in kriminellen Kreisen herum-getrieben hatte.

Es lag schon einige Jahre zurück, als Kommissar Söhlbach Enricos Bruder, unter Mordverdacht stehend, verhaftet hatte. Man hatte ihm aber nichts beweisen können. Trotzdem war er durch die Aussage des Kommissars Söhlbach zu einer Gefängnisstrafe wegen Beihilfe zum Mord verurteilt worden.

Enricos Familie hatte Söhlbach damals darum gebeten, seine Aussage zu widerrufen und ihm dafür eine beachtliche Summe Geld geboten, doch Söhlbach hatte sich nicht darauf eingelassen.

In dem Gefängnis, in das Francesco gekommen war, hatten auch einige Mitglieder der verfeindeten Rossini-familie eingesessen. Bei einer Jahrzehnte zurückliegen-den Auseinandersetzung der Familien in Italien hatte die

Rossinifamilie der Tomasofamilie Blutrache geschworen. Dass die in Deutschland aufgewachsenen Tomasobrüder absolut nichts damit zu tun hatten, hatte die Rossinis nicht interessiert. Es war um das Prinzip gegangen. Als man Francesco eines Tages erwürgt in seiner Gefängniszelle aufgefunden hatte, war es nicht möglich gewesen, jemandem die Tat nachzuweisen.

Enrico war bis heute nicht über den Tod seines Bruders hinweggekommen. Die Schuld an Francescos Tod trugen in seinen Augen nicht nur die Rossinis, sondern auch Söhlbach, der durch den Widerruf seiner Aussage die Verurteilung seines Bruders hätte verhindern können.

Dafür sollte Söhlbach jetzt sterben.

Der Kommissar sollte spüren, wie es war, alles, was man liebt, zu verlieren, und am Ende sollte er selbst zu Tode kommen.

Deshalb hatte sich Enrico einen grausamen Plan ausgedacht. Zwei Jahre hatte es gedauert, bis dieser Plan, mit Hass auf Söhlbach und angetrieben von Fanatismus, vollendet war. Enrico hatte sich dafür sogar eine kostspielige technische Ausrüstung angeschafft.

Dann hatte es noch einen unglaublichen Zufall gegeben, durch den Tomaso seinen Plan perfektionieren konnte. Zunächst hatte er nicht glauben wollen, dass Söhlbach seit etwa einem Monat ausgerechnet mit Nina Büttgen eine neue Partnerin gefunden hatte. Es war für Enrico ein Glückstreffer, denn er kannte Nina bereits seit einigen Jahren persönlich. Dadurch würde sich seine Rache an Söhlbach um einiges verfeinern. Das Leiden des Kommissars sollte dadurch noch eine erhebliche Steigerung bekommen.

Seit dem Tod seines Bruders hatte Enrico es am eigenen Leib spüren müssen, was der Verlust eines geliebten Menschen bedeutet. Auch Söhlbach sollte deshalb erfahren, wie es sich anfühlt, den Menschen zu verlieren, den man liebt.

Nun stand Tomaso vor dem Stuhl, auf dem die Schaufensterpuppe mit dem Melonenkopf saß.

Er schaute nach oben.

Unter dem fast fünf Meter hohen Giebel hing ein großes, schweres Schwert mit einer sehr langen Klinge. Diese alte Stechwaffe war an einer Schnur befestigt, die über eine Rolle an der Decke hinunter auf den Boden neben Enrico reichte. Dort war die Schnur an einem im Fußboden fixierten Metallring fest geknotet worden. Das an der Decke hängende Schwert war genau auf die Melone ausgerichtet.

Tomaso lächelte.

Als er als Kind die Legende des Damokles, über dessen Kopf ein bedrohliches Schwert hing, gehört hatte, war er von dieser Überlieferung fasziniert. Diese Geschichte war ihm bis heute nicht aus dem Kopf gegangen, und deshalb hatte er sich dazu entschlossen, sie wahr werden zu lassen.

Söhlbach ist der neue Damokles, dachte er, *doch bei ihm wird das Schwert fallen.*

Er hatte das Schwert immer wieder probeweise hinuntersausen lassen. Damit der weiß geflieste Boden im Dachstudio nicht beschädigt wurde und keine Kratzer bekam, hatte er sich aus alten Balken einen Sockel gebaut. In diesen Sockel war die Schwertklinge bereits unzählige Male eingeschlagen. Den Sockel hatte er schließlich entfernt und an gleicher Stelle den antiken

Stuhl, dessen Sitzfläche er mit einer massiven Holzplatte verstärkt hatte, hingestellt. Auf diesem Stuhl saß nun die Schaufensterpuppe. Die Schnur, die neben ihm vom Boden aus nach oben führte, hatte er aufwendig präpariert und es hatte lange gedauert, bis er die richtige Technik dafür herausgefunden hatte. Sie bestand aus einem Material, welches einem Feuer lange standhielt. Wenn man diese Schnur anzündete, brannte sie sehr langsam und Enrico wusste, dass sie dem Feuer exakt drei Minuten standhielt, bis sie durchgebrannt war. Tomaso nahm ein Feuerzeug aus der Tasche, entzündete es und hielt die Flamme dicht unter die nach oben reichende Schnur. Wie geplant, fing die Schnur Feuer, doch sie brannte nur ganz langsam mit einer kleinen Flamme.

Enrico schaute auf seine Uhr.

„Drei Minuten", murmelte er.

Die Flammen breiteten sich langsam nach oben aus, doch sie blieben klein.

Der Mann blickte immer wieder auf seine Uhr und dann war es soweit. Die letzten Sekunden tickten hinunter, und dann riss die Schnur. Das schwere Schwert sauste senkrecht hinab und die scharfe Klinge bohrte sich mit Brachialgewalt durch die Melone, die außer den Ein- und Austrittslöchern des Schwertes keine Beschädigungen aufwies. Die Bewegung des Schwertes endete erst, als die Spitze der Klinge in der massiven, hölzernen Sitzfläche des Stuhls steckenblieb. Die Klinge hatte die komplette Puppe durchschlagen und der Schwertgriff ragte nun etwa zehn Zentimeter über der Melone empor.

„Die Generalprobe ist auch gelungen", sagte Tomaso zu sich selbst. „Ich habe auch nichts anderes erwartet."

Ich freue mich schon darauf, wenn Söhlbach hier sitzen wird. Er wird dabei zusehen können, wie die Schnur, an der sein Leben hängt, langsam brennt. Die letzten drei Minuten seines Lebens werden mit Panik und Schrecken erfüllt sein.

*   *   *

Silvias Beichte

Ralf Meier, der Leiter der Spurensicherung, hatte Söhlbach telefonisch darüber informiert, dass er ihnen die ersten Ergebnisse der Tatortuntersuchung auf ihre Rechner geschickt hatte.

Gemeinsam mit ihren beiden Kollegen schaute sich Kommissarin Muisfeld den Bericht der Spurensicherung, den sie gerade erhalten hatten, an.

„Das ist ja fast unglaublich", sagte Nowack, der sich das Untersuchungsergebnis der Spusi als erster durchgelesen hatte. „An der toten Frau waren keinerlei Spuren zu finden, und die einzigen Spuren um den Fundort herum waren Fußabdrücke, die man eindeutig den Stiefeln des Bauern, der sie gefunden hat, zuordnen kann."

„Das ist wirklich merkwürdig", stimmte Söhlbach ihm zu. „Wäre die Frau dort erschlagen worden, hätte man in dem weichen Boden auch Spuren von ihr und dem Täter finden müssen."

„Dafür wird es eine logische Erklärung geben", meinte Silvia. „Die tote Frau kann ja nicht dahingeflogen sein."

„Vielleicht ist es dem Täter gelungen, alle Spuren zu beseitigen", sagte Tibo. „Das Wiesenareal hinter der Hecke, auf dem die Tote lag, war feucht und matschig. Ich weiß zwar nicht, wie der Täter das bei diesem weichen Untergrund geschafft hat, aber irgendwie muss es ja möglich gewesen sein. Ansonsten hätte die Spusi selbst geringste Hinweise auf Spuren gefunden."

„Es gibt aber noch eine Möglichkeit", sagte Muisfeld. „Die Straße, an der die Hecke liegt, ist asphaltiert. Wenn der Täter sein Opfer dort getötet und es dann über die Hecke geworfen hat, gibt es keine Spuren."

„So muss es gewesen sein", meinte Sven, „und es wäre sogar möglich, dass die Frau woanders getötet wurde. In diesem Fall hätte der Täter mit seinem Opfer im Auto an die Hecke heranfahren können. Das ausladen und entsorgen der toten Frau wäre dann nur eine Sache von wenigen Sekunden gewesen."

„Wenn das so war", sagte Silvia, „dann muss der Täter aber sehr kräftig gewesen sein. Nicht jeder könnte einen schlaffen Körper aus dem Auto heben und über eine Hecke werfen."

„Ich könnte das", sagte Sven.

„Ich auch", meinte Tibo sofort.

„Ihr zwei seid ja auch gut im Training und topfit."

Söhlbach lächelte.

„Das sind andere aber auch, Silvia."

In diesem Moment sprang das Faxgerät an.

„Das wird der Bericht der Gerichtsmedizin sein", sagte Sven. „Das hat ja auch lange genug gedauert."

Sie warteten, bis das Gerät alle gedruckten Seiten ausgespuckt hatte.

Muisfeld nahm die Blätter heraus und breitete sie auf ihren Schreibtisch aus.

Ihre Kollegen traten neben sie und schauten sich gemeinsam mit ihr den Bericht an.

„Der Tod erfolgte durch Gewalteinwirkung auf den Kopf", stellte Silvia fest. „Sie trug drei Kopfverletzungen davon, eine auf der Stirn und zwei auf den Scheitel. Die Schläge wurden mit so einer Gewalt ausgeübt, dass jeder einzelne Schlag die Schädeldecke zertrümmert und zum Tod geführt hätte. Die unterschiedlich geformten Wunden und kleine Substratspuren darin lassen darauf schließen, dass als Tatwerkzeug wahrscheinlich ein unförmiger

Stein in Frage kommt. Die Blutprobe ergab, dass die Frau zum Zeitpunkt ihres Todes stark alkoholisiert war. Das Mordopfer wurde gestern gegen 21 Uhr getötet."

Söhlbach runzelte die Stirn.

„21 Uhr", sagte er. „Als ich gestern Abend dort vorbeigefahren bin, habe ich nicht auf die Uhr geschaut, aber es könnte in etwa um diese Zeit gewesen sein. Wenn dort jemand gewesen wäre, könnte ich mich bestimmt daran erinnern."

Er griff zu seinem Handy.

„Ich werde meinen Freud Dirk anrufen. Das ist der, den ich gestern in Orsoy besucht hatte. Vielleicht kann er sich noch daran erinnern, wann ich bei ihm losgefahren bin."

Sein Freund war schnell am Apparat.

„Hallo Dirk, grüß dich. Sag´ mal, kannst du dich noch daran erinnern, um welche Uhrzeit ich gestern eure Wohnung verlassen habe? .... Warum ich das wissen will? Das erkläre ich dir später." Er hörte seinem Gesprächspartner aufmerksam zu. Schließlich sagte er: „Danke, Dirk. Ich melde mich bei dir."

Tibo und Silvia blickten ihn fragend an.

„Dirk sagt, dass er, nachdem ich gestern gegangen war, den Fernseher eingeschaltet hatte und in dem Moment der Wetterbericht, mit dem die Tagesschau immer endet, lief. Es muss also gegen viertel nach Acht gewesen sein. Als ich draußen war, hatte Dirk das Fenster geöffnet und mich noch mal zurückgerufen. Er hatte ganz vergessen, mir zu erzählen, dass er für nächste Woche einen kurzfristigen Urlaub gebucht hatte und deshalb nicht da sei. Wir hatten uns, als ich draußen stand, noch eine ganze Zeit lang unterhalten. Wie lange ich noch mit ihm gequatscht hatte, weiß ich nicht, vielleicht eine viertel

Stunde oder etwas mehr. Mein Auto hatte ich auf dem großen Parkplatz an der Orsoyer Schule stehen. Bis dahin waren es auch noch mal gute fünf Minuten Fußweg. Als ich das erste Mal am Tatort vorbeigefahren bin, war es definitiv noch keine Neun." Söhlbach schloss für einen Moment die Augen. Dann sagte er: „Aber als ich zurückgefahren bin, könnte es tatsächlich neun Uhr gewesen sein, als ich den Tatort passiert habe. Auch wenn ich nicht genau darauf geachtet hatte, ich bin mir sicher, dass dort niemand war."

„Und dir ist dort auch kein Auto entgegen gekommen?", wollte Nowack von ihm wissen.

„Nein", antwortete Sven. „Die kleine Straße, an der der Tatort liegt, hatte ich für mich ganz alleine. Da bin ich mir ganz sicher. Auf der Hauptstraße hatte mehr Verkehr geherrscht. Wer weiß, vielleicht war der Täter mir dort sogar entgegen gekommen, um hinter mir in das kleine Sträßchen abzubiegen. Das hätte ich nicht wahrgenommen."

„Fakt ist", sagte Tibo. „dass du gestern dem Täter sehr nahe gewesen sein musstest."

Söhlbach blickte nachdenklich drein und nickte.

„So!", meinte Tibo. „Feierabend und Wochenende."

Sven lachte und sagte: „Besser noch, Feierabend und Urlaub."

Nowack und Söhlbach begaben sich zu ihren Arbeitsplätzen und schalteten die Computer aus.

Dabei wandte sich Tibo an seinen Kollegen: „Ich wünsche dir noch einen schönen Urlaub, Sven. Erhole dich gut und viel Spaß mit deiner Nina."

„Den Spaß werde ich mir nicht nehmen lassen, Tibo."

Sven schaute zu Silvia, die immer noch an ihrem Schreibtisch saß und dabei sehr nachdenklich dreinschaute.

„Was ist los?", sprach er sie an. „Hast du eine neue Idee zu dem Mordfall oder warum sitzt du da noch `rum?"

Sie sah ihn an.

„Hast du noch einen Moment Zeit, Sven? Ich möchte dir noch etwas erzählen."

Söhlbach schob verwundert seine Augenbrauen hoch.

„Natürlich habe ich Zeit", sagte er. „So ernst, wie du guckst, muss es ja etwas sehr Wichtiges sein."

„Ja, es ist wichtig für mich."

Die Kommissarin schaute zu Nowack.

Dann sagte sie: „Du kannst schon gehen, Tibo. Dir habe ich es ja schon gesagt. Schönes Wochenende."

In diesem Moment wusste Nowack, was sie ihrem Kollegen beichten wollte, und er war froh darüber, dass es endlich auch Sven erfahren sollte.

Mit den Worten: „Tschüss, auch dir ein schönes Wochenende, Silvia. Bis Montag", verabschiedete er sich und verließ den Raum.

Söhlbachs Verwunderung wuchs.

Er nahm sich einen Stuhl, schob ihn vor Silvias Schreibtisch und setzte sich.

Er sah seine Kollegin fragend an und sagte: „Dann schieß mal los."

„Ach, Sven, ich weiß gar nicht, womit ich anfangen soll. Es ist so kompliziert."

An ihrem Gesichtsausdruck konnte Söhlbach ablesen, dass es wirklich um eine sehr ernste Sache gehen musste, die seiner Kollegin auf der Seele brannte.

Muisfeld blickte unsicher auf ihren Schreibtisch.

„Das, was ich dir jetzt erzählen werde, Sven, liegt mir schon die ganze Zeit über im Magen. Eigentlich hätte ich es dir schon viel früher sagen sollen, aber ich habe mich irgendwie nicht getraut."

Söhlbach bemerkte ihre Unsicherheit.

„Dann rede nicht lange drum herum, Silvia. Spuck´ es einfach aus."

Sie schaute ihm in die Augen, atmete einmal tief durch und sagte: „Ich bin schwanger."

Sven blickte sie ungläubig an.

„Was? Du bist schwanger?"

„Ja."

„Und wer ist der Vater? Etwa dieser Daniel?"

„Ja."

Söhlbach schüttelte den Kopf.

„Du bist schwanger von einem verheirateten Mann?"

Sven wusste schon seit langem, dass seine Kollegin ein heimliches Verhältnis zu einem verheirateten Mann hatte, und er wusste auch, dass dieser Mann Daniel hieß. Sie hatte ihm erzählt, dass sie und Daniel sich in einander verliebt hatten, aber dass Daniel sich nicht von seiner Frau trennen wollte, weil er sie auch sehr lieben würde. Silvia hatte erzählt, dass Daniels Frau nach einem Unfall am Rollstuhl gebunden war. Das war eine sehr tragische Geschichte, denn zum Zeitpunkt des Unglücks war sie hochschwanger und hatte beim Unfall ihr Baby verloren.

Söhlbach wusste allerdings nicht, dass es sich bei Daniel um einen erfolgreichen Operntenor handelte und dass diese Liebesbeziehung problematischer war, als er es sich vorstellen konnte. Silvia wohnte, gemeinsam mit ihrer verwitweten Mutter, immer noch in ihrem Elternhaus. Ihre Mutter kannte den bekannten Operntenor und wusste auch, dass er verheiratet war. Sie durfte nicht erfahren, dass die Tochter ein Verhältnis mit ihm hatte. Immer, wenn ihre Mutter mal länger weg war, hatten sich Silvia und Daniel bei ihr zuhause getroffen, um sich ihrer Liebe hinzugeben.

„Und wie soll es jetzt weitergehen?", wollte Sven von ihr wissen. „Willst du das Kind austragen, oder..."

Muisfeld nickte.

„Ja, Sven, ich bin auch schon im vierten Schwangerschaftsmonat."

Söhlbach schüttelte erneut den Kopf.

„Dann hast du dein Geheimnis aber lange für dich behalten. Was sagt denn dein Daniel dazu?"

Silvia schluckte.

„Er weiß es noch nicht."

„Was!?", kam es langgezogen aus Svens Mund. „Er weiß es noch nicht? Sag´ mir bitte, was ich daran jetzt nicht verstehe."

„Daniel ist schon seit einiger Zeit in den USA, und ich kann ihn dort nicht erreichen."

„Er macht also Urlaub und lässt dich einfach hier sitzen. Da hast du dir aber einen schönen Liebhaber ausgesucht."

„Nein, so ist das nicht, Sven. Daniel ist mit seiner Frau in den USA, weil es dort eine Möglichkeit gibt, sie zu behandeln, damit sie den Rollstuhl wieder verlassen kann. Er hatte mir eine Nachricht geschrieben. Dort, wo er sich aufhält, gibt es nur eingeschränkten oder gar keinen Handyempfang, und deshalb kann er mich nicht anrufen."

„Oder er will einfach nur seine Ruhe vor dir haben."

„So ein Quatsch! Daniel liebt mich."

„Was meinst du denn, wie er reagieren wird, wenn du es ihm sagst?"
Silvia zuckte unsicher mit den Schultern.
„Ich weiß es nicht."
„Was sagt denn deine Mama dazu?"
„Sie weiß es auch noch nicht."
„Oh man, in deiner Haut möchte ich jetzt nicht stecken."
Söhlbach holte tief Luft.
Dann beugte er sich nach vorne über den Schreibtisch und ergriff die Hand seiner Kollegin.
„Hör zu, Silvia. Ich weiß zwar nicht genau, was du jetzt vorhast, aber wenn ich dir bei irgendetwas helfen kann, ich bin immer für dich da."
„Bist du mir böse, dass ich es dir erst jetzt erzählt habe?"
„Böse nicht, aber vielleicht ein bisschen enttäuscht."
„Ach, Sven, was soll ich denn jetzt nur machen?"
„Das kann ich dir leider nicht sagen. Du solltest es auf jeden Fall deiner Mutter erzählen. Dann gibt es ein Problem, das dir noch im Magen liegt, weniger."
„Wenn das mal so einfach wäre, Sven. Ich wollte es Mama schon ein paar Mal sagen, und ich hatte es mir auch fest vorgenommen, doch dann, als sie vor mir gestanden hatte, hat mich der Mut verlassen."
„Du hast es Tibo erzählt und auch mir. Warum sagst du es nicht genauso gerade heraus zu deiner Mutter?"
Die Antwort war ein Schulterzucken.
Sie lehnte sich zurück und strich mit der Hand über ihren Bauch.
„Lange", sagte sie, „werde ich es sowieso nicht mehr vor ihr verbergen können. Ich spüre schon einen leichten Bauchansatz."
Söhlbach lachte.

„Dann muss ich wohl blind sein, denn ich sehe absolut nichts."

Die Kommissarin stand auf und stellte sich seitlich zu Sven. Dann zog sie ihr Shirt über dem Bauch stramm.

„Dann guck´ mal etwas genauer hin, Sven."

„Tatsächlich", sagte Söhlbach. „Da ist ein leichter Bauchansatz, aber man muss wirklich sehr genau hingucken, um ihn zu sehen." Er grinste. „Irgendwie kann ich es immer noch nicht so richtig glauben, dass meine Lieblingskollegin ein Kind bekommt."

„Es ist aber so."

Silvia schaute ihn lächelnd an.

„Jetzt, wo du es weißt, Sven, ist mir eine schwere Last von der Seele genommen worden. Dass du es nicht wusstest, hatte mir echt im Magen gelegen."

Söhlbach stand auf und trat an sie heran.

„Komm her, Lieblingskollegin. Lass´ dich mal in den Arm nehmen."

Er legte seine Arme um Silvia, und sie erwiderte die Umarmung.

„So", sagte Söhlbach schließlich und ließ von ihr ab. „Jetzt machen wir endgültig Feierabend und nicht vergessen, wenn dir irgendetwas auf der Seele liegt, du kannst mich jederzeit anrufen."

„Auch im Urlaub?"

„Ja, auch im Urlaub. Gute Freunde sind immer füreinander da."

„Nein, Sven, ich würde dich und deine Nina niemals in eurem Urlaub belästigen. Urlaub ist Urlaub, und da müssen Probleme zuhause bleiben."

„Ich habe es dir angeboten und stehe dazu."

Nun schaltete auch Muisfeld ihren Computer aus.

„Komm, Sven, lass uns abhauen."

Die beiden verließen das Büro und begaben sich gemeinsam zu ihren Autos.

Bevor Söhlbach in seinen Wagen stieg, wurde er noch einmal von seiner Kollegin in den Arm genommen und gedrückt.

„Ich wünsche dir einen wunderschönen Urlaub, Sven. Erhole dich gut und grüße deine Nina von mir. Bis in zwei Wochen."

*   *   *

Wochenende

Kommissarin Muisfeld lenkte ihr Auto durch den Stadtteil Neumühl und bog in die verkehrsberuhigte Zone, die durch eine Eigenheimsiedlung führte, ein. Hier wohnte sie.

Sie hatte sich fest vorgenommen, ihrer Mutter sofort, wenn sie zuhause war, von ihrer Schwangerschaft zu erzählen.

Heute, ging es ihr durch den Kopf, *Heute werde ich es hinter mich bringen.*

Als Silvia ihr Zuhause erreicht hatte, stellte sie das Auto auf die Garagenzufahrt ab, stiegt aus und ging zügig zur Haustür.

Vor der Tür blieb sie einen Moment stehen, atmete einmal tief durch und schloss auf.

Sie trat ein und rief: „Mama, ich bin wieder da."

In dem Moment betrat ihre Mutter auch schon den Flur.

„Mein armes Mädchen", sagte sie. „Selbst am Samstag lassen sie dir keine Ruhe. Hoffentlich geht morgen nicht schon wieder das Telefon und du musst arbeiten."

„Das passiert in meinem Job halt", meinte Silvia müde lächelnd. „Ich habe mir diesen Beruf ausgesucht und muss damit leben."

Sie schloss die Augen und atmete erneut tief durch.

Du musst es ihr sagen. Jetzt!

„Was ist los?", hörte sie die Stimme ihrer Mutter. „Geht es dir nicht gut?"

„Mir geht es gut", sagte sie und schaute die sorgenvoll dreinblickende Frau vor sich an, „aber ich muss dir etwas sagen."

Ihre Mutter lächelte und meinte: „Dann mal raus damit, mein Mädchen."

Silvia presste für einen Moment die Lippen zusammen.

Dann sagte sie: „Mama, ich bekomme ein Baby."

Auf die Reaktion ihrer Mutter war sie nicht gefasst, denn diese wirkte überhaupt nicht überrascht, sondern nahm ihre Tochter freudestrahlend in den Arm.

„Ist das schön", sagte sie und konnte ihre Freudentränen nicht verbergen. „Ich werde endlich Oma."

Sie küsste ihre Tochter auf die Wangen und als sie sie anschaute, sah sie, dass auch bei Silvia die Tränen flossen.

„Mama, ich..."

„Sag nichts, mein Schatz", unterbrach ihre Mutter sie und drückte sie noch mehr. „Schade, dass Papa das nicht mehr erleben durfte, aber er wird sich jetzt da oben freuen."

Die beiden Frauen lagen sich in den Armen und vergossen Freudentränen.

Nachdem sie wieder voneinander abgelassen hatten, schaute die Kommissarin ihre Mutter verwundert an.

„Du wirkst überhaupt nicht überrascht, Mama."

„Ob du es glaubst, oder nicht, mein Schatz, ich wusste es bereits."

„Was?"

„Meinst du, dass du mir etwas vormachen kannst? Ich habe es sofort bemerkt. Eine Mutter spürt, wenn sich bei ihrer Tochter etwas verändert und auch, wenn die Tochter etwas verheimlichen will. Deine Ausreden, du hättest etwas Falsches gegessen, als du dich regelmäßig übergeben hast, habe ich dir von Anfang an nicht abgenommen. Das kleine Bäuchlein, das seit Kurzem bei dir zu sehen ist, ist mir auch nicht entgangen."

Sie schaute ihre Tochter freudestrahlend an.

Dann kam die Frage, vor der Silvia bereits Angst hatte: „Und, wer ist der glückliche Papa? Ist es Sven?"

Die Antwort war ein Kopfschütteln.

„Wenn es nicht Sven ist, wer ist es denn dann? Außer mit ihm und deinem Kollegen Tibo warst du doch mit niemandem zusammen, und Tibo kann es nicht sein, weil er schwul ist."

„Sei mir bitte nicht böse, Mama, wenn ich dir noch nicht sage, wer der Vater ist, denn er weiß es selbst noch nicht."

Ihre Mutter trat einen Schritt zurück und blickte sie forschend an.

„Ist das Kind etwa das ungewollte Ergebnis einen kurzen Abenteuers, auf das du dich eingelassen hast?"

Silvia schüttelte den Kopf.

„Nein, Mama, es ist ein Mann, zu dem ich schon lange eine Beziehung habe, aber im Moment kann ich ihn nicht erreichen, um ihn von meiner Schwangerschaft zu erzählen."

„Du hast schon eine längere Beziehung zu einem Mann, und ich weiß nichts davon?"

„Ja, Mama, es ist eine heimliche Beziehung von den bisher niemand etwas wissen durfte."

„Kenne ich diesen Mann?"

„Ja, du kennst ihn."

„Ist es ein Kollegen von dir, der verheiratet ist und du deshalb die Beziehung verheimlicht hast?"

„Nein, Mama, es ist kein Kollege, aber höre jetzt bitte mit der Fragerei auf."

„Weiß Sven von deiner Schwangerschaft?"

„Ja, ich hab´s ihm heute gesagt, und Tibo weiß es auch."

„Wann wird das Kind denn kommen? Im wievielten Monat bist du?

Silvia holte tief Luft.

„Ich bin im vierten Monat, und das Kind in meinem Bauch ist kerngesund. Ich habe es schon beim Ultraschall gesehen."

„Wird es ein Junge oder ein Mädchen?"

„Keine Ahnung, das konnte man beim Ultraschall noch nicht erkennen, weil das Baby dafür falsch lag. Und jetzt, Mama, werde ich erst mal nach oben unter die Dusche gehen. Danach komme ich wieder runter zu dir, und wir können über alles ganz in Ruhe reden."

Ihre Mutter, bei der das freudig strahlende Lächeln nicht aus dem Gesicht weichen wollte, sagte: „Mache das, mein Schatz. Ich könnte vor Freude die ganze Welt umarmen."

Silvia ging nach oben in ihren Wohnbereich.

In ihrem Wohnzimmer angekommen, ließ sie sich erst einmal auf das Sofa fallen.

Sie fühlte sich erleichtert, denn nun wussten es alle, die in ihrem Leben wirklich wichtig für sie waren. Es gab zwar noch ein paar gute Freundinnen, die es noch nicht wussten, aber es ihnen zu erzählen, würde ihr leicht fallen, und es hatte auch noch etwas Zeit.

Eine wichtige Person, die es noch nicht wusste, gab es allerdings doch noch. Es war Daniel, der Vater des noch ungeborenen Kindes.

„Ach Daniel", sagte sie leise zu sich selbst. „Wenn du wüsstest…"

Sie schaute auf die Uhr und dachte daran, dass es in den USA, dort wo Daniel sich jetzt aufhielt, noch morgens war.

Was er gerade wohl macht, dachte sie.

In diesem Moment klingelte ihr Handy.

Sie blickte auf das Display.

„Unbekannte Nummer", murmelte sie und nahm das Gespräch entgegen.

„Hallo?"

Zunächst vernahm sie nur ein Rauschen. Dann hörte sie, dass jemand etwas sagte, doch es klang wie aus weiter Ferne und sie konnte es nicht verstehen.

„Hallo?", wiederholte sie.

„Hallo Schatz", hörte sie eine ihr nur allzu vertraute Stimme sagen.

„Daniel!", kam es freudig aus ihrem Mund. „Ist alles in Ordnung?"

„Ja, mir geht es gut."

„Es ist schon komisch", sagte Silvia. „Ich habe gerade an dich gedacht und im gleichen Moment rufst du an."

„Ich wollte dich schon öfters anrufen, aber hier gibt es so gut, wie keine Handyverbindungen. Mal wählt und schon hört man die Durchsage `Connection not possible, working on the transmission tower´. Angeblich arbeiten sie schon seit Wochen am Sendemast. Ich halte das für eine Ausrede, aber jetzt sag mir doch erst mal, wie es dir geht."

„Gut, mir geht´s gut. Wurde deine Frau schon operiert? Kommst du bald wieder nachhause?"

„Ja, die OP ist gut verlaufen, und meine Frau macht im Moment eine spezielle Bewegungstherapie, damit sie bald wieder auf die Beine kommt."

„Weißt du, wie lange das noch dauern wird?"

„Nein, dafür gibt es keine Erfahrungswerte. Die Ärzte sagen…"

Mit einem Mal war seine Stimme weg und nur noch ein Rauschen zu hören.

„Daniel? Bist du noch da?"

„Scheiße!", fluchte Silvia laut und lauschte ins Handy.

Es dauerte einen Moment, bis das Rauschen langsam verschwand und sie wieder Daniels Stimme vernahm: „Silvia, kannst du mich noch hören?"

„Ja, jetzt kann ich dich wieder verstehen. Gerade war nur noch ein Rauschen zu hören."

„Bei mir war es genauso. Bevor die Leitung gleich wieder schwächelt, möchte ich dir sagen, dass ich mich nach dir sehne und dich sehr liebe."

„Ich liebe dich auch, Daniel."

„Weißt du, Silvia, woran ich immer denken muss? An unser letzten Beisammensein, an die unfassbar schönen Momente mit dir. Für das, was ich empfinde, wenn wir zwei uns unserer Liebe hingeben, gibt es keinen Vergleich, und als wir zwei das letzte Mal zusammen waren, da war es besonders intensiv. Ich sehne mich so nach dir."

„Ich sehne mich auch nach dir, Daniel. Du hast Recht, beim letzten Mal war es besonders intensiv."

So intensiv, dass es Folgen hatte, dachte sie.

Sag´ es ihm! Du musst es ihm sagen! Jetzt!

„Daniel, es war so intensiv, dass es Folgen hatte."

Jetzt war es raus.

„Was für Folgen?", wollte er wissen.

„Ich bin schwanger."

Daniel schwieg einen Moment.

Dann lachte er und sagte: „Im ersten Augenblick habe ich es fast geglaubt, schöner Scherz. Du hast doch verhütet."

„Nein, Daniel, das war kein Scherz. Ich habe vergessen zu verhüten. Tut mir leid, aber jetzt ist es nun mal passiert. Ich bin schwanger."

Ihr Gesprächspartner am anderen Ende der Leitung schwieg.

Sie wartete einen Moment.

Dann sagte sie: „Daniel? Bist du noch da?"

Sie hatte das noch nicht ausgesprochen, da erklang das Besetztzeichen aus dem Telefon.

Tut, tut, tut…

„Daniel!"

Tut, tut, tut…

Panik stieg in ihr auf.

Hatte er aufgelegt oder hatte die schlechte Verbindung endgültig versagt.

„Scheiße! Scheiße! Scheiße!"

Sie starrte auf ihr Handy.

Da stand diese unbekannte Nummer, über die er sie gerade angerufen hatte.

Silvia zögerte nicht lange. Sie tippte auf die Nummer, um einen Rückruf zu starten.

Kaum war der Anruf rausgegangen, ertönte wieder das Besetztzeichen.

Auch ein zweiter und ein dritter Versuch, Daniel zurückzurufen, scheiterten. Alles, was das Handy von sich gab, war dieses endlose „Tut, tut, tut".

Sie war verzweifelt. Daniel wusste jetzt, dass sie ein Kind von ihm erwartete, doch er hatte sich dazu nicht mehr äußern können, weil die Leitung zusammengebrochen war.

Oder hat er einfach aufgelegt, weil sie ihn hintergangen hatte?

Silvia fragte sich, was ihm jetzt durch den Kopf gehen würde. Daniels Frau hatte bei einem Unfall ihr Baby verloren und konnte nun keine Kinder mehr bekommen, und jetzt trug sie ein Baby von ihm in ihrem Bauch. Wie mag er das aufgenommen haben? War er jetzt sauer auf sie, weil sie es mit der Verhütung nicht so ernst genommen hatte? Sie hatte ihm zugesagt, nach dem Sex mit ihm die Pille danach zu nehmen. Das hatte sie anfänglich auch gemacht. Als sie diese Pille dann ein paar Mal vergessen hatte, und trotzdem nichts passiert war, hatte sie letztendlich ganz darauf verzichtet. Durch diesen Leichtsinn hatte sie sich nun eine Schwangerschaft eingehandelt.

Ich habe Daniel enttäuscht. Ich habe sein Vertrauen missbraucht.

Silvia dachte erneut daran, dass er jetzt sauer auf sie sein würde und das Gespräch nicht wegen der schlechten Verbindung unterbrochen worden war, sondern weil er in seiner Wut auf sie einfach aufgelegt hatte.

Dafür wird er mich jetzt hassen, ging es ihr durch den Kopf.

Ihre Gedanken wurden wirr. Ein tiefer Seufzer kam über ihre Lippen, und dann fing sie bitterlich an zu weinen.

„Ich hab´ es versaut. Ich hab´ alles versaut", schluchzte sie laut.

„Was hast du, mein Schatz?", hörte sie jetzt die Stimme ihrer Mutter, die den Raum durch die offene Tür betreten hatte. „Ich habe dich bis unten hin weinen gehört."

„Ach Mama", sagte Silvia und schaute verzweifelt auf das Handy, das sie immer noch in ihrer Hand hielt.

„Was ist passiert", wollte ihre Mutter von ihr wissen. Sie schien etwas zu ahnen und deutete auf das Telefon in der Hand ihrer Tochter. „Hast du den werdenden Vater angerufen? Hast du ihm von deiner Schwangerschaft erzählt?"

Silvia schaute sie mit Tränen gefüllten Augen an und nickte.

„Ja."

„Hat er etwa gesagt, dass er das Kind nicht will?"

„Nein, Mama, als ich es ihm gesagt habe, konnte er sich dazu nicht mehr äußern, weil das Gespräch unterbrochen wurde."

„Wie, unterbrochen?"

„Es war plötzlich nur noch das Besetztzeichen zu hören. Ich habe ein paar Mal versucht, ihn zurückzurufen, aber es war immer besetzt."

„Er hat also einfach aufgelegt. Da hast du dich ja mit einem richtigen Mistkerl eingelassen."

„Nein, Mama, er ist kein Mistkerl. Er liebt mich und ich liebe ihn auch. Das Gespräch kam aus den USA und dort, wo er ist, gibt es keinen guten Handyempfang."

„Aus den USA also. Auch das noch. Ich glaube, du hast mir noch einiges zu erzählen."

„Er ist ja nur vorübergehend da und kommt bald wieder zurück nach Deutschland."

Silvias Mutter nahm neben ihrer Tochter auf dem Sofa Platz und ergriff deren Hand.

„Willst du mir nicht endlich sagen, wer dieser Mann ist?"

„Noch nicht, Mama. Sei mir bitte nicht böse. Ich kann es dir einfach noch nicht sagen."

„Das hört sich für mich fast so an, als hättest du etwas mit deinem verheirateten Chef gehabt, aber das geht ja nicht, weil er sich im Moment nicht in den USA aufhält. Ich gehe aber mal einfach davon aus, dass der Erzeuger deines Kindes verheiratet ist, denn sonst gäbe es keinen Grund für dich, mir seinen Namen nicht zu nennen. Stimmt das?"

Ihre Tochter ging auf die Frage nicht ein.

Sie sagte nur: „Ich werde dir sagen, wer es ist, aber jetzt ist es noch zu früh dafür, weil ich noch einiges regeln muss."

Ihre Mutter nickte. Sie kannte Silvia ganz genau und wusste, dass es sinnlos war, sie weiter über den werdenden Vater auszufragen.

„Hör zu, mein Schatz", sagte sie. „Auch wenn du dazu nichts sagst, ich stelle jetzt einfach mal in den Raum, dass dieser Mann, der dich angeblich so liebt, verheiratet ist und vielleicht sogar eine eigene Familie mit Haus und Kinder hat. Von dem folgenreichen Seitensprung mit dir darf die Familie nichts erfahren, weil für ihn sonst alles kaputt gehen würde. Wenn er dir gegenüber einigermaßen anständig ist, wird er für sein Kind Alimente zahlen. Du wirst also eine alleinerziehende Mutter. Hast du dir schon mal Gedanken darüber gemacht, wie es dann weitergehen soll?"

Ihre Tochter schüttelte den Kopf.

„Er hat keine Kinder, Mama."

„Aber er ist verheiratet, oder?"

Silvias Antwort war nur ein kurzes Schulterzucken.

„Wie es auch sei", sagte ihre Mutter, „du weißt, ich werde immer für dich da sein."

Sie schien für einen Augenblick konzentriert nachzudenken.

Dann meinte sie: „Papas ehemaliges Arbeitszimmer ist
doch sehr groß. Der Raum wird eh nicht mehr genutzt.
Darin könnten wir ein wunderschönes Kinderzimmer ein-
richten. Was hältst du davon?"

„Ganz ehrlich du, Mama, mir gehen im Moment andere
Dinge durch den Kopf."

„Andere Dinge? Kein halbes Jahr mehr, und das Baby ist
da. Da solltest du positiv nach vorne denken. Wenn der
oder die Kleine auf die Welt kommt, muss alles
vorbereitet sein."

„Mama, ich muss erst mal damit klarkommen, dass ich
schwanger bin und dass sich dadurch mein ganzes
Leben verändern wird und du planst schon so weit
voraus."

Silvias Mutter kannte ihre Tochter ganz genau, und sie
wusste, dass Silvia es hasste, wenn andere sie
beeinflussen wollten. Sie wollte alles immer selbst entscheiden und wenn jemand versuchte, sie zu mani-
pulieren, reagierte sie sehr empfindlich.

Deshalb sagte sie: „Das mit dem Kinderzimmer war auch
nur ein Vorschlag von mir. Du wirst die Mutter sein, und
du wirst ganz allein bestimmen, wo du dein Kind unter-
bringen möchtest. Ich werde jede Entscheidung, die du
triffst akzeptieren."

Silvia holte tief Luft.

Dann sagte sie: „Du hast ja Recht, Mama, ich sollte mir
wirklich langsam Gedanken darüber machen, wie es
weitergeht, aber irgendwie habe ich im Moment das
Gefühl, dass ich meine Gedanken nicht richtig ordnen

kann. Ich denke, das wird sich auch nicht ändern, bis ich alles mit dem werdenden Vater besprochen habe."

Ihre Mutter nickte.

„Das kann ich gut verstehen, mein Schatz. An eines solltest du immer denken, egal, was passiert, auch wenn sich der Mann gegen dich und dein Kind entscheiden sollte, ich werde immer für dich da sein und dich unterstützen, wo ich nur kann."

„Das weiß ich doch, Mama."

„Wir schaffen das, Silvia. Wenn das Kind da ist und du nach deiner Elternzeit wieder arbeiten gehen möchtest, dann würde ich gerne auf mein Enkelkind aufpassen, wenn du nichts dagegen hast."

„Jetzt denkst du aber sehr weit im Voraus, Mama. Bis dahin ist noch lange hin."

Silvia wirkte jetzt wieder etwas gefasster.

Sie erhob sich und sagte: „Es war ein langer Vormittag. Ich werde jetzt unter die Dusche gehen. Nachher komme ich noch mal zu dir runter."

Ihre Mutter erhob sich und nahm sie noch einmal in den Arm.

„Alles wird gut, mein Kind. Wir schaffen das."

Dann verließ sie den Raum.

*   *   *

Es ist Montag

Tibo Nowack und Silvia Muisfeld saßen im Büro an ihren Schreibtischen.
Bereits beim Dienstantritt heute Morgen hatte Tibo seine Kollegin gefragt, ob alles mit ihr in Ordnung sei, weil sie so einen nachdenklichen Eindruck auf ihn gemacht hatte.
Ihre Antwort darauf war nur ein kurzes Kopfschütteln und ein: „Nein, ich bin nur etwas müde."
Mittlerweile hatten die beiden sich noch einmal die aktualisierten Berichte der Spurensicherung und der Gerichtsmedizin gründlich angesehen, doch es hatte darin nichts gefunden, das einen brauchbaren Ermittlungsansatz ergeben hätte.
Im Mordfall „grüne Gertrud", wie er nun offiziell bezeichnet wurde, kamen sie einfach nicht weiter.
„Vielleicht hat es ja einen Streit in der Obdachlosenszene gegeben, und die grüne Gertrud ist diesem Streit zum Opfer gefallen", vermutete Tibo.
„Das kann ich mir nicht vorstellen", sagte Silvia. „Wie es aussieht, wurde das Mordopfer mit einem Auto nach Binsheim gebracht. Ich kann mir nicht vorstellen, dass jemand aus dieser Szene ein Auto besitzt."
„Da hast du auch wieder Recht. Laut Aussage des Obdachlosen Frank Meier hatte Gertrud für ein paar Fläschchen Schnaps gewisse Dienste geleistet. Wie er uns sagte, hatte sie ihre Dienste auch anderen aus dem Obdachlosenmilieu angeboten."
Muisfeld nickte.
„Ja", sagte sie, „sie hatte sich für ein paar Fläschchen Schnaps in der Szene prostituiert."

71

„Es wäre doch durchaus möglich, dass es sich auch bis außerhalb des Obdachlosenmilieus herumgesprochen hatte, dass die grüne Gertrud für ein paar Schnapsfläschchen jedem einen bläst. Dann könnte sie sich auch mit anderen Männern eingelassen haben. Es gibt da bestimmt genug, denen es vor nichts fies ist."

Silvia verzog das Gesicht.

„Das möchte ich mir jetzt nicht gerade vorstellen, Tibo."

„Ich mir auch nicht, aber so könnte das Mordopfer auf Männer getroffen sein, die im Besitz eines Autos sind."

„In diesem Fall wird der Täterkreis deutlich größer", sagte Muisfeld. „Wir werden uns in der Obdachlosenszene umhören müssen, mit welchen Leuten Gertrud verkehrt hatte."

Silvia schaute auf die Uhr und wirkte für einen Moment abwesend.

„Ist was?", fragte Tibo sie.

„Nein, ich musste gerade an Sven denken. Der dürfte schon die ersten zweihundert Kilometer in Richtung Dahme hinter sich gebracht haben."

„Ja", sagte Nowack. „Sven hat's gut. Er wird in ein paar Stunden irgendwo an der Strandpromenade sitzen und den Blick auf die Ostsee genießen." Dann blickte Nowack seine Kollegin fragend an. „Bevor wir uns über diesen Mordfall weitere Gedanken machen, Silvia, ich habe doch glatt vergessen, dich zu fragen, ob du Sven am Samstag deine Schwangerschaft gestanden hast, nachdem ich von dir nachhause geschickt wurde."

Die Kommissarin nickte.

„Ja, ich habe es endlich hinter mich gebracht."

„Und? Was hat Sven dazu gesagt?"

„Er sagte, dass er enttäuscht darüber sei, dass ich es ihm noch nicht viel früher gesagt habe. Ich habe mich übrigens endlich auch getraut, es meiner Mutter zu erzählen."

„Wie hat deine Mutter denn darauf reagiert?"

Silvia zuckte mit den Schultern.

„Mama hat gesagt, dass sie es schon wusste, weil sie es an meinem Verhalten erkannt hatte. Außerdem war ihr mein kleiner Bauchansatz nicht entgangen."

„Du bist um deine Mutter zu beneiden, denn das ist ein Zeichen dafür, dass sie sich voller Aufmerksamkeit für das Leben ihrer Tochter interessiert. Ich denke, dass es viele Mütter gibt, die anders sind."

Seine Kollegin lachte und meinte: „Das kannst du laut sagen, Tibo. Mama hat in ihren Gedanken schon das alte Arbeitszimmers meines Vaters als Kinderzimmer umgebaut. Sie hat sogar noch weiter im Voraus geplant und gesagt, dass sie gerne auf das Kind aufpassen würde, wenn ich nach meiner Babypause wieder arbeiten gehen wollte."

Nowack schüttelte lächelnd den Kopf.

"Unglaublich", sagte er, „aber jetzt sei doch mal ehrlich. Fühlst du dich denn jetzt nicht besser, wo alle wissen, dass du schwanger bist?"

Silvia verzog den Mund und blickte nachdenklich nach unten.

Dann sagte sie leise: „Ich würde mich besser fühlen, wenn ich wüsste, wie Daniel darauf reagiert hat."

„Wie soll ich das jetzt deuten?", fragte Tibo.

„Da ist etwas ganz scheiße gelaufen", gab seine Kollegin ihm zu verstehen.

„Ich habe es bereits geahnt, dass dir etwas im Magen liegt", sagte Nowack, „auch wenn du die ganze Zeit versucht hast, es zu überspielen. Als du dir vorhin die Daten auf deinem Rechner angeschaut hattest, warst du geistig woanders, denn du hattest abwesend auf den Monitor gestarrt."

Muisfeld zuckte kurz mit den Schultern.

Dann meinte sie: „Es läuft im Leben halt nicht immer alles so, wie es sollte, und manchmal gerät es eben total aus den Fugen."

„Möchtest du drüber reden?"

Silvia zuckte erneut kurz mit den Schultern, aber sie schwieg.

„Raus damit", forderte Tibo sie auf. „Wenn es dir so sehr auf der Seele brennt, tut es dir gut, darüber zu reden."

Sie nickte und holte tief Luft.

Nun berichtete sie ihm, wie es beim Telefonat mit Daniel abgelaufen war.

Nachdem sie Nowack die Geschichte erzählt hatte, schaute sie ihn fragend an.

„Was denkst du darüber, Tibo?"

„Ich bin nur ein Außenstehender und kann die Sache schlecht einschätzen. Da ich deinen Daniel nicht kenne, kann ich mich auch nicht zu seinem Verhalten äußern. Ich möchte nichts schönreden, Silvia, aber du hast ihm am Telefon gesagt, dass du von ihm schwanger bist und ihm gegenüber eingeräumt, dass du, was die Verhütung anging, sein Vertrauen missbraucht hast. Wenn er jetzt sauer auf dich ist, könnte ich es sehr gut nachvollziehen. Du hast mich gefragt, was ich darüber denke. So ein Vertrauensbruch ist in meinen Augen eine schlimme

Sache, aber wenn er dich liebt und du ihn um Verzeihung bittest, könnte alles wieder gut werden."

Er schaute seine Kollegin an und sah, dass in diesem Moment dicke Tränen über ihre Wangen hinab liefen.

„Es tut mir leid", sagte er, „dass ich so direkt war, aber man kann die Sache nicht einfach schönreden. Außerdem besteht immer noch die Möglichkeit, dass es doch eine Störung der Handyverbindung gab und Daniel überhaupt nicht sauer auf dich ist."

In diesem Moment öffnete sich die Bürotür und Metzger-Ibbenburg, der Leiter des Kommissariats für Tötungsdelikte, betrat den Raum.

„Guten Morgen zusammen", grüßte er laut. „Und, wie arbeitet es sich so, nur zu zweit?"

Damit spielte er darauf an, dass Söhlbach im Urlaub war.

„Da müssen wir durch", antwortete Nowack und grinste seinen Chef an. „Zum Glück ist es nur vorübergehend."

Silvia wischte sich, ohne dass Metzger-Ibbenburg etwas davon merkte, die Tränen von den Wangen.

„Gibt es Erkenntnisse im Fall der toten Frau in Binsheim?", wollte der Chef wissen. „Ich habe erst heute Morgen davon erfahren. Kurioserweise gibt es bezüglich dieses Falles in der Öffentlichkeit kaum Interesse. Es gab nur wenige Anfragen von der Presse, die ich aber noch beantworten muss. Den Obduktionsbericht und den Bericht der Spurensicherung habe ich gelesen. Mir fehlen noch Infos über die tote Frau. Was haben Sie über das Mordopfer herausgefunden?"

„Die Frau stammt aus dem Obdachlosenmilieu", erklärte Tibo. „Dort wurde sie als grüne Gertrud bezeichnen, weil sie immer dieselbe, grüne Jacke anhatte. Ihr richtiger

Name ist uns noch nicht bekannt. Sie hatte keine Papiere dabei."

„Und woher wissen Sie dann, dass man sie grüne Gertrud genannt hat?", fragte Metzger-Ibbenburg verwundert.

„Ein Mann namens Frank Meier, ebenfalls obdachlos, hatte sie in der Homberger Wache als vermisst gemeldet. Wir haben Meier befragt, und er hat uns dann diesen Namen genannt."

„Die Tote war also in Homberg zuhause", stellte der Kommissariatsleiter fest. „Was sag´ ich da. Sie war ja obdachlos und hatte kein Zuhause. Wie nennt man das denn? Bedingt gebietsansässig?"

Metzger-Ibbenburg grinste.

Nowack merkte sofort, dass der Chef heute gut drauf war. Er führte es darauf zurück, dass die Presse ihm wohl nicht so sehr mit Fragen zu dem Mordfall belästigt hatte, wie in anderen Fällen.

„Sagen wir einfach", fuhr der Chef fort, „sie hat sich in Homberg herumgetrieben. Ich glaube, das ist die beste Lösung für die Beschreibung ihrer Herkunft."

„So könnte man es sagen, Chef", meinte Tibo.

„Was hat Ihnen dieser Meier über die Frau erzählt?", wollte Metzger-Ibbenburg wissen. „Hatte sie mit anderen Obdachlosen vielleicht Streit? Gab es Leute, die auf diese grüne Gertrud nicht gut zu sprechen waren?"

Nowack schüttelte mit dem Kopf.

„Nein, Chef, im Gegenteil, sie war wohl eher beliebt."

„Sie war beliebt? Hat Ihnen das auch dieser Meier erzählt?"

„Ja, das hat er. Bei ihm war sie auf jeden Fall beliebt, weil sie ihm für ein paar Fläschchen Schnaps gewisse Freude gebracht hatte."

Der Kommissariatsleiter runzelte die Stirn.

„Soso", sagte er. „Gewisse Freude. Können Sie das auch näher erläutern?"

„Natürlich kann man das näher erläutern", mischte sich nun Silvia in das Gespräch. „Man kann es sogar ganz genau auf den Punkt bringen. Frank Meier hat wortwörtlich gesagt, sie bläst wie der Teufel."

Metzger-Ibbenburgs plötzlich herabfallende Kinnlade und die großen Augen, die er machte, ließen erkennen, dass er auf so eine direkte Antwort nicht gefasst gewesen war.

„Oh", kam es, nachdem er ein lautes Räuspern von sich gegeben hatte, unsicher aus seinem Mund.

„Meier hatte sich mit der grünen Gertrud verabredet", erklärte Muisfeld weiter, „weil sie ihm, in einem Gebüsch versteckt, wieder diese Freude bereiten wollte. Da Gertrud nicht zu diesem Treffen erschienen war, hatte Meier sie bei den Kollegen der Homberger Wache als vermisst gemeldet. Das hätte Meier bestimmt nicht gemacht, wenn ihm die Frau egal gewesen wäre."

„Es gibt Anhaltspunkte dafür", sagte Nowack, „dass diese Gertrud auch anderen aus dem Obdachlosenmilieu ihre Dienste angeboten hatte. Weiterhin vermuten wir, dass es auch Männer gab, die nicht zu dieser Szene gehörten, denn sie wurde mit aller Wahrscheinlichkeit mit einem Auto zum Tatort gebracht."

Metzger-Ibbenburg nickte.

Dann sagte er: „Sie haben ja bereits erwähnt, was dieser Meier über das Mordopfer ausgesagt hat. Was haben denn die anderen Leute aus der Obdachlosenszene über die grüne Gertrud erzählt?"

„Wir haben bisher nur Meier befragt", antwortete Tibo.

Der Kommissariatsleiter schaute ihn fragend an.

„Das verstehe ich jetzt nicht, Herr Nowack. Das Mordopfer war obdachlos, hat offensichtlich auch mit anderen Obdachlosen verkehrt, und sie haben bisher nur einen Mann aus diesem Milieu befragt?"

„Es hatte sich so ergeben", sagte Tibo unsicher.

„Was sitzen Sie beide denn dann noch hier herum?", kam es mit Nachdruck aus Metzger-Ibbenburgs Mund. „Sehen Sie zu, dass sie zur anderen Rheinseite nach Homberg fahren und dort die anderen Obdachlosen befragen."

„Gute Idee, Chef", sagte Nowack und erhob sich. „Das werden wir sofort machen."

Er wandte sich an Muisfeld, die immer noch an ihren Schreibtisch saß: „Worauf wartest du, Silvia? Es gibt Arbeit."

„Jetzt hetzen Sie Ihre Kollegin nicht so", meinte der Kommissariatsleiter. „Auf ein paar Minuten kommt es ja jetzt auch nicht an."

Dann blickte er die Kommissarin an und sagte: „Wie ich Sie kenne, Frau Muisfeld, haben Sie doch bestimmt schon eine Idee, oder?"

Die Angesprochene blieb auf ihrem Stuhl sitzen, lehnte sich zurück und schaute ihren Chef fragend an.

„Also Chef", sagte sie. „Ich kenne einige Orte in der Stadt, an denen sich regelmäßig die Obdachlosen treffen, aber ich wüsste jetzt nicht, an welchem Ort in Homberg sie zu finden sind, denn in diesem Stadtteil kenne ich mich nicht besonders gut aus."

„Vielleicht", schlug Tibo vor, „sollten wir zu dem Marktplatz fahren, an dem wir Frank Meier getroffen hatten. Es kann ja sein, dass außer ihm noch andere Obdachlose dort sind."

„Das glaube ich eher nicht", entgegnete Silvia. „Als wir Meier befragt hatten, waren keine weiteren Leute aus der Szene da, und außerdem hatte Meier gesagt, dass er mit den anderen Obdachlosen nichts zu tun haben will und auch nicht weiß, wo sie sich herumtreiben."

„Irgendwo müssen wir aber anfangen", sagte Nowack. „Wir können ja nicht stundenlang durch Homberg fahren, um irgendwo jemanden aus dem Obdachlosenmilieu zu finden."

„Ich hatte Sie ja für einfallsreicher gehalten", mischte sich Metzger-Ibbenburg in das Gespräch ein. „Rufen Sie die Kollegen der Homberger Wache an. Sie sollten wissen, was in ihrem Stadtteil abgeht. Ich denke, dass sie von ihnen brauchbare Infos darüber bekommen, wo sich dort die Obdachlosen aufhalten."

Muisfeld verzog kurz das Gesicht.

„Ja, natürlich", sagte sie. „Da hätten wir auch alleine drauf kommen können."

Sie griff nach dem Telefon, und wenig später meldete sich ein Homberger Kollege.

Silvia stellte sich kurz vor und erklärte dem Mann am Telefon ihr Anliegen.

Metzger-Ibbenburg und Nowack schauten ihre Kollegin neugierig an, als diese ihrem Gesprächspartner mit großer Aufmerksamkeit zuhörte.

Mit den Worten: „Danke Kollege", beendete sie das Gespräch.

„Was hat er gesagt?", wollte der Kommissariatsleiter sofort von ihr wissen.

„Die größte Chance, Obdachlose anzutreffen haben wir im Bereich der Hochhäuser in Hochheide. Dort sollen sie sich im Moment öfters herumtreiben. Eine Garantie dafür, dass wir dort Obdachlose vorfinden, konnte mir der Homberger Kollege allerdings nicht geben."

Metzger-Ibbenburg hob beide Hände hoch und lächelte.

„Sehen Sie, Frau Muisfeld", sagte er. „Wenn man kompetente Leute anspricht, bekommt man auch fachmännische Hinweise. Und wer musste Sie auf die Möglichkeit, die Homberger Kollegen zu kontaktieren, hinweisen? Ich!"

Muisfeld konnte ein breites Grinsen nicht unterdrücken.

Sie schaute ihren Vorgesetzten an und meinte: „Was wären wir ohne Sie, Chef?"

„Das klang aber jetzt sehr schnippisch und patzig, Frau Muisfeld", gab er ihr zu verstehen.

„Entschuldigung, Chef, wenn Sie das falsch verstanden haben. Ich wollte damit eigentlich nur ausdrücken, wie gut wir", sie machte eine weit ausladende Handbewegung, „auch im großen Team zu-sammenarbeiten. Hier kooperieren alle vorbildlich mit-einander und einer denkt für den anderen mit."

Metzger-Ibbenburg nickte kurz.

Dann sagte er: „Dann ermitteln Sie mal schön", und verließ den Raum.

*   *   *

Die weißen Riesen

Als Nowack und Muisfeld die Gegend im Stadtteil Hochheide, in dem die Hochhäuser standen, erreicht hatten, fuhr Silvia, die hinter dem Steuer des dunkelblauen Passats Kombi saß, langsamer durch die Straßen.
Die beiden hielten Ausschau nach den Obdachlosen, die sich momentan hier aufhalten sollten.
„Ich sehe noch niemanden, den ich als Obdachlosen einstufen würde", sagte Tibo. „Vielleicht sind die Leute ja ausgerechnet heute woanders unterwegs."
„Meistens halten sie sich ja in den Grünanlagen auf", meinte seine Kollegin. „Ich weiß, dass um die Hochhäuser herum Spielplätze und Grünflächen sind. Deshalb fahren wir mal direkt zu einem der weißen Riesen hin und sehen uns dort um."
„Weiße Riesen?", wunderte sich Nowack.
„So werden die Hochhäuser hier ganz offiziell genannt. Das kannst du als Neu-Duisburger ja nicht wissen."
„Doch, jetzt, wo du es sagst, fällt es mir wieder ein. Es ist doch noch gar nicht so lange her, als man einen weißen Riesen gesprengt hat. Von dieser Sprengung wurde sogar im Fernsehen berichtet."
„Genau, Tibo, und bald soll auch der nächste weiße Riese gesprengt werden."
„Naja, diese Klötze sind ja auch nicht gerade besonders schön."

Etwas später fuhren die beiden vor dem Hochhaus an der Ottostraße vor.

Nachdem sie aus dem Wagen gestiegen waren, kam ein lautes „Boah!" aus Nowacks Mund.

Sein Blick haftete an dem riesigen Gebäudekomplex, der nun unmittelbar vor ihm in die Höhe ragte.

„Wenn man direkt davor steht", sagte er, „dann sieht man erst, wie gewaltig dieser Bau ist."

„Ja", bestätigte Silvia seine Aussage. „Das ist ein echter Monsterbau. In diesem Haus hat früher mal eine Freundin von mir gewohnt. Sie war ganz oben in der zwanzigsten Etage zuhause."

„Ganz ehrlich, Silvia, ich würde nicht gerne in so einem Klotz wohnen."

„Meine Freundin hatte damals zusammen mit ihren Eltern dort gewohnt, und die Wohnung war groß und richtig modern. Das Beste aber war die Aussicht vom Balkon. Die war unbezahlbar, denn von da oben aus konnte man die ganze Stadt überblicken."

Nowack schaute sich um und deutete sofort auf die Grünanlage vor dem Hochhaus.

„Ich glaube", sagte er, „wir sind hier richtig. Da hinten stehen mitten auf der Wiese leere Einkaufswagen herum. Das könnte auf Obdachlose hindeuten."

„Oder auch nicht", meinte seine Kollegin. „Scheinbar stehen hier überall Einkaufswagen herum. Dahinten, neben dem Eingang stehen auch zwei Wagen herum. Es sieht so aus, als würden die Bewohner des Hauses ihre Einkäufe darin nachhause schieben und die Wagen einfach hier stehen lassen."

„Wer macht denn so etwas?"

„Das frag´ ich mich zwar auch, aber andere Menschen, andere Gepflogenheiten."

„Was hältst du davon", schlug Nowack vor, „wenn wir uns hier um das Haus herum mal umsehen? Wie es aussieht, gibt es da ja noch mehr Grünanlagen."

Als Silvia nicht antwortete, schaute er sie an. Sofort erkannte er, dass seine Kollegin momentan in ihren Gedanken offensichtlich woanders war. Auch, wenn es so aussah, als blicke sie auf einen der Einkaufswagen, ihre Augen starrten ins Leere.

„Silvia", sagte er und fasste sie an die Schulter. „Ich habe dich etwas gefragt."

Sie schaute ihn für einen Augenblick perplex an.

„Entschuldigung, Tibo, was hast du gesagt?"

„Ich habe gesagt, dass wir uns hier um das Haus herum einmal umsehen sollten. Du hast gerade wieder an dein Telefonat mit Daniel gedacht, stimmt ´s?"

Sie nickte und atmete tief durch.

„Ja, entschuldige noch mal. Ich werde mich jetzt aber wieder auf den Dienst konzentrieren. Wir werden uns jetzt einmal gründlich hier umschauen, Tibo."

Die beiden marschierten los und tatsächlich erblickten sie weit hinten in der Grünanlage hinter dem riesigen Ge-bäude einige Leute, die vom Aussehen her dem Obdach-losenmilieu zuzuordnen waren.

Bald hatte sie die Gruppe erreicht.

Es waren vier Männer, die auf der Wiese saßen und Bier aus Dosen tranken.

„Guten Tag zusammen", grüße Muisfeld sie freundlich.

Tibo und Silvia ernteten misstrauische Blicke.

„Tach", sagte einer der Männer, mit heiserer Stimme. Der Mann stach durch eine leuchtend orange Baseballkappe sofort ins Auge. „Sie brauchen gar nicht erst versuchen, uns hier weg zu scheuchen. Wir dürfen hier sitzen."

„Niemand will Sie hier weg scheuchen", gab die Kommissarin dem Mann zu verstehen und hielt ihren Dienstausweis hoch. „Mein Name ist Muisfeld und das ist mein Kollege, Herr Nowack. Wir sind von der Kripo Duisburg und hoffen, dass Sie uns bei Ermittlungsarbeiten weiterhelfen können."

Die Männer auf der Wiese schauten sich gegenseitig an. Bevor einer von ihnen etwas sagen konnte, fragte Tibo: „Kannten Sie die grüne Gertrud?"

Erneut tauschten die vier Männer Blicke untereinander aus.

„Was ist mit der Gertrud?", wollte einer von ihnen wissen.

„Sie wurde tot aufgefunden", antwortete Nowack.

„Sie ist tot?", kam es ungläubig aus dem Mund eines der Männer.

Während er das sagte, schob er die Kapuze seiner Jacke, die er trotz des Sommerwetters über dem Kopf getragen hatte, langsam nach hinten.

„Gertrud kann doch nicht tot sein", sagte er.

„Da kann dir doch nur Recht sein", meinte nun der Mann mit der orangen Baseballkappe zu ihm. „Dann brauchst du deine Schulden, die du noch bei ihr hattest, nicht zu bezahlen."

„Du Arschloch!", fauchte der andere ihn an und erhob sich blitzschnell. „Steh´ auf! Ich hau´ dir in die Fresse!"

„Nun mal langsam", mischte sich Nowack ein und sah den Mann mit der Kapuze an. „Sie hatten bei Gertrud Schulden?"

Die Antwort übernahm der Mann mit der Baseballkappe: „Er schuldet der grünen Gertrud noch 'ne Pulle Wodka und 'ne Pulle Korn."

„Ich hätte meine Schulden ja nächste Woche bei ihr bezahlt", sagte der Mann, der aufgestanden war, zu Nowack. „Dann bekomme ich wieder etwas Kohle."

„Du wolltest deine Schulden schon letzten Monat bei ihr bezahlen", sagte der andere Mann. „Hattest 'ne Pulle Wodka gekauft und sie dann selbst leer gesoffen."

„Meine Herren", unterbrach Muisfeld das Gespräch, „das können Sie nachher, wenn wir wieder weg sind, ganz in Ruhe ausdiskutieren. Ich würde gerne von ihnen wissen, ob jemand den vollen Namen der grünen Gertrud kennt."

Die vier Männer zögerten kurz, um dann aber mit einem kollektiven Kopfschütteln zu antworten.

„Was ist denn eigentlich mit der Gertrud passiert?", fragte einer von ihnen.

„Sie wurde ermordet", antwortete Silvia.

Jetzt stand auch der Mann mit der orangen Kappe auf.

„Wer hat das getan?", wollte er wissen.

„Das wissen wir noch nicht", erklärte die Kommissarin. „Deshalb würden wir gerne von Ihnen wissen, wann sie Gertrud das letzte Mal gesehen haben?"

„Sie war Sonntag bei uns", sagte einer der beiden, die immer noch auf der Wiese saßen. „Nicht gestern, sondern den Sonntag vor einer Woche."

„Und seitdem haben Sie sie nicht mehr gesehen?"

„Nein."

„Wissen Sie vielleicht, was die Gertrud in der letzten Woche gemacht haben könnte oder wo sie sich hätte aufhalten können?"

„Ich hatte sie gefragt", sagte der Mann, „ob sie Mitte der Woche Zeit für mich hätte, weil ich gemeinsam mit ihr ein paar Bierchen trinken wollte, aber sie hatte sich schon mit diesem Grauschwanz verabredet."

„Wer ist denn Grauschwanz?", fragte Muisfeld neugierig.

„Das ist so ein Typ, den keiner leiden kann, ein richtig arrogantes Arschloch. Der Penner lungert den ganzen Tag am Markt herum."

Silvia dachte sofort an den Obdachlosen mit dem grauen Pferdeschwanz, den sie am Homberger Marktplatz befragt hatten.

„Heißt er zufällig Frank Meier?", wollte die Kommissarin wissen.

„Ja, so heißt der. Kennen Sie den etwa?"

„Wir haben ihn ebenfalls befragt", erklärte Silvia dem Mann, der nun ebenfalls aufstand.

„Sie hätten den Grauschwanz sofort verhaften müssen", sagte der Mann mit der Kapuze. „Dem traue ich zu, dass der die Gertrud auf dem Gewissen hat."

„Wie kommen Sie darauf?", mischte sich nun Nowack in das Gespräch.

Der Mann vor ihm schob mit den Fingern seine Oberlippe hoch und präsentierte Tibo eine zwei Zähne breite Zahnlücke.

„Der hat mir im Suff die Zähne ausgeschlagen, einfach so, ohne Grund. Wenn der zu viel intus hat, dann rastet er aus. Sie haben doch gehört, der Kerl hat sich mit der Gertrud letzte Woche verabredet. Wenn der Grauschwanz zu diesem Zeitpunkt besoffen war, man, ich möchte mir gar nicht ausdenken, was er mit der Gerda gemacht haben könnte. Der Typ ist wahnsinnig, glauben Sie mir das."

Nowack überging die Aussage des Mannes.

„Ich möchte noch einmal auf die Kontakte der grünen Gertrud zurückkommen", sagte er. Hatte sie auch zu jemandem Kontakt, der ein Auto besitzt?"

„Ha!", sagte der Kapuzenmann laut. „Sie glauben doch nicht im Ernst, dass jemand in unseren Kreisen ein Auto hat, und die Leute, die ein Auto haben, wollen mit Leuten, wie wir es sind nix zu tun haben."

„Das stimmt nicht", kam es etwas lallend aus dem Mund eines der beiden Männer, die noch auf der Wiese saßen. Der Mann, der eine auffällige Narbe quer über die ganze Nase hatte, führte eine Dose Bier an seinen Mund und trank ein paar kräftige Schlucke daraus. Dann nahm er die Dose von seinem Mund und gab einen langen, lauten Rülpser von sich.

Nowack verzog das Gesicht.

„Du spinnst ja, Stuka", meinte der Mann mit der Kapuze zu dem Mann mit der Narbe. „Niemand von uns hat ein Auto."

„Ich wollte ja auch nur sagen", gab der Angesprochene ihm zu verstehen, „es stimmt schon, dass wir mit niemanden verkehren, der ein Auto hat, aber die grüne Gertrud ist schon mal zu einem Mann ins Auto gestiegen. Das hab´ ich selbst gesehen, als ich auf meiner Bank gesessen habe."

„Wann war das?", fragte Tibo ihn.

„Das weiß ich nicht mehr genau. Vielleicht vor zwei Wochen oder vor drei Wochen, keine Ahnung."

„Wo war das denn?"

„Gerade mal hundert Meter von hier, auf dem Parkplatz bei Kaufland."

„Wissen Sie noch, in was für ein Auto sie gestiegen war?", hakte Nowack nach.

„Das war so ein grauer Kleinbus, ne, stimmt nicht, der hatte ja hinten keine Fenster, dann war das ja kein Bus, sondern ein Lieferwagen mit so einer Schiebetür an der Seite."

„Konnten Sie den Fahrer des Wagens erkennen?"

„Es war ein Mann, aber fragen Sie mich jetzt nicht, wie er ausgesehen hatte. Das weiß ich nicht mehr. Ich weiß allerdings noch, dass er wohl ein Snob war, denn er trug ein weißes Hemd und einen Schlips."

„Hatte das Auto irgendeine Aufschrift oder ein Firmenlogo?", wollte Tibo wissen.

„Nein, da stand nix drauf. Der war einfach nur grau."

„Versuchen Sie sich bitte mal genau zu erinnern", forderte der Kommissar den Mann auf. „Hatte der Fahrer des Autos Gertrud angesprochen, bevor sie zu ihm eingestiegen war?"

Der Angesprochene zuckte mit den Schultern.

„Das weiß ich nicht. Als ich die grüne Gertrud auf dem Parkplatz gesehen habe, stand sie vor der offenen Beifahrertür des Autos und hat sich mit dem Fahrer unterhalten. Worüber sie gesprochen haben, weiß ich auch nicht. Ich konnte nichts verstehen, weil ich zu weit weg war."

„Und was ist dann passiert?"

„Gertrud ist in das Auto gestiegen und hat sich neben den Fahrer gesetzt. Dann ist der Lieferwagen losgefahren."

Der Mann trank erneut einen Schluck Bier.

Nowack faste sich nachdenklich ans Kinn.

Dann sagte er: „Sie haben nicht zufällig auf das Fahrzeugkennzeichen geschaut?"

„Nein, das hat mich nicht interessiert."

„Wissen Sie denn noch, um was für eine Automarke es sich bei dem Transporter gehandelt hatte?"

„Nein, das weiß ich auch nicht. Da kenne ich mich auch nicht mit aus. Allerdings war es kein VW Bus, denn die kenne ich. Ein VW-Zeichen hätte ich sofort erkannt."

„Ha!", kam es laut aus dem Mund des Mannes mit der Baseballkappe. „Glauben Sie dem Stuka nicht ein Wort, Herr Kommissar. Der ist immer so blau, dass er gar nicht in der Lage wäre, einen VW zu erkennen."

In diesem Moment meldete sich Silvias Handy.

„Muisfeld", meldete sie sich und lauschte in das Mobiltelefon. „Was? .... Wo? .... Ja, wir sind ganz in der Nähe, wir kommen sofort."

Sie schaute kurz zu den vier obdachlosen Männern und sagte: „Danke für Ihre Auskünfte. Wir müssen jetzt wieder los."

Zu Tibo, der sie fragend ansah, meinte sie „Wir haben einen Einsatz."

Dabei machte sie ihm mit einer kurzen Kopfbewegung klar, dass sie sich erst von den Obdachlosen entfernen wollte, bevor sie ihren Kollegen über den Anruf aufklären würde.

Nachdem sie ein paar Meter gelaufen waren, sagte sie: „Ein paar Kinder haben einen Toten entdeckt. Alles deutet darauf hin, dass er erschlagen wurde."

„Wohin müssen wir denn?", wollte Nowack von ihr wissen.

„Zum Venator Wasserturm. Daran sind wir vorhin, als wir auf dem Weg zu den Hochhäusern hier waren, schon vorbeigefahren. Es ist nicht weit von hier."

„Ich kann mich an diesen Turm erinnern. Der Wasserbehälter des Turmes steht oben auf einem Gerüst aus Stahlträgern."

„Da hast du aber eine gute Beobachtungsgabe, Tibo. Ich kenne den Turm zwar, aber ich wüsste jetzt nicht, ob er auf Stahlträgern steht."

„Als Polizistin solltest du aber eine gute Beobachtungsgabe haben, Silvia. Das gehört eigentlich zum Job."

„Sorry, aber Dinge, die mich nicht interessieren, präge ich mir auch nicht ein."

Nowack wechselte das Thema.

„Was meinst du", sagte er, „sollen wir nachher noch mal diesen Frank Meier vom Marktplatz etwas intensiver befragen? Vielleicht kennt er ja den unbekannten Mann mit dem Lieferwagen?"

„Daran habe ich auch schon gedacht, Tibo, und nicht nur das. Meier könnte sogar an der Tat beteiligt gewesen sein. Dass er zur Polizei gegangen ist, um eine Vermisstenmeldung zu machen, könnte er getan haben, um von sich abzulenken."

„Ja", sagte Nowack. „Den Mann sollten wir uns noch mal vornehmen, aber jetzt beschäftigen wir uns erst einmal mit dem Toten am Wasserturm."

*　　*　　*

Der tote Mann am Wasserturm

Nach nur wenigen Minuten hatten Nowack und Muisfeld den Wasserturm erreicht.

Sie stellten ihr Auto hinter einem Streifenwagen, der auf dem Gehsteig parkte, ab.

Direkt neben dem Gehsteig lag eine kleine Grünanlage, die bis zur Umzäunung, hinter der der blauweiß gestrichene Wasserturm stand, heranreichte.

Nowack und seine Kollegin Muisfeld stiegen aus dem Auto. Sofort sahen sie, dass im hinteren Bereich der Grünanlage zwei uniformierte Polizisten standen, die sich mit drei Jugendlichen unterhielten.

Als einer der beiden Polizisten die Kripoleute erkannte, kam er sofort auf sie zu.

„Das ging aber schnell", sagte er, nachdem er sie mit einem kurzen Kopfnicken begrüßt hatte. „Ich habe den Leichenfund doch gerade erst gemeldet."

„Wir waren zufällig in der Nähe", erklärte Nowack ihm ihr schnelles Erscheinen. „Es gibt also einen Toten?"

„Ja", antwortete der Polizist und deutete nach hinten auf eine Buschgruppe, vor dem sein Kollege mit den Jugendlichen stand. „Die Jungen haben da hinten im Gestrüpp einen toten Mann entdeckt. So, wie der Tote aussieht, wird er wohl der Obdachlosenszene angehört haben."

Tibo und Silvia schauten sich kurz an.

Dem uniformierten Polizeibeamten waren die erstaunten Blicke, die die beiden untereinander austauschten, nicht entgangen.

„Was ist denn?", fragte er. „Wurde etwa ein Obdachloser vermisst?"

„Nein", sagte Muisfeld. „Ganz zufällig ermitteln wir gerade in einem Mordfall, bei dem eine obdachlose Frau getötet wurde."

Ohne auf diese Aussage einzugehen, meinte der Polizist: „Na, dann kommt mal mit. Ich zeige euch den Toten. Es sieht so aus, als hätte man ihm den Schädel eingeschlagen."

Er führte die beiden zu einem dichten Gebüsch, welches im hinteren Bereich der Grünanlage lag. Das wild zugewucherte Gestrüpp bestand überwiegend aus stacheligen Brombeerranken.

„Hinter diesem Busch liegt er."

Sie gingen um das Gebüsch herum und dann lag der Tote vor ihnen.

„Das ist Frank Meier", stellte Nowack sofort fest.

„Sie kennen den Mann?", wunderte sich der uniformierte Kollege neben ihm.

„Ja", übernahm Muisfeld die Antwort. „Wir hatten Meier vorgestern befragt und wollten ihn eigentlich heute noch einmal befragen, aber das hat sich ja jetzt erledigt."

Nun betrachteten sie den Toten genauer.

Auf seinem Kopf erkannten sie sofort blutige Wunden, die den Wunden, der ermordeten Gertrud sehr ähnlich sahen.

„Den Verletzungen nach zu urteilen", sagte Tibo, „sieht es nach demselben Täter aus, der die grüne Gertrud getötet hat."

„Das vermute ich auch", meinte seine Kollegin und schaute sich suchend nach allen Seiten um.

Dann fragte sie den Polizisten neben sich: „Habt ihr zufällig hier irgendwo einen mit Klamotten gefüllten Einkaufswagen gesehen?"

Der Angesprochene schüttelte den Kopf.

„Nein, aber ehrlich gesagt, ich habe auf so etwas auch nicht geachtet."

Nowack ging suchend um den Toten herum.

„Hier auf dem Boden sind Blutspuren zu erkennen", stellte er fest. „Wie es aussieht, wurde er genau hier erschlagen."

„Am besten lassen wir erst mal alles so, wie es ist", sagte Silvia. „Näheres soll Ralf mit seiner Spusi herausbekommen."

Nowack deutete auf drei ältere Damen, die bis gerade noch neben dem Streifenwagen gestanden hatten und nun über die Wiese neugierig auf sie zukamen.

Dann sagte er zu dem uniformierten Kollegen: „Könnt ihr bitte die Leute vom Tatort fernhalten? Die Grünanlage muss weiträumig abgesperrt werde."

Der Angesprochene sorgte sofort dafür, dass die drei neugierigen Seniorinnen sich wieder entfernten.

Nowack und Muisfeld begaben sich nun zu den drei Jugendlichen, die neben dem anderen Polizisten standen und stellten sich kurz vor.

„Ihr habt den Toten also entdeckt", sagte Silvia zu ihnen. „Der Mann liegt ja hinter dem Busch, und man kann ihn vom Weg aus nicht sehen. Warum also habt ihr euch in den Büschen herumgetrieben?"

„Ich habe ihn entdeckt", sagte einer der Jungen. „Ich musste ganz nötig pinkeln. Bis zur Schule hätte es nicht mehr geschafft. Da hätte ich mir in die Hose gemacht. Deshalb hab´ ich mich in die Büsche geschlagen. Erst als ich mit dem Pinkeln fertig war, habe ich zur Seite geguckt und den Mann da liegen sehen."

„Ihr ward auf dem Schulweg?", wollte Muisfeld wissen.

„Ja", sagte nun ein anderer Junge, „Wie gehen auf die Erich Kästner Schule."

Silvia lächelt und meinte: „Ich bin nicht von hier. Die Schule kenn´ ich leider nicht."

Der Schüler deutete zur Straße.

„Da drüben fängt die Feldstraße an. Bis zur Schule sind es nur ein paar Hundert Meter."

„Ist euch sonst noch irgendetwas aufgefallen?", wollte die Kommissarin von den drei Jugendlichen wissen. „Habt ihr vielleicht hier irgendwo einen Einkaufswagen herumstehen sehen?"

„Einen Einkaufswagen?", wunderten sich die Jungen.

„Wir wissen, wer der Tote ist", erklärte die Kommissarin. „Er war obdachlos und hatte sein Hab und Gut in einem Einkaufswagen mit sich geführt."

Nachdem die drei Schüler erklärt hatten, dass ihnen nichts aufgefallen war, ließ Silvia sich von dem Jungen, der den Toten entdeckt hatte, die Personalien geben.

„Ihr könnt jetzt zur Schule gehen", sagte sie schließlich und übergab dem Jugendlichen ihre Karte. „Falls euch doch noch etwas einfällt, einfach anrufen."

Der Junge schaute sie fragend an.

„Könnten Sie uns denn eine Bestätigung geben, dass wir jetzt hier waren? Wir kommen ja nun zu spät zur Schule und haben dafür keine Entschuldigung. Unsere Lehrerin versteht da keinen Spaß."

Silvia schüttelte lächelnd den Kopf.

Dann sagte sie: „Erzählt eurer Lehrerin einfach, was passiert ist und wenn sie es euch nicht glaubt, soll sie mich einfach anrufen."

Nachdem die Schüler weg waren, schaute sie auf die Uhr.

„Heute lässt die Spusi aber auf sich warten."

„Wir waren so schnell hier", sagte Tibo, „weil wir ganz in der Nähe waren. Ralf und seine Truppe kommen von der anderen Rheinseite. Hab´ also etwas Geduld."

Muisfelds Blick ging zu dem Gebüsch, hinter dem der Tote lag.

Dann sagte sie: „Vielleicht musste Frank Meier sterben, weil er den Mörder der grünen Gertrud kannte und ihn mit seinem Wissen erpressen wollte."

„Das wäre möglich, Silvia. Meier könnte dem Mann mit dem Lieferwagen erzählt haben, dass Gertrud für ein paar Schnapsfläschchen ihre Dienste anbietet. Wir wissen, dass die Frau zu ihm ins Auto gestiegen ist. Das könnte bedeuten, dass der Unbekannte Gertruds Dienste in Anspruch genommen hat. Laut der Zeugenaussage trug der Mann im grauen Lieferwagen ein weißes Hemd und eine Krawatte. Die Kleidung schließt also aus, dass er etwas mit der Obdachlosenszene zu tun haben könnte."

Tibo schloss kurz die Augen und fasste sich nachdenklich mit der Hand an die Stirn.

„Ich muss gerade daran denken, dass Meier uns sein defektes Handy gezeigt hatte, ein Handy, mit dem er aber noch fotografieren konnte. Vielleicht hat Meier mit der grünen Gertrud zusammengearbeitet. Gesetzt den Fall, dass der Mann im Lieferwagen verheiratet ist. Er könnte sich mit Gertrud eingelassen haben. Sie hat ihm einen geblasen und Meier hat die beiden dabei heimlich fotografiert. Mit den Fotos könnten die zwei versucht haben, den Mann zu erpressen. Das wäre auf jeden Fall ein Mordmotiv. Fakt ist, beide wurden ermordet."

Silvia nickte.

„So könnte es tatsächlich gewesen sein. Weißt du, Tibo, ich hatte gerade eine andere Idee bezüglich des Mordmotivs. Ich hatte daran gedacht, dass jemand die Leute aus der Obdachlosenszene hasst, warum auch immer und sie deswegen töten will. Doch ehrlich gesagt, deine Version für ein mögliches Tatmotiv ist viel plausibler. Hinter den Morden könnte wirklich ein Erpressungsversuch stehen."

In diesem Moment fuhren die Fahrzeuge der Spurensicherung vor.

Die weiß gekleideten Männer und Frauen stiegen aus.

Ralf Meier, den Leiter der Spurensicherung erkannte man wieder daran, dass er als einziger seine Kapuze nicht über den Kopf gezogen hatte. Seine hellblonden Haare stachen jedem umgehend in die Augen.

Meier kam sofort auf Muisfeld und Nowack zu.

„Ihr seid ja schon wieder vor mir am Tatort", stellte er fest und lachte kurz. „Das wird doch hoffentlich nicht zu einer Gewohnheit werden."

Es war allen bekannt, dass Meier sich überall damit brüstete, mit seiner Truppe immer als erster an den Tatorten zu sein. Es war eine Tatsache, die meistens auch zutraf. Für ihn war es eine Art persönlicher Wettkampf, den er immer gewinnen wollte. Auch, wenn er bei seiner Anmerkung gegenüber Silvia und Tibo gelacht hatte, tief im Inneren wurmte es ihn, schon wieder nur der zweite zu sein.

„Wo ist der Tote?", wollte er von den beiden wissen.

Nowack deutete auf das Gebüsch. „Er liegt hinter den Sträuchern. Es handelt sich übrigens um einen Namensvetter von dir."

„Der hieß auch Ralf?"

„Nein, Meier."

„Ach so", sagte der Leiter der Spusi. „Das ist ja nichts Besonderes. Meiers gibt es wie Sand am Meer."

Nun wandte sich Silvia an ihn: „Wir haben den Toten nicht angefasst, also auch nicht durchsucht. Solltet ihr ein Handy bei ihm finden, dann möchten wir es sofort begutachten, weil eventuell das Mordmotiv darauf festgehalten wurde."

„Ihr kennt also das Mordmotiv schon?", kam es überrascht aus Meiers Mund. „Weshalb wurde der Mann denn ermordet?"

„Das wissen wir noch nicht genau, aber es könnte um eine Erpressung gegangen sein. Mehr darüber könnte uns das Handy des Toten zeigen."

Silvia und Tibo führten den Leiter der Spusi zu dem Toten.

Als sie vor dem Mordopfer standen, sagte Meier: „So, wie der aussieht, muss es sich um einen Penner gehandelt haben."

„Ja", bestätigte Muisfeld. „Er war obdachlos."

„Und so einer soll ein Handy besitzen?", wunderte Meier sich.

„Wir wissen, dass er ein Handy hatte", sagte Nowack. „Er hatte es uns selbst gezeigt. Es ist zwar ein altes, defektes Modell, aber zum Fotografieren hatte es noch gereicht."

„Ihr kanntet den Toten also?"

„Ja", erklärte Tibo, „wir hatte ihn vorgestern zu dem Mordfall in Binsheim befragt. Da war er noch putzmunter."

Mittlerweile waren auch die anderen Mitarbeiterinnen und Mitarbeiter der Spurensicherung zu ihnen gekommen.

Ralf Meier gab ihnen kurze Anweisungen.

Zunächst wurde der Tatort mit all seinen Details fotografiert.

Man merkte sofort, dass sie ein eingespieltes Team waren, denn als der Fotograf seine Tätigkeit beendet hatte, schwärmten sie am Tatort aus, und alle gingen ganz gezielt auf Spurensuche. Die einen beschäftigten sich mit dem Mordopfer, während die anderen hochkonzentriert den Tatort nach verwertbaren Hinweisen absuchten.

Silvia und Tibo standen abwartend daneben und beobachteten die Leute der Spusi bei ihrer Tätigkeit.

Die Kleidung des Mordopfers wurde zunächst gründlich durchsucht, dann wurde der Körper vorsichtig gewendet und noch einmal nach Anhaltspunkte abgesucht.

Schließlich hob eine Mitarbeiterin der Spurensicherung ihre Hände und sagte: „Er hat nichts dabei. All seine Taschen sind leer."

„Auch kein Handy?", fragte Muisfeld.

„Nein, nichts", antwortete die weißgekleidete Frau. „Wir haben seine Taschen durchsucht und ihn abgetastet. Sollte er ein Handy gehabt haben, könnte es vielleicht in die Büsche gefallen sein. In diesem Fall werden wir es finden."

„Ich hab´ was, Ralf", hörten sie einen Mann sagen, der gerade dabei war, den Bereich unter dem Busch abzusuchen. „Bring´ mal direkt einen großen Plastikbeutel mit."

Dann wandte er sich an dem Spusimitarbeiter mit der Kamera: „Achim, du solltest das hier noch mal ablichten, bevor wir es bergen."

Meier und der Fotograf begaben sich zu ihm.

Wenig später hob der Leiter der Spurensicherung das Fundstück vorsichtig auf und begab sich damit zu Tibo und Silvia.

In seiner Hand hielt er einen unförmigen Stein, der aussah wie ein kleiner Fels, den sich jemand als Souvenir aus einem Urlaub im Gebirge mitgenommen hatte. An den Kanten des Steins waren deutliche Blutspuren zu erkennen.

„Das dürfte wohl die Tatwaffe sein", stellte Ralf Meier fest. „Näheres wird die Blutanalyse ergeben. Diese Blutspuren daran und auch die Spuren neben dem Toten sind allerdings nicht mehr frisch. Wie es aussieht, muss der Tote schon etwas länger dort gelegen haben."

Er wog den kleinen Fels in seiner Hand.

„Ich schätze mal", sagte er, „dass das Ding an die drei Kilo wiegt."

Muisfeld nickte.

Dann sagte sie: „Das Mordopfer von Binsheim wurde auch mit einem unförmigen Gegenstand, vermutlich ein Stein, erschlagen. Es könnte also in beiden Fällen die Tatwaffe gewesen sein.

„Dann müsste der Täter den Stein nach seinem Mord in Binsheim mitgenommen haben", sagte Nowack. „Vielleicht hatte er von Anfang an geplant, damit einen zweiten Mord zu begehen."

„Das könnte unsere Vermutung unterstreichen", meinte Silvia, „dass die beiden Mordopfer den Mann erpressen wollten und deshalb sterben mussten. Die grüne Gertrud und Frank Meier sind tot. Der Täter hat sein Mordwerkzeug hier zurückgelassen, weil er es jetzt nicht mehr braucht."

Während der Leiter der Spusi das schwere Beweisstück in einen Plastiksack schob, schaute er Tibo und Silvia fragend an.

„Ihr vermutet also", sagte er, „dass der Täter erpresst wurde. Dann müsst ihr ja auch eine Vermutung haben, womit man ihn erpresst hat."

Nowack nickte.

„Wir vermuten, dass der Täter verheiratet ist und dass die beiden Mordopfer ihn mit kompromittierenden Fotos erpressen wollten. Genauer gesagt, gehen wir davon aus, dass Frank Meier heimlich fotografiert hat, wie die grüne Gertrud dem Täter einen geblasen hat."

„Was?", kam es langgezogen aus Ralfs Mund. „Wie seid ihr denn darauf gekommen?"

Silvia deutete auf das Mordopfer.

„Er hatte uns erzählt, dass Gertrud für eine kleine Gabe ihre Dienste angeboten hatte. Wortwörtlich hatte er gesagt, sie hat für ein paar Fläschchen Schnaps geblasen wie der Teufel."

Der Leiter der Spurensicherung schüttelte den Kopf.

„Unfassbar", sagte er. „Einfach unfassbar. Ich möchte nicht wissen, was in diesem Pennermilieu noch alles so abgeht."

Er schaute kurz zur Straße.

Dort waren uniformierte Polizisten damit beschäftigt, Passanten, die immer wieder neugierig vor der polizeilichen Absperrung stehen blieben, zum Weitergehen aufzufordern.

Mittlerweile war auch das Fahrzeug eingetroffen, mit dem das Mordopfer abtransportiert werden sollte. Zwei Männer, die einen Zinksarg aus dem Auto gezogen hatten, begaben sich mit diesem Behältnis jetzt zum Tatort.

Meier gab den beiden zu verstehen, dass sie den Sarg erst einmal abstellen sollten, bis die Spurensicherung mit ihrer Arbeit fertig sei.

„Es wird auf jeden Fall noch eine Weile dauern", sagte Meier und machte mir der Hand eine weit ausladende Geste. „Wir werden die komplette Grünanlage auf Hinweise absuchen."

Nowack wog den Kopf hin und her.

Dann meinte er: „Wenn es der gleiche Täter wie in Binsheim war, und davon ist nach der Sachlage auszugehen, wird er, wie auch bei seinem ersten Mord, keine Spuren hinterlassen haben."

„Er hat doch das Mordwerkzeug am Tatort zurück gelassen."

„Ja", sagte Tibo, „das hat er, aber ich bin mir ganz sicher, dass er daran keine Spuren von sich hinterlassen hat."

Ralf Meier zuckte mit den Schultern und sagte: „Wir werden trotzdem jeden Grashalm hier umdrehen. Sollte der Täter doch einen Fehler gemacht und nicht alle Spuren verwischt haben, werden wir es entdecken."

„Okay, Ralf", sagte Silvia. „Für uns gibt's ja hier im Moment nichts zu tun. Wir werden schon mal zurück ins Präsidium fahren. Sobald du den Bericht fertig hast, schicke ihn uns zu."

Muisfeld und Nowack verabschiedeten sich und verließen den Tatort.

*   *   *

103

Ein entspannter Chef

Es war bereits mittags geworden, als der Leiter des Kommissariats für Tötungsdelikte, Metzger-Ibbenburg, das Büro von Muisfeld und Nowack betrat.

Eigentlich war er immer etwas ungehalten, wenn es ungelöste Mordfälle gab und er den Leuten von der Presse keine Ermittlungsergebnisse zukommen lassen konnte. Heute aber wirkte er sehr entspannt.

„Es ist schon komisch", sagte er mit einem Blick auf den leeren Schreibtisch, an dem sonst immer Sven Söhlbach saß, „aber wenn jemand aus dem Team fehlt, stört es mich irgendwie. Denken Sie jetzt bitte nicht, dass ich dem Söhlbach seinen Urlaub nicht gönne, ganz im Gegenteil, er hat ihn sich hochverdient. Ich habe halt immer das Gefühl, es fehlt etwas, wenn hier nur zwei Leute sitzen."

Er schaute Silvia an.

„Als Sie, Frau Muisfeld, wegen ihrer Verletzung, die Sie sich im Dienst zugezogen hatten, ausgefallen waren und nur noch Ihre beiden Kollegen hier saßen, hatte ich das gleiche Gefühl."

Damit spielte er auf eine Stichverletzung an, die sich die Kommissarin vor einiger Zeit bei einem Einsatz zugezogen hatte. Sie war seinerzeit für einige Wochen ausgefallen.

„Zum Glück", sprach Metzger-Ibbenburg weiter, „sind die aktuellen Mordfälle nicht ganz so spektakulär. Die Ermittlungsarbeit ist ja nicht so aufwendig, als dass sie nicht mit zwei Leuten zu schaffen wäre."

Er blickte abwechselnd zu Nowack und Muisfeld.

„Liegen die Berichte der Spusi und der Gerichtsmedizin jetzt vor und haben Sie sie gesichtet?", fragte er.

Die Antwort übernahm Tibo: „Ja, Chef. Die Ergebnisse der Berichte unterstreichen eigentlich nur das, was wir bereits geahnt hatten. Frank Meier wurde mit dem Stein, der am Tatort gefunden wurde, erschlagen. Er trug drei eindeutige Verletzungen am Kopf davon. Genau wie im Mordfall von Binsheim, muss der erste Schlag schon tödlich gewesen sein.

Meiers Todeszeitpunkt wurde auf den frühen Sonntagmorgen festgelegt. Als die beiden Schüler ihn heute gefunden haben, hatte er schon einen ganzen Tag unentdeckt dort gelegen. Der Stein konnte zweifelsfrei in beiden Fällen als Tatwaffe identifiziert werden. Wie wir schon sagten, vermuten wir, dass die beiden Mordopfer den Täter mit kompromittierenden Fotos erpressen wollten.

Natürlich könnte es auch ein anderes Mordmotiv geben, aber der Hinweis auf einen gutgekleideten Mann im grauen Lieferwagen unterstreicht eher unsere Vermutung. Dieser unbekannte Mann passt nicht ins Obdachlosenmilieu, hat aber die grüne Gertrud mit seinem Auto mitgenommen.

Bezüglich des Tatmotivs haben wir auch andere Möglichkeiten in Erwägung gezogen, zum Beispiel, dass es sich um Taten innerhalb der Obdachlosenszene handeln könnte.

Wir haben uns mit einigen dieser Leute unterhalten. Sie sind halt, nun, wie soll ich sagen, etwas anders, aber ich denke nicht, dass sie sich gegenseitig umbringen. Ihnen würde ich es auch nicht zutrauen, dass sie in der Lage sind, so geschickt ihre Spuren zu verwischen. Hinzu kommt, dass niemand in diesem Milieu im Besitz eines Autos ist.“

Metzger-Ibbenburg nickte.

„Das leuchtet mir ein", sagte er. „Was hat es mit diesem Hinweis auf einen gut gekleideten Mann auf sich? Wer hat Ihnen diesen Hinweis gegeben?"

„Das war einer der Obdachlosen, mit denen wir uns unterhalten hatten. Er hatte uns erzählt, dass der Fahrer des Lieferwagens ein weißes Hemd und eine Krawatte trug."

„Und wie soll es jetzt mit den Ermittlungen weitergehen?", wollte der Chef wissen. „Wie wollen Sie herausfinden, wer dieser Mann mit dem Lieferwagen ist?"

„Gute Frage", antwortete Silvia. „Es wird viele graue Lieferwagen geben. Wir wissen nicht einmal, ob der Halter des Wagens aus unserer Region kommt. Wir werden uns aber auf dem Parkplatz, auf dem die grüne Gerda, laut Zeugenbericht in das Fahrzeug gestiegen sein soll, mal umsehen. Vielleicht gib es an diesem Ort Kameras, die alle Abläufe dort aufzeichnen."

„Allerdings", übernahm nun Tibo das reden, „dürfte es, selbst wenn es Kameraaufzeichnungen geben sollte, nicht einfach sein, das Fahrzeug zu entdecken, da uns der Zeuge keinen genauen Zeitpunkt hatte angeben können.

Er hatte gesagt, dass es zwei oder drei Wochen her sein könnte. So, wie ich den Zeugen auf Grund seines Zustands einschätzen würde, könnte er die Szene auf dem Parkplatz auch vor einer Woche gesehen haben. Der Mann war, ehrlich gesagt, total durch den Wind."

„Total durch den Wind?", hakte Metzger-Ibbenburg sofort nach. „Wie genau meinen Sie das?"

„Er war betrunken."

„Ach so. Warum haben Sie das nicht gleich gesagt. Vielleicht sollten Sie den Mann noch mal befragen, wenn er nüchtern ist."

„Ich denke", sagte Nowack, „auch im nüchternen Zustand wird er uns nicht weiterhelfen können."

„Nehmen wir an", meinte der Kommissariatsleiter, „Sie haben Glück und es gibt tatsächlich eine Kamera, die aufgezeichnet hat, wie diese grüne Gerda in den grauen Lieferwagen gestiegen war, und Sie können den Fahrer des grauen Fahrzeugs, wie auch immer, ausfindig machen. Die Tatsache, dass die Frau in das Auto gestiegen ist, macht den Mann noch nicht zu einem Mörder. Wenn der Mann Ihnen erzählen würde, er hätte die Frau nur mitgenommen und ein paar Straßen weiter wieder abgesetzt, müssten Sie ihm diese Aussage abnehmen."

„Die Tatsache", sagte Tibo, „dass ein späteres Mordopfer in sein Auto gestiegen ist, macht den Mann zum Verdächtigen. Die Leute von der KTU würden sich den Lieferwagen vornehmen. Sollte es sich bei dem Fahrer des Wagens um den Täter handeln, wird man Spuren der Tatorte im oder an dem Fahrzeug finden und eventuell auch Spuren der Mordopfer."

Nowack hob beide Hände hoch und verzog für einen Augenblick das Gesicht.

„Doch", redete er weiter, „damit es dazu kommen kann, müssen wir das Auto erst einmal ausfindig machen. Alles, was wir bisher darüber wissen ist, dass es sich um einen grauen Lieferwagen mit einer Schiebetür an der Seite handelt und dass es kein VW ist."

„Na dann", sagte Metzger-Ibbenburg, „machen Sie sich mal zu diesem Parkplatz auf. Vielleicht haben Sie ja

Glück, und es gibt dort Kameras. Sobald es etwas Neues gibt, sagen Sie mir Bescheid."

Mit diesen Worten verließ der Kommissariatsleiter den Raum.

Silvia erhob sich von ihrem Stuhl.

„Worauf wartest du, Tibo? Du hast gehört, was der Chef gesagt hat. Auf nach Homberg."

*   *   *

Szenenwechsel zur Ostsee

Die wunderschön angelegte Strandpromenade des Städtchens Dahme bot den Besuchern alles, was das Herz begehrte. Neben vielen kleinen Geschäften reihten sich zahlreiche Gaststätten, Schnellrestaurants und Cafés an. Die kulinarische Vielfalt ließ keine Wünsche offen.

Egal, wo man sich auf der Promenade aufhielt, man hatte immer einen Blick auf den Sandstrand und das Meer.

Auch Sven Söhlbach und seine Begleiterin Nina Büttgen genossen die Aussicht auf die Ostsee, die sich heute bei einem sanften Wellengang in einer wunderschönen, dunkelblauen Färbung präsentierte.

Die beiden saßen vor einem Eiscafé auf der Strandpromenade und ließen die herrlichen Urlaubseindrücke auf sich einwirken.

Sven schob sich genussvoll einen Löffel seiner Riesenportion Spaghetti Eis in den Mund.

Er schaute zu Nina, die dicht neben ihm vor einer großen Waffel mit reichlich Sahne saß.

„Meinst du, dass du diese gewaltige Portion schaffst?", wollte er von ihr wissen.

Sie lächelte und schüttelte den Kopf.

„Wenn ich gewusst hätte, dass es hier so übergroße Portionen gibt, hätte ich mir etwas Kleineres bestellt." Sie atmete tief durch. „Ich muss der Schöpfung dankbar dafür sein, dass ich überhaupt wieder einigermaßen gut essen kann."

„Warum? Hattest du irgendwelche Probleme?"

„Ich habe es dir noch nicht erzählt, Sven, aber ich bin dem Tod schon von der Schippe gesprungen. Eigentlich wollte ich dir davon erst später erzählen, weil ich dich, besonders jetzt im Urlaub, nicht mit negativen Dingen belästigen möchte."

„Über den Menschen, den ich liebe, möchte ich alles wissen. Also raus damit, Nina."

„Es ist jetzt etwas mehr als zehn Jahre her, da hatte ich mich für ein Hilfsprojekt in Kongo gemeldet. Es war bei diesem Projekt um den Aufbau von Schulen und die Ausbildung von Lehrpersonal gegangen. Zunächst war ich zwei Monate dort in Afrika. Davon war ich einen Monat schwer krank. Eine Tsetse-Fliege hatte mich gestochen und mit Trypanosomiasis infiziert. Falls dir das nichts sagt, man nennt es auch die Schlafkrankheit. Ich hatte mich vor der Abreise nach Afrika gegen alles Mögliche impfen lassen, aber gegen Trypanosomiasis gibt es keine Impfung. Die Krankheit war schon weit fortgeschritten, als man sie bei mir festgestellt hatte. Ich war mit dem Medikament Mel B behandelt worden. Das ist ein Medikament, welches in Europa keine Zulassung hat. Durch das Medikament hatte ich aber die Schlaf-krankheit einigermaßen gut überstanden. Ich war dann wieder nach Deutschland zurückgekehrt. Die Tätigkeit in Kongo hatte mir aber so gut gefallen, dass ich ein halbes Jahr später erneut nach Afrika geflogen war, um meine Arbeit an diesem Hilfsprojekt fortzusetzen. Um nicht noch einmal von der Tsetse-Fliege gestochen zu werden, hatte ich mich mit Mitteln gegen Insektenstiche eingedeckt und mich damit auch täglich eingesprüht. Leider hatten all diese Mittel nicht geholfen, denn ich bekam erneut die Schlafkrankheit, und zwar noch schlimmer als beim ersten Mal. An die lange Zeit, die ich dort im Kranken-haus verbracht hatte, kann ich mich nicht mehr so richtig erinnern, denn ich lag in einer Art Koma. Die einheimischen Ärzte hatten mich mit diesen bei uns nicht zulässigen Medikamenten vollgepumpt, so sehr, dass ich neben der Schlafkrankheit auch noch, bedingt durch die Medikamente, unter schweren Vergiftungserscheinungen gelitten hatte. Hinterher erst hatte ich erfahren, dass die Ärzte mich schon aufgegeben hatten. Wie durch ein Wunder hatte ich es doch noch überlebt. Wieder zurück in Deutschland war ich immer noch nicht so ganz geheilt, aber ich hatte mich langsam aber sicher wieder aufgepäppelt. Mein Körper war allerdings so kaputt, dass ich lange noch Stoffwechselprobleme hatte und kaum etwas essen konnte." Sie deutete auf ihre Waffel. „Wie du siehst, kann ich jetzt aber wieder reinhauen."

Sven schaute sie ungläubig an.

„Man, da hast du ja schon etwas richtig Schreckliches durchmachen müssen."

„Ja, das habe ich, aber ich hab's überlebt und ich kann wieder richtig gut essen, auch wenn diese Riesenwaffel doch etwas viel ist." Sie deutete auf Söhlbachs Eis. „Dein Spaghetti Eis ist ja auch so riesig."

Sven grinste.

„Ist doch gut", sagte er. „Hier gibt es endlich mal eine Eisportion, die wie für mich gemacht ist."

Dann steckte er den Löffel in das Eis, legte seinen Arm um Nina und zog sie etwas an sich heran.

Sie schaute ihn an und lächelte.

Bei diesem Anblick dachte Sven an ihre gemeinsame Schulzeit zurück.

Sie hat immer noch dieses wunderschöne, zarte Gesicht, in das ich mich damals verliebt hatte, ging es ihm durch den Kopf, *und sie hat die strahlenden Augen eines Engels.*

„Aber hier gibt es noch etwas, das wie für mich gemacht ist", meinte er schließlich, „und das bist du, mein Schatz. Ich kann mir nichts Schöneres vorstellen, als dich an meiner Seite zu haben."

Nina strahlte ihn an.

„Mir geht es ganz genau so, Sven."

Sie beugte sich zu ihm und gab ihm einen Kuss.

Als ihre Lippen sich berührten, schlossen sie für einen Moment die Augen.

„Du hast ja einen eiskalten Mund", stellte Nina fest und schmunzelte. „Genauso kalt, wie dein Eis."

Sven lachte und ergriff wieder seinen Löffel.

Dann sagte er: „Du machst mich halt so heiß, dass ich mich mit Eis herunterkühlen muss."

Die beiden hatten sich gesucht und gefunden. Der Liebesgott Amor hatte mal wieder ganze Arbeit geleistet. Nina und Sven genossen ihr Glück mit Leib und Seele. Der Urlaubsaufenthalt in Dahme war für sie etwas ganz Besonderes, denn endlich konnten sie, ohne Unterbrechung, Tag und Nacht gemeinsam verbringen. So frei und ungestört hatten die beiden sich schon lange nicht mehr gefühlt. Das galt besonders für Sven, der es gewohnt war, auch an freien Wochenenden mit dienstlichen Störungen zu leben.

Jeder Tag hier sollte für sie ein Freudentag werden und jede Nacht eine Zeit in der sie sich ihrer Liebe hemmungslos hingeben wollten. Jede einzelne Stunde war für die zwei erfüllt von Glückseligkeit.

Die Liebe hatte zugeschlagen, und die beiden fühlten sich im siebten Himmel.

Sven und Nina saßen vor dem Eiscafé und genossen ihr Glück in vollen Zügen.

Sie konnten nicht ahnen, dass es jemanden gab, der nicht nur ihr Glück, sondern auch ihr Leben zerstören wollte, und sie ahnten nicht, dass dieser Jemand sie genau in diesem Moment beobachtete.

Enrico Tomaso, der es sich zur Lebensaufgabe gemacht hatte, Söhlbachs Leben zu zerstören, saß etwa fünfzig Meter von ihnen entfernt in einem Strandkorb und ließ die beiden nicht aus den Augen.

Alles war bisher fast genauso abgelaufen, wie er es geplant hatte.

Dass ausgerechnet Nina Büttgen mit Söhlbach zusammen war, ordnete er nicht nur als Glückstreffer, sondern auch als Fügung des Schicksals ein.

Tomaso war Lehrer und arbeitete in derselben Schule wie Nina. Sie hatte im Lehrerkollegium herumerzählt, mit wem und wo sie ihren Urlaub verbringen würde. Von ihr hatte Enrico auch erfahren, dass sie einen Tag eher nachhause fahren würde, weil sie zu einer Geburtstagsfeier musste. Nina hatte ihm ebenfalls erzählt, dass Söhlbach auf der Rückfahrt noch einen Abstecher nach Lübeck machen wollte.

All diese Infos hatte Tomaso in seinen Plan eingebaut.

Als Nina vor zwei Wochen erzählt hatte, dass sie mit Söhlbach einen gemeinsamen Urlaub plane, war Enrico sofort zum Schulrektor gegangen. Er hatte dem Rektor erzählt, dass seine Großmutter in Italien verstorben sei und er sofort Urlaub brauche, weil er die Beerdigung regeln müsse. Enrico war mit dem Rektor gut befreundet und so hatte er ganze zwei Wochen Urlaub bekommen, um in Italien alles regeln zu können. Eigentlich wäre dieser Urlaub am Wochenende vorbei gewesen, doch Tomaso hatte sich krank gemeldet.

So hatte er genug Zeit dafür gehabt, seinen tödlichen Plan bis ins Detail auszuarbeiten.

Söhlbach sollte sterben, doch zunächst wollte er sein Leben zerstören.

Jetzt saß er im Strandkorb und beobachtete Sven und Nina.

Enrico war sich der Sache sicher, dass sie ihn in dem Getümmel hier nicht bemerken würden. Auf der Promenade flanierten zahlreich Urlauber und unter den vielen Leuten, die sich am Strand aufhielten, würde er auch nicht auffallen. Nur etwa zwanzig Meter von ihm entfernt spielten ein paar Kinder im Sand mit einem Ball und zogen durch ihr lautes Kichern alle Blicke auf sich.

Selbst wenn Nina ihn sehen würde, sie würde ihn nicht erkennen. Tomaso hatte sich seit zwei Wochen nicht mehr rasiert und nun zierte ein Vollbart sein Gesicht. Eine Schirmmütze und eine verspiegelte Sonnenbrille mit sehr großen Gläsern vervollständigten seine Tarnung.

„Hallo Sie!", wurde er von einer Kinderstimme aus seinen Gedanken gerissen. „Schießen Sie uns den Ball wieder zurück?"

Erst jetzt sah er den bunten Ball, der direkt neben seine Füße gerollt war.

„Na klar", sagte er und stand auf, um den Ball mit einem kräftigen Tritt in die Richtung der Kinder zu schießen.

„Danke!", hörte er den Jungen sagen, vor dessen Füße der Ball gelandet war.

Für einen Augenblick sah er den ballspielenden Kindern zu und lächelte.

In seinen Gedanken sah er sich plötzlich selbst als Kind, wie er zusammen mit seinem Bruder Francesco Fußball gespielt hatte. Francesco hatte immer besser als alle anderen mit dem Ball umgehen können und davon geträumt, einmal Profifußballer zu werden. Doch leider war sein Leben anders verlaufen.

Enrico atmete tief durch.

Dann setzte er sich wieder in den Strandkorb und blickte zu dem verhassten Söhlbach, der zusammen mit Nina an der Strandpromenade saß.

Sein Gesichtsausdruck wurde ernst und wirkte für einen Augenblick wie versteinert.

Tomasos Leben wurde nur noch vom abgrundtiefen Hass auf den Kommissar, der seiner Meinung nach am Tod seines Bruders eine erhebliche Mitschuld trug und von dem Trieb, Söhlbach zu töten, beherrscht. Es war ein Trieb, dem er sich voller Leidenschaft und Besessenheit hingab.

Nun saß der verhasste Kommissar zusammen mit Nina vor dem Eiscafé und als Enrico sah, wie die zwei sich küssten, erkannte man ein bitterböses Grinsen in seinem Gesicht.

Genießt es, dachte er. *Genießt es, solange ihr es noch könnt, denn bald werdet ihr sterben. Zunächst du, Nina, und dann dieser miese Kommissar.*

*   *   *

Wieder in Homberg

Kommissarin Muisfeld und ihr Kollege Nowack waren wieder nach Homberg gefahren, um sich auf dem Parkplatz von Kaufland nach eventuellen Kameras umzuschauen.

„Na, super!", kam es laut aus Tibos Mund, als sie ihr Ziel erreicht hatten. „Hier gibt es ja zig Parkplätze, und auf das Dach des Kaufhauses kann man auch fahren, um dort zu parken."

„Ich glaube aber", sagte Silvia, die den Dienstwagen fuhr, „dass wir den Parkplatz auf dem Dach ausschließen können. Ich wüsste nicht, warum sich ein Obdachloser dort ober herumtreiben sollte."

Sie lenkte das Auto auf einen der Parkplätze und hielt an.

„Der Mann mit der Narbe auf der Nase hatte gesagt", meinte Nowack, „er hätte den grauen Lieferwagen auf dem Parkplatz beim Kaufland gesehen. Angesichts der vielen Parkmöglichkeiten hier könnte es überall gewesen sein."

„Du hast Recht, Tibo. Wir müssten genauere Angaben darüber haben, wo der Mann, den sie Stuka genannt haben, die grüne Gertrud gesehen hatte und wo sie in das Auto gestiegen war."

„Wir sollten noch mal dorthin fahren, wo wir die Obdachlosen getroffen haben. Mit etwas Glück sind sie noch da. Dann soll uns dieser Stuka mal hierhin begleiten und uns die Stelle, an der er den Lieferwagen beobachtet hatte, zeigen."

„Genau das machen wir jetzt, Tibo. Es wäre sinnlos, hier alle Parkplätze abzusuchen, ohne den richtigen Ort zu kennen."

„So ganz nebenbei bemerkt, Silvia, ich habe mich mal beiläufig nach Kameras hier an den Parkplätzen umgeschaut. Bisher konnte ich keine Kamera entdecken."

Mit den Worten: „Ich auch nicht, Tibo", fuhr Muisfeld wieder los.

Das Hochhaus, in dessen Nähe sie auf die Obdachlosen gestoßen waren, hatten sie schnell erreicht.

Sie parkten direkt vor dem riesigen Wohngebäude.

Als Muisfeld zunächst keine Anstalten machte, auszusteigen, blickte ihr Kollege sie fragend an. Sofort erkannte er ihren abwesenden Gesichtsausdruck.

„Was ist los, Silvia", wollte er von ihr wissen.

Sie schüttelte kurz den Kopf.

„Ach, nichts, Tibo."

„Du denkst wieder an Daniel, stimmt´s?"

Muisfeld atmete kurz tief durch.

Dann nickte sie.

„Ja. Er wird mich hassen und nichts mehr mit mir zu tun haben wollen."

„Wie kommst du denn so plötzlich darauf. Nur weil die Telefonverbindung unterbrochen wurde, wird er dich nicht hassen. Du musst einfach noch mal versuchen, ihn zu erreichen, damit du mit ihm darüber reden kannst."

„Ich habe es dir noch nicht gesagt, Tibo, aber ich habe immer wieder versucht, ihn zu erreichen, habe die halbe Nacht am Telefon gehangen, doch ohne Erfolg. Daniel will mich nicht mehr, weil ich ihn hintergangen habe. Ich kann ihn sogar gut verstehen."

Sie schaute ihren Kollegen an.

Nowack sah eine dicke Träne über ihre Wange hinablaufen.

„Glaub´ mir, Tibo, er will mich nicht mehr. Ich spüre das. Ich habe immer wieder die Telefonnummer gewählt, mit der Daniel mich angerufen hatte. Zunächst hörte ich ein Freizeichen, und dann wieder diesen Besetztton, so, als ob jemand gleich wieder aufgelegt hat."

Nowack blickte sie unschlüssig an.

„Silvia, ich weiß jetzt echt nicht, was ich dazu sagen soll, aber..."

„Du musst nichts dazu sagen", unterbrach sie ihn.

Sie atmete noch einmal tief durch, wischte sich die Träne von der Wange und sagte: „Lass uns jetzt unsere Arbeit machen. Dann habe ich wenigstens Ablenkung."

Ohne ein weiteres Wort zu verlieren, stiegen die beiden aus dem Dienstwagen, um sich zu der Grünanlage zu begeben, in der sie auf die Männer getroffen waren.

So weit brauchten sie dieses Mal allerdings nicht zu laufen, denn sie erspähten die gesuchten Männer auf der großen Grünfläche, die sich direkt vor dem Hochhaus erstreckte.

Die Obdachlosen saßen nur etwa fünfzig Meter von ihnen entfernt auf der Wiese.

Als Tibo und Silvia sie erreichten, stellten sie fest, dass die Männer nur noch zu dritt waren. Der Mann, den sie suchten, war nicht mehr bei ihnen.

„Die Kripo ist wieder da", wurden sie von dem Mann mit der orangen Baseballkappe empfangen.

Nowack ging auf diese Bemerkung nicht ein.

„Wo ist denn Ihr Kollege, der heute Morgen bei Ihnen war, der Mann mit der Narbe auf der Nase?", wollte er von den Männern wissen.

„Der Mann mit der Narbe heißt Stuka", sagte einer von ihnen. „Die Narbe hat er sich vor einigen Jahren zugezogen, als er ein paar Stufen hinabgestürzt und mit der Nase auf einer Glasscherbe gelandet war."

„Genau", meldete sich nun wieder der Mann mit der Kappe zu Wort. „Er war geflogen wie ein Sturz-kampfbomber und deshalb heißt er seitdem auch Stuka. Wissen Sie, Stuka war die Abkürzung für Sturzkampf-bomber der Wehrmacht."

Die Männer auf der Wiese lachten.

Silvia schaute die drei kopfschüttelnd an.

„Und wo ist Stuka jetzt?", wollte sie von ihnen wissen.

„Keine Ahnung", antwortete der Obdachlose, der seine Kapuze wieder über den Kopf gezogen hatte. „Der ist einfach wortlos abgehauen."

„Es würde mich nicht wundern", sagte sein Kumpan mit der Kappe, „wenn er auch nicht mehr wieder kommt, genau wie der Leo."

„Wer ist denn Leo", fragte Muisfeld.

„Leo ist einer von uns. Sein voller Name ist Leo Weißbier, ein Name, den man so schnell nicht vergisst, aber er ist verschwunden, einfach so. Es ist etwa eine Woche her, oder war das mehr als eine Woche, keine Ahnung, da ist der Leo auch wortlos verschwunden und nicht mehr zurückgekommen."

„Der war aber stinkevoll, als er gegangen war", warf der Kapuzenmann ein.

„Ja und? Das war Stuka auch."

„Eben", sagte der Mann mit der Kapuze. „Voll wie immer. Stuka wird irgendwo in den Büschen liegen und seinen Rausch ausschlafen."

Er wandte sich Nowack zu.

„Was wollen Sie denn von dem Stuka wissen?", fragte er.

„Wir würden gerne wissen, auf welchem Parkplatz er beobachtet hatte, wie die grüne Gertrud zu dem Mann in den Lieferwagen gestiegen war."

„Das hatte er Ihnen doch gesagt. Es war der Parkplatz bei Kaufland."

„Wir waren gerade dort um uns umzusehen. Da gibt es eine Menge Parkmöglichkeiten und wir würden gerne wissen, wo genau Ihr Kollege seine Beobachtung gemacht hatte."

„Stuka hat gesagt, dass er es von seiner Bank aus gesehen hat."

„Von welcher Bank reden Sie?", fragte Tibo.

Der Mann schob seine Kapuze nach hinten und blickte Nowack lächelnd an.

„Das können Sie natürlich nicht wissen, Herr Kommissar", sagte er. „Der Stuka sitzt vormittags oft unter den großen Platanen auf seiner Bank am Platz. Da kommen ab und zu Leute vorbei, von denen er etwas abstauben kann."

„An welchem Platz steht diese Bank denn?", wollte Nowack wissen.

„Am Bürgermeister-Bongartz-Platz."

„Ich kenne mich hier in Homberg leider nicht so gut aus", sagte Tibo. „Würden Sie mit uns in das Auto steigen, damit wir dorthin fahren und Sie uns diese Bank zeigen können? Wir fahren Sie danach auch sofort wieder hierher zurück."

Der Angesprochene lachte.

„Da braucht man kein Auto", meinte er. „Das ist gleich hier um die Ecke. Da kann man zu Fuß hingehen."

„Umso besser", sagte Nowack. „Wären Sie denn so nett, uns dorthin zu führen?"

„Wissen Sie, Herr Kommissar, ich sitze hier gerade so gemütlich und hab´ keine Lust aufzustehen."

Er lachte.

„Wir können Sie natürlich nicht zwingen, uns diese Bank zu zeigen", meinte Muisfeld zu dem Mann, „aber wir suchen einen Mörder, der bereits zwei Obdachlose getötet hat, und Sie könnten uns bei dieser Suche unterstützen."

„Wieso zwei?", fragte nun der Mann mit der orangen Baseballkappe.

„Er hat die grüne Gertrud und auch Frank Meier getötet."

„Was?, kam es langgezogen aus dem Mund des Mannes. Er blickte die Kommissarin ungläubig an. „Der Grauschwanz ist auch tot?"

„Ja", antwortete Silvia. „Er wurde heute Morgen erschlagen aufgefunden. Der Täter war nachweislich derselbe, der die grüne Gertrud getötet hatte."

Der Mann mit der Kappe stand auf.

„Meinen Sie", kam es fragend aus seinem Mund, „dass da jemand unterwegs ist, der es auf uns Obdachlosen abgesehen hat und uns töten will?"

Muisfeld zuckte kurz mit den Schultern und sagte: „Wir wissen es nicht."

Der Mann vor ihr schaute nachdenklich auf den Boden.

„Der Leo", sagte er, „ist ja auch seit mehr als einer Woche spurlos verschwunden. Vielleicht wurde er ja auch erschlagen und liegt jetzt irgendwo tot in den Büschen."

Er sah sich nach allen Seiten um und wirkte mit einem Schlag sehr ängstlich.

„Vielleicht will der Mörder uns ja auch noch umbringen und beobachtet uns bereits."

„Wie gesagt", erklärte die Kommissarin ihm, „wir haben noch keine Anhaltspunkte. Sie könnten uns bei den Ermittlungen unterstützen und uns dabei helfen, den Täter zu finden. Wenn Sie uns aber nicht zu der Bank führen wollen, auf der Stuka immer sitzt, dann kann es länger dauern, den Mörder zu finden."

„Und vielleicht", sagte Nowack, „finden wir ihn überhaupt nicht, und er wird hemmungslos weitermorden."

„Kommen Sie mit", sagte der Mann vor ihnen ohne zu zögern. „Ich bringe Sie zu der Bank. Sie steht direkt hinter dem Hochhaus."

Als sie das große Haus fast erreicht hatten, sagte der Mann mit der Kappe: „Ich bin übrigens der Gerd."

Muisfeld und Nowack lächelten und nannten dem Mann auch ihre Namen.

Der Obdachlose, der sich Gerd nannte, führte die beiden rechts um das riesige Gebäude herum.

Der Weg, an dessen Ende besonders viele, leere Einkaufswagen standen, mündete direkt in den Bürgermeister-Bongartz-Platz.

Wenig später standen sie vor einigen, von Platanen beschatteten Bänken.

Der Mann mit der Baseballkappe deutete auf eine der Bänke.

„Hier sitzt der Stuka immer am Liebsten", sagte er.

Tibo und Silvia schauten sich um.

„Hier ist überall autofreie Zone", stellte die Kommissarin fest und deutete nach rechts. „Autos dürfen nur dahinten parken."

„Ja", stimmte Nowack ihr zu. „Da ist ein Parkplatz. Dahinten muss Gertrud also in den Lieferwagen gestiegen sein. Komm, Silvia, wir schauen uns dort mal um."

„Darf ich mitkommen?", fragte der Obdachlose, der sie hierher geführt hatte.

Tibo nickte.

„Ja, kommen Sie mit, Gerd. Es ist immer gut, einen Ortskundigen dabei zu haben."

Noch während die drei den Platz in Richtung der Parkflächen überquerten, sagte Gerd: „Der Parkplatz reicht bis da hinten links um die Ecke und endet dort. Da geht es für Autos nicht mehr weiter."

Als sie die als Parkplatz ausgezeichnete Fläche, auf der nur wenige Pkw standen, erreicht hatten, blickten sich Silvia und Tibo aufmerksam um.

Auf der rechten Seite des Parkplatzes erstreckte sich eine Grünfläche und auf der linken ein Gebäude.

Muisfeld zeigte zu einer Tür im hinteren Bereich dieses Gebäudes.

„Dahinten, über der Tür, befindet sich eine Kamera", stellte sie fest. „Lass´ uns mal sehen, welches Gebiet sie abdeckt."

Sie begaben sich dorthin, mussten aber zu ihrem Unmut feststellen, dass diese Kamera nur auf den unmittelbaren Bereich vor der Tür ausgerichtet war.

Ihr obdachloser Begleiter war ihnen zu der Tür gefolgt.

Er war es, der sofort sagte: „Von der Bank aus, auf der Stuka gesessen hat, kann man diesen Bereich hier überhaupt nicht sehen." Er deutete zurück. „Der Lieferwagen muss irgendwo dahinten gestanden haben."

„Das stimmt allerdings", bestätigte Silvia die Aussage des Mannes.

Wenig später standen sie wieder auf dem Teil des Parkplatzes, der im Blickfeld der Bank lag.

„Hier irgendwo muss die grüne Gertrud in das Auto gestiegen sein", meinte Tibo und schaute sich erneut nach allen Seiten um. „Hier gibt es ja gar keine Zufahrt", stellte er fest.

„Nein", bestätigte ihr Begleiter Gerd die Aussage des Kommissars. „Diesen Parkplatz erreicht man nur über die Glückaufstraße."

Er deutete auf die schmale Straße, die direkt an den Platanen, unter denen die Bänke standen, auf die der Zeuge gesessen hatte, vorbeiführte.

„Unglaublich", sagte Tibo. „Dann muss der graue Lieferwagen direkt an Stuka vorbeigefahren sein. Er muss den Fahrer aus nächster Nähe gesehen haben."

Er wandte sich an Gerd: „Wir müssen unbedingt noch mal mit Ihren Kollegen Stuka sprechen. Wissen Sie wirklich nicht, wo wir ihn finden können?"

„Nein, das weiß ich nicht. Er ist weggegangen, weil er sich noch ein paar Dosen Bier organisieren wollte. Wo er sich das Bier holen wollte, hat er nicht gesagt."

„Hmm", brummte Tibo. „Nehmen wir an, Gerd, Sie würden sich Bier holen wollen. Wohin würden Sie dann gehen?"

Der Angesprochene zuckte mit den Schultern.

„Keine Ahnung. Ich hole mir niemals Bier, weil ich die Finger vom Alkohol lasse. Dreimal schon war ich im Entzug und hatte dem Alkohol abgeschworen, und jedes Mal war ich rückfällig geworden. Dann war ich wieder im Entzug und die Ärzte haben gesagt, wenn ich wieder mit dem Saufen anfange, werde ich es nicht überleben, weil

mein Körper schon so kaputt ist. Bis jetzt habe ich durchgehalten."
„Ich hoffe, Sie schaffen es", sagte Silvia, die nach dieser Erzählung Mitleid zu dem Mann verspürte.
„Ich auch", meinte Gerd.
„Als Sie noch getrunken haben, wo haben Sie sich denn immer Bier geholt?"
„Mit Bier habe ich mich nie abgegeben. Ich habe mir immer nur Hochprozentiges organisiert."
Er schien für einen Moment nachzudenken.
Dann sagte er: „Bitte nicht böse sein, wenn ich Ihnen nicht verrate, wo und wie ich mir meine Getränke organisiert habe."
„Wir sind Ihnen nicht böse", meinte Silvia.
Sie nahm eine Visitenkarte aus der Tasche und reichte sie dem Obdachlosen.
„Ich hätte eine große Bitte an Sie, Gerd. Sollte Ihr Bekannter Stuka wieder auftauchen, dann bitte ich Sie darum, zur Polizeiwache zu gehen, den Kollegen von uns meine Karte geben und sie darum bitten, mich anzurufen. Sie wissen doch, wo die Wache ist, oder?"
„Ja, sie ist ja nur ein paar Hundert Meter weg von hier."
Gerd wollte noch etwas sagen, als sein Blick auf ein paar Männer fiel, die gerade den Weg neben dem Hochhaus entlang kamen und genau auf sie zugingen.
„Ich denke, das hat sich erledigt", sagte er und deutete auf die Männer. „Da kommt der Stuka doch."
Jetzt sahen Tibo und Silvia die Männer auch. Es waren Stuka und die beiden, die vorhin mit Gerd auf der Wiese gesessen hatten.
Die drei hatten den Parkplatz schnell erreicht.

Der Mann mit der auffälligen Narbe auf der Nase wandte sich sofort an Muisfeld und Nowack: „Stimmt es, dass da ein Verrückter herumläuft, der alle Obdachlosen töten will?"

„Fest steht", antwortete Tibo, „dass der Täter bereits zwei Obdachlose getötet hat. Was dieser Mörder noch alles plant, das wissen wir leider nicht."

Stuka deutete auf seine beiden Begleiter.

„Die zwei", sagte er, „haben gesagt, dass Sie mich unbedingt sprechen wollen. Stimmt das?"

„"Ja", antwortete Nowack. „Das stimmt. Würden Sie uns ihren Namen verraten?"

„Ich heiße Knoll, Achim Knoll, aber alle nennen mich nur Stuka. Was wollen Sie denn von mir wissen?"

„Es geht um den Mann, der den Lieferwagen gefahren hatte, in den die grüne Gertrud eingestiegen war. Das Fahrzeug muss ja direkt an Ihnen vorbeigefahren sein, als sie auf der Bank saßen."

„Das stimmt, der Wagen ist direkt an mir vorbeigefahren."

„Dann müssen Sie ja auch den Fahrer deutlich erkannt haben, Herr Knoll. Können Sie uns den Mann beschreiben?"

„Ja, ich hatte Ihnen doch schon gesagt, wie er aussah. Er hatte ein weißes Hemd und einen Schlips an."

„Stimmt, das hatten Sie gesagt, aber wir würden gerne wissen, wie der Fahrer des Wagens aussah. War er dick oder schlank? War er eher groß oder klein? Konnten Sie vielleicht sein Gesicht oder die Haarfarbe erkennen?"

Stuka kratzte sich nachdenklich am Kopf.

„Also ich weiß nicht", antwortete er. „So genau hab´ ich mir den Mann eigentlich nicht angeguckt." Er schloss für einen Moment die Augen. „Also, ich meine, er war kräftig gebaut, also er war nicht dick, sondern halt kräftig. Wie gesagt, genau weiß ich das nicht mehr. An das Gesicht kann ich mich nicht mehr erinnern und die Haarfarbe weiß ich auch nicht. Die Haare konnte ich auch gar nicht sehen. Mir fällt gerade ein, er hatte eine Mütze auf, eine dunkle Mütze."

„Überlegen Sie doch noch einmal ganz genau, Herr Knoll", forderte Tibo ihn auf. „Vielleicht fällt Ihnen ja doch noch etwas ein."

Der Angesprochene schüttelte den Kopf.

„Nein. Auf den Mann hatte ich auch nicht so genau geachtet, weil die Gertrud mir beim Vorbeifahren aus dem Autofenster zu gewinkt hatte."

„Schade", sagte Nowack. „Ich hatte gehofft, dass Sie uns den Mann näher beschreiben können."

„Ist der Fahrer des Lieferwagens etwa der Mörder?", wollte Knoll wissen.

„Das wissen wir nicht", sagte Tibo, „aber sollten Sie dieses Auto hier noch einmal sehen, melden Sie es bitte bei der Polizei."

„Es könnte aber der Mörder sein, oder?", hakte der Obdachlose sofort nach.

„Also, Herr Knoll", erklärte Nowack ihm. „Es gibt noch keinen Mordverdächtigen und der Fahrer des Lieferwagens könnte genauso gut der Mörder sein, wie Sie oder einer Ihrer Kollegen hier. Wir suchen ihn, weil er ein wichtiger Zeuge sein könnte."

„Ich habe ein mulmiges Gefühl", sagte der Obdachlose namens Gerd. „Es gibt da jemanden, der uns alle umbringen will. Ich werde ab jetzt auf der Hut sein und keinem mehr trauen."

Knoll blickte ihn ungläubig an.

„Heißt das, dass du jetzt auch mir, deinem Freund Stuka nicht mehr traust?"

„Weiß ich, was in deinem Kopf vor sich geht? Du bist ein Säufer, Stuka und manchmal bist du deshalb nicht mehr zurechnungsfähig."

„Laber doch nicht so einen Müll, Gerd!" fauchte Knoll ihn an. „Du bist selbst ein Säufer, und nur weil du im Moment einen auf trockenen Alkoholiker machst, denkst du wohl du bist jetzt etwas Besseres als wir. So einen Freund brauche ich nicht. Wer weiß, vielleicht bist du ja sogar der Mörder."

„Du spinnst ja, Stuka", entgegnete Gerd.

Bevor er noch etwas sagen konnte, mischte sich Muisfeld in das Gespräch.

„Jetzt machen Sie mal halblang, meine Herren", versuchte die Kommissarin das aufkommende Streitgespräch zu beschwichtigen. „Als mein Kollege gerade sagte, dass jeder der Mörder sein könnte, hat er sich vielleicht etwas falsch ausgedrückt." Sie deutete mit einer weit ausladenden Handbewegung auf alle Obdachlosen, die um sie herum standen. „Von Ihnen steht niemand unter Mordverdacht. Im Gegenteil, wir schließen Sie als mutmaßliche Täter aus."

„Und warum schließen Sie uns aus?", wollte Gerd wissen.

„Weil von Ihnen definitiv niemand ein Auto besitzt", erklärte Silvia, „und der Täter hat ein Auto."

„Dann war es also doch dieser Typ mit dem Lieferwagen", meinte Stuka.

Muisfeld schüttelte den Kopf.

„Noch einmal", sagte sie. „Es gibt noch niemanden, der unter Mordverdacht steht."

„Aber trotzdem", gab Nowack den Männern zu verstehen, „sollten Sie sicherheitshalber auf der Hut sein. Wir wissen nicht, was der Täter vorhat. Was den Mann im grauen Lieferwagen angeht, sollte er noch einmal auftauchen, dann melden Sie es bitte sofort. Kommen Sie dann bitte nicht auf die Idee, diesen Mann mit Gewalt festzuhalten. Damit würden Sie sich strafbar machen. Bis jetzt wird der Mann lediglich als Zeuge gesucht."

Die vier Obdachlosen schauten sich unsicher an.

Dann sagte Gerd: „Ich habe aber eine Idee. Wenn der Mann seinen Lieferwagen auf dem Parkplatz abstellt und dann einkaufen geht, könnte einer von uns zur Polizei laufen und das melden, und wir anderen könnten zu dem Auto des Mannes gehen und aus allen Rädern die Luft rauslassen, damit er nicht abhauen kann, falls er eher zurückkommt und abhauen will."

Tibo lachte.

„Eine gute Idee", sagte er, „aber das wäre der Tatbestand einer Sachbeschädigung."

Nowack blickte den Mann, der den Vorschlag gemacht hatte, an.

Dann sagte er: „Wenn es für diese Sachbeschädigung allerdings keine Zeugen gibt, wäre sie nur schwer nachzuweisen."

„Ich glaube", meinte Silvia, „zu diesem Thema ist genug gesagt. Wir müssen jetzt wieder los. Vielen Dank für Ihre Hilfe."

Muisfeld und Nowack verabschiedeten sich von den Männern und verließen die Gruppe.

*   *   *

Wer ist der Mann im Lieferwagen?

Kommissar Nowack und seine Kollegin Muisfeld saßen wieder im Duisburger Polizeipräsidium an ihren Arbeitsplätzen.

„Wir haben eine Vermutung, wie es gewesen sein könnte", sagte Tibo, „doch wir kommen in diesem Fall einfach nicht weiter. Es steht die große Frage im Raum: Wer ist der Mann im Lieferwagen?"

Silvia nickte und deutete auf die Uhr.

Dann sagte sie: „Und da wir im Moment noch keine neuen Fakten haben, die uns weiterbringen könnten, würde ich vorschlagen, dass wir jetzt Feierabend machen. Ich habe heute einfach keinen Bock mehr."

„Das wäre eine halbe Stunde zu früh, Silvia."

„Ja und? Dann sollen sie diese halbe Stunde doch von den unzähligen Überstunden, die wir gemacht haben, einfach abziehen."

In diesem Moment öffnete sich die Bürotür.

Mit den Worten: „Gibt es etwas Neues?", betrat Metzger-Ibbenburg, der Leiter des Kommissariats für Tötungsdelikte, den Raum.

Auch wenn sich Nowack und Muisfeld schon daran gewöhnt hatten, dass der Kommissariatsleiter grundsätzlich ohne anzuklopfen, spontan das Büro betrat, zuckte Silvia bei seinem plötzlichen Eintreten leicht erschrocken zusammen.

„Nein, Chef", beantwortet Tibo seine Frage. „Wir sind mit den Ermittlungen noch keinen Deut weitergekommen. Es gibt bisher noch keine neuen Spuren, denen wir nachgehen könnten."

„Mit anderen Worten", sagte Metzger-Ibbenburg, der einen Aktenordner in den Händen hielt. „Es gibt dort, wo Sie waren, keine Kamera, die den unbekannten Mann im Lieferwagen hätte filmen können."

„Eine Kamera gibt es schon", erklärte Nowack, „aber sie ist so ausgerichtet, dass sie den Bereich, in dem sich der Lieferwagen befunden hatte, nicht erfassen kann."

„Wir haben noch einmal mit dem Zeugen gesprochen, der das Auto gesehen hatte", berichtete Muisfeld dem Kommissariatsleiter, „aber er war nicht in der Lage, uns mehr Infos über den Lieferwagenfahrer zu geben, als er es schon vorher getan hatte."

Metzger-Ibbenburg hielt den mitgebrachten Ordner hoch. „Den Ordner hier habe ich mir schon für den nächsten Pressebericht angelegt. Dass dieser Mann mit dem grauen Lieferwagen ein Tatverdächtiger sein könnte, ist darin natürlich nicht vermerkt, denn sollte die Presse bekannt geben, dass wir nach so einem Fahrzeug suchen, könnte der Täter gewarnt sein und das Auto verschwinden lassen."

„Eine sehr weise Entscheidung, Chef", sagte Muisfeld und nickte. „Viel werden Sie der Presse ja nicht berichten können."

„Immerhin sind in unserer Stadt zwei Morde an obdachlosen Menschen geschehen und beide vom selben Täter. Mordfall Eins, Wolterhoferstraße in Binsheim und Mordfall Zwei, Duisburger Straße in Homberg. In dem Ordner habe ich alle uns bekannten Einzelheiten zu den Mordfällen aufgeführt."

Nachdem der Kommissariatsleiter das gesagt hatte, runzelte Silvia für einen Moment die Stirn. Diese Reaktion war ihrem Kollegen Nowack nicht entgangen.

131

„Woran hast du jetzt gedacht, Silvia?", wollte er wissen.
„Daran, dass sich der Wasserturm, in dessen Nähe der ermordete Frank Meier aufgefunden wurde, an der Duisburger Straße befindet. Mir fiel gerade ein, dass Sven mir erzählt hat, dass seine Freundin Nina auch in Homberg an der Duisburger Straße wohnt."
„Ich kenne diese Straße zufälligerweise sehr gut", meinte Metzger-Ibbenburg. „Dort wohnen Bekannte von mir. Deshalb weiß ich, dass diese Straße sehr lang ist. Ich schätze mal drei Kilometer. Da wäre es ein Zufall, wenn die Freundin von ihrem Kollegen Söhlbach zufällig in der Nähe des Tatorts wohnen würde."
Muisfeld schüttelte den Kopf.
„Das meine ich ja auch gar nicht", sagte sie. „Ich denke da an einen ganz anderen Zufall."
„Und an welchen?"
„Ich denke an den Todeszeitpunk von Frank Meier. Dieser Zeitpunkt wurde auf die frühen Morgenstunden am Sonntag datiert."
„Ja und?"
„Sven hatte mir erzählt, dass er am frühen Sonntagmorgen nach Homberg zu Nina fahren wollte, um von dort aus gemeinsam mit ihr in den Urlaub zu fahren."
„Sie glauben also", sagte der Chef, „dass Söhlbach am Tatort vorbeigefahren war und den Mord hätte sehen können? Das wäre in der Tat ein Zufall."
„Nein", ergriff nun Nowack das Wort. „Diesen Zufall meinte Silvia nicht."
Der Kommissariatsleiter machte große Augen und blickte ihn unverständlich an.
„Was für einen Zufall meinen Sie denn, Herr Nowack?", wollte er wissen.

„Wie es aussieht, ist Sven zu den Tatzeiten an beiden Tatorten vorbeigefahren."

„Wie jetzt?", kam es verunsichert aus Metzger-Ibbenburgs Mund. „Ist mir da irgendetwas entgangen? Erklären Sie mir das mal etwas genauer."

„Zur Tatzeit des Mordes in Binsheim war Sven unmittelbar am Tatort vorbeigefahren, als er von einem Besuch bei Bekannten in Orsoy zurückgekommen war. Dass er jetzt auch beim Mord am Wasserturm zufällig zur Tatzeit dort war, ist schon mehr als kurios."

„Hmm", brummelte der Chef und fasste sich nachdenklich am Kinn. „Das ist in der Tat ein sehr kurioser Zufall."

Er blickte Silvia an und hob den Zeigefinger.

„Frau Muisfeld", sagte er, „Soviel ich weiß, sind Sie doch mit Herrn Söhlbach eng befreundet und haben doch bestimmt auch die Möglichkeit, ihn im Urlaub zu erreichen, oder?"

„Ja, warum?"

„Sie könnten ihn mal anrufen und ihn fragen, ob er in Homberg etwas Verdächtiges gesehen hat, als er in den Urlaub gefahren ist. Vielleicht ist ihm ja etwas Ungewöhnliches aufgefallen, dem er beim Vorbeifahren keine große Bedeutung zugeordnet hat. Unser Kollege Söhlbach könnte, ohne es zu wissen, ein wichtiger Zeuge sein."

Silvia lächelte. Dann schüttelte sie den Kopf und sagte: „Tut mir leid, Chef, aber ich habe Sven versprochen, ihn im Urlaub nicht anzurufen, um ihn mit dienstlichen Dingen zu belästigen. Er hat nur diese eine Woche, in der er sich mal so richtig erholen kann. Das werde ich ihm auf keinem Fall verderben. Außerdem ist Sven ein Polizist durch und durch. Hätte er bei der Fahrt in den

Urlaub etwas Verdächtiges gesehen, dass wäre er dem sofort auf den Grund gegangen."

Metzger-Ibbenburg nickte.

„Da muss ich Ihnen Recht geben. Einem Mann wie Söhlbach würde nichts Verdächtiges entgehen. In dem Punkt, dass Herr Söhlbach Erholung und Abstand vom dienstlichen Dingen verdient hat, stimme ich Ihnen ebenfalls zu, denn dann wird er, wenn er nächste Woche wieder seinen Dienst antritt, ausgeruht und voller Elan sein."

Der Kommissariatsleiter schaute Silvia nachdenklich an. Dann meinte er: „Frau Muisfeld, ich kenne Sie ja mittlerweile schon sehr lange, und ich zähle Sie zu meinen allerbesten Mitarbeiterinnen." Er warf Nowack einen kurzen Blick zu. „Gemeinsam mit Herrn Nowack und Herrn Söhlbach bilden Sie mein erfolgreichstes Ermittlungsteam. Trotz den oft schwierigen Fällen, sind Sie, Frau Muisfeld, eigentlich immer noch sehr gut drauf. Ich kenne Sie, wie gesagt, nicht nur sehr lange, sondern auch sehr gut. Als ich heute Mittag zu Ihnen ins Büro gekommen war, hatte ich in Ihrer Person eine negative Veränderung oder besser gesagt, eine negative Ausstrahlung verspürt. Dieses Gefühl hatte ich aber wieder abgelegt. Ich möchte nicht anmaßend sein, aber jetzt ist dieser Eindruck, dass Sie irgendwie anders als früher sind, schon wieder da. Ich habe das Gefühl, als sei die Kommissarin Muisfeld nicht dieselbe wie sonst. Mir können Sie nichts vormachen. Wenn Sie krank sind oder Ihnen etwas im Magen liegt, dann sagen Sie es bitte frei raus."

Silvia schluckte.

„Ich bin nicht krank, Chef", antwortete sie, „und mir liegt auch nichts im Magen. Machen Sie sich keine Sorgen um mich. Vielleicht beruht Ihr Gefühl darauf, dass ich heute einen nicht ganz so guten Tag hatte. Das kommt schon mal vor, Chef."

Auch, wenn Metzger-Ibbenburg sofort bemerkt hatte, dass die Antwort der Kommissarin nicht ganz der Wahrheit entsprach, zuckte er kurz mit den Schultern und sagte: „Ja, so etwas kommt schon mal vor."

Mit den Worten: „Einen schönen Feierabend", verließ er schließlich den Raum.

Silvia schaute Nowack fragend an.

„Meinst du, der Chef hat etwas bemerkt, Tibo?"

„Davon gehe ich mal aus. Ich merke es ja auch. Du bist halt im Moment nicht die Silvia, die, wie man so schön sagt, frisch, fröhlich und frei an die Arbeit geht. Dich bedrückt deine Schwangerschaft und jetzt auch noch die Sorge, dass dein Daniel nichts mehr mit dir zu tun haben will. Das hat selbst der Chef bemerkt."

Muisfeld nickte.

„Du hast ja Recht, Tibo. Was soll ich denn machen? Ich fühle mich im Moment halt total beschissen, so beschissen, dass ich am liebsten einfach alles hinschmeißen würde. Am Liebsten würde ich einfach weglaufen, irgendwo hin, weit weg von all den Problemen."

„Vor Problemen kann man aber nicht weglaufen."

„Ich weiß."

Silvia starrte für einen Moment nachdenklich vor sich hin. Dann nahm sie ihr Handy, wählte eine gespeicherte Nummer und lauschte in das Mobiltelefon.

Bereits nach kurzer Zeit beendete sie, begleitet von einem enttäuschten Kopfschütteln, den Anruf.

„Du hast versucht, Daniel zu erreichen?", meinte Nowack, der die Gestik seiner Kollegin sofort richtig gedeutet hatte.

„Ja, Tibo. Zunächst ein Freizeichen, dann ein kurzes Klicken und dann wieder dieser Besetztton. Daniel drückt mich einfach weg. Er will nichts mehr mit mir zu tun haben. Ich habe alles kaputt gemacht."

Nowack erhob sich, begab sich zu Silvia und legte seine Hand auf ihre Schulter.

„Wenn er im Moment nicht mit dir sprechen will, dann liegt es wohl daran, dass ihn die plötzliche Nachricht über deine Schwangerschaft sehr unverhofft getroffen hat und er im Moment noch nicht weiß, wie er damit umgehen soll. Er muss diese Situation erst einmal verarbeiten. Danach wird er garantiert mit dir darüber reden wollen. Mach´ dich nicht verrückt, Silvia. Du wirst sehen, es wird alles wieder gut."

Muisfeld atmete tief durch.

„Dein Wort in Gottes Ohr, Tibo."

„Vergiss nicht", sagte Nowack, „dass es ja auch noch die Möglichkeit gibt, dass eine Verbindung zu Daniel im Moment aus technischen Gründen nicht zustande kommen kann."

Die Kommissarin schüttelte den Kopf.

„Nein, so ist das nicht. Daniel sieht meine Nummer auf seinem Display und drückt mich einfach weg."

In diesem Moment wurden ihre Augen glasig und eine dicke Träne kullerte über ihre Wange hinab.

*   *   *

Verzweiflung

Silvia Muisfeld war nach Feierabend nicht sofort nachhause gefahren, sondern hatte unterwegs beim Bäcker angehalten, um sich ein Stück Torte zu kaufen. Eigentlich hatte sie nur selten Appetit auf solche Leckereien, aber heute hatte sie regelrechten Heißhunger darauf.

Schließlich stand sie mit dem Tortenstück in der Hand vor ihrer Haustür und schloss auf.

Wie jeden Montag, war ihre Mutter nachmittags mit zwei Freundinnen unterwegs. Die drei Damen unternahmen montags immer einen Stadtbummel, kehrten unterwegs in ein Café ein und beendeten den Tag mit einem gemeinsamen Essen in einem Restaurant.

Silvia betrat das Haus und begab sich sofort nach oben in ihre Räumlichkeiten. Sie hatte das Gefühl, irgendwie neben sich zu stehen. Wie im Tran schaltete sie die Kaffeemaschine an. Eigentlich hatte sie zunächst duschen wollen, doch das hatte sie auf heute Abend verschoben.

Ihre Gedanken waren bei Daniel.

Sie fühlte sich ihm gegenüber schuldig und fragte sich, ob sie ihn verloren hatte. Je mehr sie darüber nachdachte, desto schlechter fühlte sie sich.

Gedankenversunken legte sie das Stück Torte auf einen Teller, nahm eine Kuchengabel aus der Schublade und begab sich damit ins Wohnzimmer.

Ich habe alles kaputt gemacht, ging es ihr durch den Kopf. *Ich habe Daniel verloren.*

Sie war verzweifelt.

In ihr stieg das Gefühl auf, einfach loszuheulen, doch sie riss sich zusammen.

Geistesabwesend griff sie zur Gabel, um damit ein Stück von der Torte abzustechen.

In diesem Moment ertönte der Türgong.

Silvia legte die Gabel zurück und atmete tief durch.

Sie überlegte kurz, wer bei ihr angeklingelt haben könnte.

Ihre Mutter konnte es nicht sein, denn wäre sie eher zurückgekommen, hätte sie nicht geschellt, sondern aufgeschlossen.

Egal, wer dort vor der Tür stand, ihr stand jetzt nicht der Sinn danach, Besuch zu empfangen.

Ich werde einfach nicht aufmachen; bin nicht da!

Dann dachte sie daran, dass ihr Auto vor der Garage steht und der Besucher deshalb wusste, dass sie zuhause ist.

Ich kann ja auch zu Fuß unterwegs sein, einkaufen; bin nicht da.

Sie hoffte, dass derjenige, der gerade angeklingelt hatte, schon wieder gehen würde, wenn niemand aufmacht.

Ich will jetzt meine Ruhe.

Dann ertönte der Türgong erneut und zwar einige Male hintereinander.

Die Kommissarin atmete erneut tief durch.

Sie entschloss sich dazu, zur Tür zu gehen, um dem aufdringlichen Besucher klarzumachen, dass sie heute keine Zeit hat, ganz egal, wer es war.

Silvia begab sich nach unten.

Als sie die Tür öffnete und sah, wer dort stand, wollte sie zunächst ihren Augen nicht trauen.

Sie blickte ihren Besucher ungläubig an.

„Daniel", kam es leise über ihre Lippen.

Der Mann, den sie noch in den USA vermutet hatte, trat an sie heran, nahm sie in den Arm und drückte sie.

Im gleichen Moment fing er bitterlich an zu weinen.
Auch Silvia konnte die Tränen nicht mehr zurückhalten.
War es wirklich Daniel, der sie im Arm hielt oder war das alles nur ein Traum?
Es dauerte noch eine ganze Weile, bis die beiden voneinander abließen, einen Schritt zurück traten und sich in ihre immer noch tränengefüllten Augen schauten.
Silvia wog ungläubig ihren Kopf hin und her.
„Was machst du hier?", kam es aus ihrem Mund. „Ich dachte,..."
Mehr konnte sie nicht sagen, denn Daniel nahm sie erneut in den Arm zog sie an sich heran und weinte.
Er wirkte irgendwie hilflos und sie hatte das Gefühl, als wolle er bei ihr Schutz suchen. So hatte sie ihn noch nie erlebt.
Der berühmte Operntenor Daniel Oppermann, ein smarter Mann, dessen Aussehen viele mit dem vom Schauspieler George Clooney verglichen, ein Mann, der immer vor Selbstsicherheit strotzte, wirkte in diesem Moment nur noch wie ein Häufchen Elend.
Silvia wusste, wie sehr er sie liebte und diese Liebe war beidseitig. Sie wusste aber auch, dass er seine Frau ebenfalls liebte.
In diesem Moment war sie sich sicher, dass seiner Frau etwas Schreckliches passiert sein musste. Daniels Frau war nach einem schweren Verkehrsunfall, den er verursacht hatte, auf einen Rollstuhl angewiesen, und er war mit ihr in die USA geflogen, weil dort die Möglichkeit bestand, sie durch eine OP zu heilen.
Auch wenn Daniel Silvia am Telefon erzählt hatte, dass die OP an seiner Frau gut verlaufen sei und sie nur noch zu einer Therapie müsse, um wieder richtig laufen zu

lernen, war Muisfeld in diesem Moment davon überzeugt, dass etwas schiefgegangen sein musste.

Warum sonst sollte Daniel so verzweifelt sein?

„Was ist passiert, Daniel?", fragte sie ihn.

Er schüttelte nur den Kopf und weinte weiter.

Silvia wusste im Moment nicht so recht, wie sie sich in dieser Situation verhalten sollte.

„Komm", sagte sie, „wir gehen erst mal zu mir nach oben. Dann erzählst du mir, was passiert ist."

Sie führte ihn die Treppe hinauf.

Oben angekommen, wies sie auf ihr Sofa und sagte: „Setzt´ dich erst einmal hin. Dann reden wir ganz in Ruhe."

Daniel nahm Platz. Dabei bewegte er sich wie im Tran.

Silvia setzte sich neben ihn.

Sie blickte ihn fragend an.

„Ist etwas mit deiner Frau passiert?", fragte sie. „Ist die OP doch nicht gut verlaufen?"

Er schüttelte den Kopf.

„Nein", sagte er. „Sie hat mich verlassen; hat gesagt, dass sie mich hasst und dass ich unser Baby getötet habe."

„Was?", kam es ungläubig aus Silvias Mund.

Die Kommissarin wusste, dass Daniels Frau, bei dem von ihm verschuldeten Verkehrsunfall hochschwanger war und bei diesem Unglück ihr ungeborenes Baby verloren hatte. Doch Silvia war immer in dem Glauben gewesen, dass Daniels Frau dennoch glücklich mit ihm sei.

„Ich dachte", sagte sie, „dass deine Frau dich liebt und ihr dieses schreckliche Erlebnis gemeinsam bewältigt habt."

„Das dachte ich auch, Silvia. Eigentlich war auch alles noch in Ordnung. Kurz nachdem ich dich am Samstag angerufen hatte, stellte mich meine Frau vor der vollendeten Tatsache, dass sie sich definitiv von mir trennen wird. Sie sagte, sie hat sich in den Arzt verliebt, der sie viele Stunden am Tag bei ihrer speziellen Physiotherapie begleitet. Dieser Arzt, er heißt Glen, hat ihr klargemacht, dass sie in meiner Gegenwart nie mehr auf die Beine kommen könne, da tief in ihrem Inneren die Tatsache ruhen würde, dass ich die Schuld an ihrem Elend trüge und dass durch meine Unaufmerksamkeit unser Baby getötet wurde. Dieser Glen hat ihr erzählt, dass sie, so lange ich an ihrer Seite sei, ständig meinen negativen Einfluss spüren würde und deshalb müsse ich aus ihrem Leben verschwinden. Er hat ihr den Kopf verdreht, so sehr, dass sie mich jetzt hasst. Ich habe ihr gesagt, dass ich sie über alles liebe und dass ich sie brauche, doch das war ihr egal. Sie sagte nur, dass sie mich nun nicht mehr lieben und auch nicht mehr brauchen würde. Das hat sie mir einfach so vor den Kopf geworfen und gesagt, dass sie sich mit ihrer neuen Liebe Glen in den Staaten eine neues Leben aufbauen wolle."

Silvia schaute ihn unverständlich an und sah die Verzweiflung in seinem Gesicht.

„Was soll ich denn jetzt machen, Silvia?", jammerte er. „Ich liebe sie doch. Sie kann mich nicht einfach so im Stich lassen. Wie soll mein Leben ohne sie weitergehen?"

„Ich bin doch auch noch da, Daniel. Du liebst mich doch, oder?"

„Ja, ich liebe dich, Silvia, aber ich liebe sie auch. Ich kann ohne sie nicht leben."

Muisfelds Gedanken waren wirr.

„Und wie soll es jetzt weitergehen?", wollte sie von ihm wissen.

„Ich weiß es nicht."

„Hast du noch mal versucht, mit deiner Frau zu reden?"

„Ja, das habe ich. Sie hat gesagt, dass unsere gemeinsame Vergangenheit für sie nichts mehr bedeutet. Für sie zählt nur noch ihre Zukunft mit Glen. Ich habe auch mit Glen reden wollen, doch ich kam nicht an ihn heran. Weil ich nicht mehr weiter wusste, habe ich mich in den nächsten Flieger gesetzt und bin nachhause geflogen."

Silvia blickte ihn an. Sein Gesicht war gerötet.

„Daniel", sagte sie, „ich weiß, dass dich die Tatsache, dass deine Frau eure Beziehung beendet hat, sehr tief trifft, und ich kann auch verstehen, wie verzweifelt du bist. Scheinbar trifft es dich so sehr, dass die Sache zwischen uns beiden im Moment nur eine Nebensache für dich ist. Dennoch möchte ich von dir gerne wissen, wie es mit uns beiden weitergehen soll."

Er schaute sie abwesend an.

„Ich weiß es nicht", antwortete er. „Im Moment gehen mir ganz andere Dinge durch den Kopf. Ich habe das Gefühl, als sei meine Welt zusammengebrochen. Alles erscheint mir so aussichtslos. Sei mir deshalb bitte nicht böse, Silvia."

Sein Blick ging ins Leere.

Muisfeld wusste nicht, was sie dazu sagen sollte.

Ihre Gedanken wurden immer wirrer. Sie hatte ihm am Telefon gesagt, dass sie ein Kind von ihm erwartete, und er verlor nicht ein einziges Wort darüber. Obwohl er wusste, dass er Vater werden würde, erzählt er nur davon, wie aussichtslos sein Leben geworden sei.

„Aber was ist denn mit uns beiden, Daniel. Ich bin schwanger, und es muss doch irgendwie weitergehen."

Der Mann neben ihr starrte immer noch in Gedanken versunken vor sich hin.

Dann wandte er sich ihr zu und blickte sie ungläubig an, so, als hätte er ihre Worte nicht richtig verstanden.

„Du bist schwanger?"

„Ja, ich hatte es dir doch bei unserem letzten Telefongespräch gesagt. Ich bekomme ein Baby von dir."

Er schüttelte den Kopf.

„Nein, das hast du nicht gesagt."

„Doch, aber wenn du es nicht gehört hast, wird es daran gelegen haben, dass das Telefongespräch in dem Moment unterbrochen worden war, als ich es dir gesagt hatte."

„Und du bist wirklich schwanger?"

Skepsis lag in seiner Stimme.

„Ja."

„Aber du hattest doch verhütet."

Daniel wirkte mit einem Mal hellwach. Es war, als hätte er den niederschmetternden Kummer, der ihn gerade noch tief hinuntergezogen hatte, plötzlich vergessen.

„Ich habe vergessen, zu verhüten", erklärte sie ihm. „Bitte sei mir nicht böse."

Er starrte unschlüssige nach unten. Dann schlug er die Hände vor seinem Gesicht und verbarg es dahinter. Dabei wog er seinen Kopf langsam hin und her.

„Was passiert hier gerade?", hörte Silvia seine leise Stimme, die hinter den vorgehaltenen Händen dumpf klang. „Was passiert hier gerade?"

143

Die Kommissarin schaute ihn an.

Ihre Gedanken wirbelten durcheinander. Sie wusste in diesem Moment nicht, wie sie sich verhalten sollte und stellte sich die gleiche Frage wie der verzweifelte Mann neben ihr. Was passiert hier gerade? Silvia versuchte, ihre Sinne einigermaßen zu ordnen; versuchte, das, was hier gerade geschah, zu verstehen. Für einen Moment ertappte sie sich dabei, dass sie sich tief im Inneren darüber freute, dass Daniels Frau nichts mehr von ihm wollte. Ohne seine Frau würde ihrem Glück nichts mehr im Wege stehen. Doch angesichts des Häufchens Elend, welchen neben ihr saß, verwarf sie diese Überlegungen schnell wieder. Silvia wusste, dass Daniel seine Frau über alles liebte und dass er in seinem Zustand niemals glücklich sein könnte. Im nächsten Moment dachte sie daran, dass Daniel und sie jetzt eine Gemeinsamkeit hätten, das Kind, welches in ihrem Bauch heranwuchs. Daniel würde bestimmt ein guter Vater werden. Aber auch diese Gedanken traten schnell wieder in den Hintergrund, weil ihr bewusst wurde, dass er sich zu dem Baby überhaupt noch nicht geäußert hatte. Die einzige Reaktion auf die Verkündigung ihrer Schwangerschaft war die, dass er nun neben ihr saß, die Hände vors Gesicht geschlagen hatte und immer noch ungläubig den Kopf schüttelte.

Bevor Silvia sich noch weitere Gedanken machen konnte, erhob Daniel sich.

Nun stand er vor ihr und schaute sie, immer noch ungläubig, an.

Sie blickte zu ihm hinauf. Sein Gesicht war gerötet und seine Augen tränengefüllt.

„Silvia", sagte er. Seine Stimme klang heiser. „Ich liebe dich und dass wir zwei ein Kind bekommen, ist, ...ich weiß nicht, wie ich es sagen soll, ...es ist wunderschön, aber trotzdem irgendwie so, wie in einem Traum." Er atmete tief durch. „Silvia ich liebe dich, aber ich liebe auch meine Frau über alles. Ich bin verzweifelt und ich möchte, dass alles wieder so wie vorher wird. Alles, was ich im Moment spüre, ist das Gefühl, mein Leben verloren zu haben."

Daniel schloss die Augen und presste seine Lippen zusammen. Er schwieg. Sein Gesichtsausdruck wirkte verbittert.

Dann schaute er sie an, ergriff ihre Hand und zog sie hoch. Er nahm sie in den Arm und drückte sie. Diese innige Umarmung wollte zunächst kein Ende nehmen, bis er dann doch von ihr abließ, einen Schritt zurück trat, und ihr in die Augen blickte.

„Silvia", sagte er schließlich, „das, was ich jetzt tue, muss ich einfach tun. Sei mir nicht böse. Ich werde jetzt zu mir nachhause fahren, ein paar Sachen einpacken und den nächsten Flug in die Staaten nehmen. Ich will meine Frau zurück und werde um sie kämpfen."

In seiner Mimik erkannte man nun Entschlossenheit.

Mit den Worten: „Bitte, Silvia, versuche, mich zu verstehen. Ich muss es tun", verließ er den Raum.

Im Flur drehte er sich noch einmal zu ihr um und sagte: „Ich bin dir nicht böse, weil du nicht verhütet hast, und ich freue mich auf unser Baby. Ich liebe dich und werde dich immer lieben, doch ich möchte, dass alles wieder so wie vorher wird. Ich hoffe du verstehst mich. Jetzt bitte ich dich einfach darum, mir nicht böse zu sein."

Daniel wandte sich um, stieg die Treppe hinab und verließ das Haus.

Silvia stand ungläubig da und wusste im Moment nicht so recht, was hier gerade geschehen war. Für einen Augenblick dachte sie sogar daran, ob sie das alles nur geträumt hatte.

In ihren Gedanken sah sie noch einmal, wie er sie gerade umarmt hatte. Sie glaubte sogar, diese innige Umarmung noch körperlich spüren zu können.

Und nun war er weg. Er war einfach wieder weg.

Der Mann, der sie gerade verlassen hatte, war nicht der Daniel, den sie kannte.

Silvia dachte an seine verzweifelnden Worte, dass er glaubte, sein Leben verloren zu haben. Sie hatte gewusst, dass er seine Frau über alles liebte und konnte in diesem Augenblick sogar verstehen, wie verzweifelt er war.

Er liebt sie sehr, ging es ihr durch den Kopf, *aber er hat gesagt, dass er auch mich liebt und mich auch immer lieben wird.*

Auch, wenn sich das alles widersprach, sie wusste, dass seine Liebe aufrichtig war.

Silvia setzte sich wieder auf das Sofa, lehnte sich zurück und schloss die Augen.

Sie versuchte, das, was gerade geschehen war, irgendwie einzuordnen, doch es gelang ihr nicht.

Unter den Lidern ihrer geschlossenen Augen traten Tränen heraus, die sich schließlich ihren feuchten Weg über die Wangen suchten.

*   *   *

Freitag

Kommissar Tibo Nowack saß vor seinem Schreibtisch und schrieb liegengebliebene Berichte, die er zum Wochenende erledigt haben wollte.

Zu dem Mordfall an den Obdachlosen, dessen Leiche man vor vier Tagen vor dem Wasserturm in Homberg gefunden hatte, gab es genauso wenige Neuigkeiten wie zum Mord an die grüne Gertrud.

Nowack schaute auf die Uhr.

Es war kurz vor Acht.

Er war heute extra früher zum Dienst erschienen, weil er eher Feierabend machen wollte.

Tibo dachte daran, dass seine Kollegin Silvia, die für die letzten drei Tage krankheitsbedingt ausgefallen war, auch jeden Moment kommen müsse.

Kommissarin Muisfeld hatte sich am Dienstagmorgen beim Chef wegen Magen- und Darmproblemen krankgemeldet.

Nowack hatte sie sofort angerufen, um zu erfahren, wie es ihr ginge. Sie war am Telefon kurz ab gewesen und hatte gesagt, dass ihr ständig schlecht sei und sie sich immer übergeben müsse. Den Grund dafür würde sie Tibo erzählen, wenn sie wieder zurückkommt. Damit war der Anruf erledigt.

Nowack ahnte bereits, dass die Ursachen für Silvias Unwohlsein einen seelischen Ursprung hatten.

Ich bin gespannt, was sie mir gleich erzählen wird, ging es ihm durch den Kopf.

Kaum hatte er das gedacht, betrat die Kommissarin den Raum.

„Guten Morgen, Tibo", begrüßte sie ihn.

147

Nowack, der sofort eine gewisse Kraftlosigkeit in ihrer Stimme verspürte, grüßte zurück.

„Ich hoffe", sagte er, „meiner Lieblingskollegin geht es jetzt wieder besser?"

„Es geht so", antwortete sie, ging zügig zu ihren Arbeitsplatz und setzte sich.

Tibo blickte sie abschätzend an.

„Hat es etwas mit deiner Schwangerschaft zu tun, Silvia?"

Sie schüttelte den Kopf.

„Nein."

„Lass´ mich raten", sagte Tibo. „Dieser Daniel, der Vater deines Kindes bereitet dir Probleme."

Muisfeld verzog den Mund und nickte.

Nowack stand auf, schob einen Stuhl neben den seiner Kollegin und setzte sich. Er schaute sie auffordernd an.

„Möchtest du es mir erzählen, Silvia?"

Sie zögerte einen Moment. Dann aber schilderte sie ihm den Besuch von Daniel, wie er plötzlich vor ihrer Tür gestanden hatte, aber auch bald schon wieder verschwunden war.

Tibo schüttelte ungläubig den Kopf.

„Was für ein mieses Benehmen ist das denn?", kam es mit einem Unterton der Empörung aus seinem Mund. „Bist du dir der Sache sicher, dass er dich liebt? Also, ganz ehrlich, ich hätte da so meine Zweifel."

„Daniel liebt mich wirklich, Tibo. Er hat mich heute Nacht angerufen und am Telefon geweint, wie ein Schlosshund. Der Versuch, seine Frau für sich zurück zu gewinnen ist gescheitert. Sie hatte ihn erneut als Kindesmörder beschimpft und ihm gesagt, sie würde ihn hassen, und er solle ihr nie mehr vor die Augen treten. Daniel wird noch etwas in den Staaten regeln und dann zurück zu mir kommen, um bei mir und dem Kind zu sein."

„Wenn das so ist", sagte Tibo, „dann kannst du doch wieder glücklich sein. Nun hast du ihn doch für dich ganz alleine."

„Ich habe trotzdem ein ungutes Gefühl. Da ich weiß, wie sehr Daniel seine Frau liebt, kann ich mir nicht vorstellen, dass er so einfach darüber hinweg kommen wird. Ich habe Angst davor, dass diese Trennung ihn zerreißt und in einen tiefen Abgrund stürzen lässt."

„Du solltest keine Angst haben, Silvia. Sei doch einfach froh darüber, dass er jetzt nur noch für dich da sein wird."

„Abwarten, Tibo. Ich habe jetzt auch keine Lust mehr, weiterhin darüber zu reden. Also, Themenwechsel. Was gibt es Neues in unseren Mordfällen?"

„Nichts, absolut nichts. Wir haben keine neuen Erkenntnisse und keine neuen Fakten."

„So eine Situation hatten wir schon öfters, und meistens hat sich dann unverhofft doch noch etwas ergeben, das zur Lösung des Falles beigetragen hatte. Wer weiß, Montag kommt Sven wieder ins Team. Vielleicht wird er eine Idee haben, an die wir nicht denken? Zu dritt laufen unsere Ermittlungen immer besser."

„Stimmt", sagte Nowack. „Morgen ist sein Urlaub beendet. Wollte er von seinem Urlaubsort Dahme aus nicht noch nach Lübeck fahren, um sich die Stadt anzusehen?"

„Ja", sagte seine Kollegin und nickte. „Er wollte unbedingt einmal das Holstentor sehen."

Tibo wollte gerade etwas sagen, als das Telefon auf seinem Schreibtisch klingelte.

Er begab sich sofort dorthin und nahm das Gespräch entgegen.

Muisfeld erkannte an Nowacks Gesichtsausdruck sofort, dass es etwas Ernstes war.

„Was?", hörte sie Tibo sagen. „Wo? Moment, ich notiere mir das."

Er schrieb etwas auf einen Zettel.

Dann sagte er: „Wir kommen sofort."

„Was ist passiert?", wollte Silvia sofort wissen, nachdem er das Gespräch beendet hatte.

„Eine Frau hat in ihrem Garten einen unbekannten, toten Mann mit Kopfverletzungen gefunden."

„Wo müssen wir hin?", fragte Muisfeld.

„Die Straße heißt In der Rheinaue und das ist im Stadtteil Neuenkamp." Tibo schaute seine Kollegin fragend an. „Wo ist Neuenkamp?"

Nowack, der erst vor nicht allzu langer Zeit von Hamburg nach Duisburg gekommen war, um hier seinen Dienst zu verrichten, kannte sich mit den Örtlichkeiten in der Stadt noch nicht so gut aus.

„Neuenkamp ist ein ziemlich kleiner Stadtteil und liegt neben Kaßlerfeld", erklärte Silvia ihm.

„Kaßlerfeld kenne ich", sagte Nowack.

„Dann lass´ uns mal sofort losfahren, Tibo. Vielleicht sind wir ja mal wieder schneller als die Spusi."

* * *

Ein grausamer Fund

Für die Fahrt nach Neuenkamp hatten Muisfeld und Nowack eine knappe viertel Stunde benötigt.

Das schmale Sträßchen In der Rheinaue führte durch eine ausgesprochen ruhige Wohngegend.

Vor der angegebenen Adresse, einem Einfamilienhaus, stand bereits ein Streifenwagen. Silvia, die hinter dem Lenkrad saß, stoppte den Dienstwagen unmittelbar dahinter.

„Wir sind die ersten", stellte sie fest. „Die Spusi ist noch nicht da."

Als die beiden aus dem Auto stiegen, winkte ihnen ein uniformierter Polizist zu, der vor dem Gartentor neben dem Haus stand.

Sie begaben sich zu ihm und er erklärte ihnen kurz, dass die Hausbesitzerin einen toten Mann vor ihrem Gartenhaus gefunden hat.

Gemeinsam betraten sie den Garten.

Auf der Terrasse vor dem Haus stand ein weiterer Polizist zusammen mit einer etwa vierzigjährigen Frau.

Nowack und Muisfeld wurden von ihrem uniformierten Kollegen direkt zu einem kleinen Gartenhaus im hinteren Bereich des Grundstücks geführt.

Die überdachte Terrasse des hölzernen Häuschens war an zwei Seiten von einer schmalen, blickdichten Theke umsäumt.

„Der Tote liegt direkt vor der Tür, hinter der Theke", sagte der Polizist. „Er ist wohl schon länger tot; ein scheußlicher Anblick."

Silvia und Tibo betraten die kleine Terrasse.

Vor ihnen, dicht an der Wand des Häuschens, lag ein toter Mann mit deutlichen Kopfverletzungen. Er lag auf dem Bauch. Sein Gesicht konnten sie nicht erkennen, weil es von ihnen abgewandt war.

Sofort wurde ihnen aber klar, warum ihr Kollege den Anblick als scheußlich bezeichnet hatte. Der mit bereits eingetrocknetem Blut überzogene Schädel des Toten war mit unzähligen, blauen Schmeißfliegen übersät, die laut summend aufflogen, als sie näher an die Leiche herantraten.

Muisfeld verzog das Gesicht.

„Ekelhaft."

Auch Nowack rümpfte seine Nase.

Er trat einen Schritt zurück.

„Unsere Handschuhe brauchen wir gar nicht erst anziehen", sagte er. „Hier werden wir absolut nichts berühren. Das überlassen wir der Spusi."

Seine Kollegin stimmte ihm zu.

Sie deutete auf einen gläsernen Bierkrug, der neben dem Toten auf dem Boden lag. An diesem Krug klebte ebenfalls eingetrocknetes Blut.

„Das könnte die Tatwaffe sein, Tibo."

Nowack nickte.

„Das ist ein halber Liter Krug", stellte er fest. „Er ist aus dickem Glas und schwer genug, um damit einen Menschen zu erschlagen. Ich denke, dass man das Blut, das daran klebt, dem Opfer zuordnen kann."

Sein Blick ging zu der Frau, die zusammen mit dem uniformierten Kollegen vor dem Haus auf der Terrasse stand und ungläubig zu ihnen hinüberschaute.

„Wir müssen auf die Spusi warten", sagte Tibo und wandte sich seinem uniformierten Kollegen zu: „Würden

Sie sich bitte vor das Haus an die Straße stellen und dort die Spurensicherung warten? Wenn die Leute der Spusi gleich kommen, dann können Sie sie direkt in den Garten führen."

Der Polizist nickte und begab sich vor das Haus.

Dann meinte Tibo zu Silvia: „Lass´ uns mal die Zeugin befragen, die den Toten entdeckt hat."

Sie begaben sich zu der Frau.

„Mein Name ist Muisfeld, Kripo Duisburg", stellte sich Silvia der Frau vor, „und das ist mein Kollege, Herr Nowack. Darf ich fragen, wer Sie sind?"

„Mein Name ist Anja Stollmann", antwortete die Angesprochene. „Ich wollte heute Morgen eine Gartenschere aus dem Häuschen holen und dann lag er da." Sie hob ihre zitternden Hände. „Ich bin fix und fertig."

„Frau Stollmann", sagte Nowack, „wie es aussieht, liegt der Mann schon länger dort. Warum Ist er Ihnen nicht eher aufgefallen?"

„Mein Mann und ich sind gestern Abend erst aus dem Urlaub zurückgekommen. Wir haben zwar in den Garten geguckt, ob alles in Ordnung ist, aber sind nicht zum Häuschen gegangen." Sie deutete auf eine Blumenrabatte neben der Terrasse. „Heute Morgen wollte ich die verblühten Rosen hier abschneiden und deshalb die Schere aus dem Häuschen holen." Sie verzog das Gesicht. „Oh, mein Gott ist das schrecklich."

„Wie lange waren sie denn im Urlaub?", wollte Tibo von ihr wissen.

„Eine Woche. Wir hatten uns ein Ferienhaus in Holland gemietet."

„An welchem Tag sind Sie nach Holland gefahren?"

„Das war am letzten Freitag, also vor einer Woche."

„Waren Sie noch mal hier im Garten, bevor Sie am Freitag Ihre Reise angetreten hatten?", fragte Nowack. Frau Stollmann überlegte kurz.

Dann sagte sie: „Nein, wir sind bereits sehr früh abgefahren, so gegen sechs Uhr, weil wir noch viel von unserem ersten Urlaubstag haben wollten. Am Vortag, also Donnerstagabend, lag der Mann noch nicht dort. Da waren wir noch lange im Garten. Wissen Sie, ich hatte am Donnerstag Geburtstag und da hatten wir bis abends noch Besuch. Das Wetter war schön und wir hatten hier draußen gesessen."

„Wie lange ging Ihre Geburtstagsfeier denn?"

„Nicht lange. Es war ja auch keine richtige Feier, sondern eher ein gemütliches Beisammensein. Wir hatten uns etwas vom Italiener zum Essen bestellt und zusammen ein paar Bierchen getrunken. Es war ja mitten in der Woche. Die meisten mussten am nächsten Tag arbeiten und wir wollten ja morgens früh los. So gegen zehn Uhr waren die letzten Gäste verschwunden." Sie blickte zum Gartenhaus und schüttelte den Kopf. „Und jetzt liegt er da. Das ist so schrecklich. Ich kann das immer noch nicht glauben."

Nowack blickte die Frau fragend an.

„Können Sie sich vorstellen, wie dieser Mann auf Ihr Grundstück gekommen ist?"

Die Antwort bestand zunächst aus einem kurzen Schulterzucken.

Dann deutete sie zu dem dicht bepflanzten, hinteren Gartenbereich und sagte: „Hinter den Koniferen dahinten begrenzt ein Maschendrahtzaun unser Grundstück. Der Zaun ist nur 1,60 Meter hoch. Da kann man drüber klettern. Mein Mann hat das auch schon mal gemacht."

Tibo nickte.

Dann sagte er: „Frau Stollmann, vor dem Gartenhäuschen, neben dem toten Mann, liegt ein gläserner Bierkrug auf dem Boden. Gehört dieser Krug Ihnen?"

„Ein Bierkrug aus Glas? Ja, so einen habe ich. Daraus hat am Donnerstag mein Cousin Bier getrunken. Er wollte an meinem Geburtstag nur ein Glas Bier trinken, weil er am nächsten Tag arbeiten musste. Da habe ich mir den Spaß erlaubt, ihm ein großes Glas zu bringen, und zwar den gefüllten Krug, in den eine ganze Flasche Bier passt. Mein Cousin hat aber auch das große Glas leer gemacht."

„Hatten Sie das Glas nach der Feier wieder weggeräumt?"

Frau Stollmann überlegte.

„Daran kann ich mich jetzt nicht mehr erinnern."

„Waren Ihre Gäste denn auch am Gartenhaus", fragte Nowack die Frau.

„Wir haben hier auf der Terrasse direkt vor dem Haus zusammengesessen. Ich weiß nicht, ob jemand beim Häuschen war, und wenn, dann hätte ich auch nicht darauf geachtet."

Nun mischte sich Silvia in das Gespräch: „Frau Stollmann, waren Sie denn am Donnerstag, nachdem Ihre Gäste weg waren, noch einmal am Gartenhaus?"

Die Befragte wog nachdenklich ihren Kopf hin und her.

Dann sagte sie: „Nein, unsere Gäste haben uns noch geholfen, den Tisch abzuräumen. Zusammen mit meinem Mann habe ich dann nur noch die Gartenstühle ordentlich hingestellt und dann sind wir ins Haus gegangen."

„Mit anderen Worten", meinte Muisfeld, „der Tote hätte also zu diesem Zeitpunkt dort liegen können."

„Nein", widersprach Frau Stollmann. „Mein Mann hatte nachmittags noch den Rasen gemäht und den Rasenmäher erst kurz bevor unsere Gäste kamen, in das Häuschen gestellt."

„Wo ist Ihr Mann denn jetzt?", wollte Muisfeld von ihr wissen.

„Er ist arbeiten. Sein erster Arbeitstag heute begann mit einem Seminar. Ich habe schon ein paar Mal versucht, ihn anzurufen, aber ich konnte ihn nicht erreichen. Er hat sein Handy ausgeschaltet."

Frau Stollmann redete leise. Man merkte ihr an, dass sie sichtlich unter Schock stand.

In diesem Moment betraten die weiß gekleideten Mitarbeiter der Spurensicherung den Garten.

Der Polizist, der draußen vor dem Haus auf sie gewartet hatte, führte sie direkt in die Richtung des Gartenhauses.

„Hallo Ralf", begrüßte Muisfeld Ralf Meier, den Leiter der Spurensicherung, als dieser mit seinen Leuten an ihnen vorbeikam. „Wir haben den Toten noch nicht angerührt. Es sieht so aus, als läge er schon länger dort."

Meier, der wie immer als einziger seine Kapuze nicht über den Kopf gezogen hatte, blieb stehen und grüßte kurz zurück.

„Dann habt ihr also noch keinerlei Erkenntnisse?", meinte er.

„Nicht ganz", antwortete Nowack. „Frau Stollmann, die Bewohnerin des Hauses, teilte uns mit, dass der Tote eventuell über den Zaun, der am Ende des Grundstücks hinter den Koniferen steht, geklettert sein könnte. Vielleicht gibt es dort ja Spuren."

„Wenn da Spuren sind, werden wir sie finden", sagte Meier und begab sich mit seinen Leuten zum Fundort.

Silvia und Tibo sahen, wie er schließlich hinter die Theke des Gartenhauses trat, sich dort umschaute und dann seinen Mitarbeitern Anweisungen gab.

Während ein Fotograf zunächst Bilder vom Fundort schoss, schwärmten die anderen Mitarbeiterinnen und Mitarbeiter der Spusi aus, um nach Hinweisen zu suchen.

Als der Fotograf seine Arbeit beendet hatte, wurde der Tote untersucht.

Tibo und Silvia schauten sich verwundert an, als Meier verkündete: „Sieht so aus, als hätten wir schon wieder einen toten Obdachlosen."

Die beiden begaben sich zum Häuschen, um sich den Toten nun doch genauer anzusehen.

Die Spusi hatte den toten Mann umgedreht. Er lag nun auf dem Rücken. Sein unrasiertes Gesicht wirkte eingefallen. Ungepflegte und fettig wirkende Haare, sowie die verschlissene Kleidung verstärkten das Bild von jemandem, der auf der Straße lebte.

Während ein Mann der Spurensicherung dabei war, die Kleidung des Toten nach Hinweisen auf seine Identität abzusuchen, war ein anderer damit beschäftigt, den mit getrocknetem Blut behafteten Bierkrug vorsichtig in eine durchsichtige Plastikfolie zu legen.

Als der Krug eingetütet war, ließ sich Nowack das Fundstück geben.

„Ich werde", erklärte er, „den Krug Frau Stollmann zeigen, damit sie uns sagen kann, ob es ihr Bierglas ist."

Er wollte gerade grade losgehen, als jemand sagte: „Er hat einen Pass dabei. Der steckte in seinem Socken."

Der Spusimitarbeiter, der das sagte, blickte auf das Ausweisdokument in seiner Hand. Er schaute auf das Gesicht des Toten und verglich es mit dem Passfoto.

„Das ist sein Ausweis", stellte er fest. „Allerdings ist der Pass schon seit zwei Jahren abgelaufen. Der Mann hieß Leo Weißbier."

Als der Name fiel, stutzte Tibo.

„Leo Weißbier", wiederholte er den Namen.

„Du kennst ihn?", fragte Meier verwundert.

Nowack nickte und sagte: „Nein, aber Leo Weißbier gehörte der Obdachlosenszene an. Seine Kollegen haben uns erzählt, dass er schon seit einiger Zeit verschwunden sei. Er war eigentlich in Homberg unterwegs. Ich frag´ mich, wie er hierhergekommen ist."

Der Leiter der Spurensicherung zuckte kurz mit den Schultern und meinte: „Das herauszubekommen ist eure Sache."

Nachdem auch der Ausweis in einer Plastikfolie gesichert war, nahm Tibo auch diesen an sich.

Dann begab er sich, gemeinsam mit Silvia, wieder zu Frau Stollmann, die immer noch auf ihrer Terrasse stand und das Geschehen in ihrem Garten ungläubig verfolgte.

„Frau Stollmann", sagte Nowack zu ihr und zeigte ihr das Bierglas, „ist das Ihr Krug?"

Die Angesprochene schaute auf das eingetütete Trinkgefäß.

Dann nickte sie und meinte: „Ja, das ist mein Krug. Daraus hatte mein Cousin auf meinem Geburtstag Bier getrunken. Mein Cousin arbeitet übrigens auch bei der Kriminalpolizei."

„Dann müssten wir ihn ja kennen", sagte Nowack. „Wie heißt Ihr Cousin denn?"

„Söhlbach, Sven Söhlbach, aber er ist im Moment auch im Urlaub."

Tibo und Silvia blickten sich mit großen Augen an.

„Sie kennen meinen Cousin also", stellte Frau Stollmann fest. „Was ist denn mit Sven, dass Sie beide sich so merkwürdig angucken?"

Muisfeld schüttelte den Kopf.

„Nichts, Frau Stollmann", sagte sie. „Sven gehört zu unserem Ermittlungsteam. Wir arbeiten sehr eng zusammen. Normalerweise wäre er jetzt ebenfalls hier vor Ort, aber wie sie schon sagten, Sven ist im Urlaub." Silvia atmete einmal tief durch. Dann meinte sie zu der Frau: „Wir gehen jetzt noch einmal kurz zu unseren Kollegen von der Spurensicherung und danach fahren wir wieder zurück zu unserer Dienststelle. Am besten, Sie gehen jetzt in Ihr Haus, Frau Stollmann. Die Leute von der Spusi sehen es nicht gerne, wenn sie bei ihrer Arbeit beobachtet werden. Sollte Ihnen noch irgendetwas einfallen, dann rufen Sie uns bitte an."

Die Frau nickte und begab sich durch ihre Terrassentür ins Haus.

Tibo und Silvia gingen wieder zurück zum Fundort.

Beide hatten die gleichen Gedanken.

Kann es Zufall sein, dass ihr Kollege Sven immer in der Nähe der Tatorte war?

Doch weder Tibo noch Silvia sprachen ihre Überlegungen laut aus.

Als Ralf Meier die zwei kommen sah, meinte er: „Soll ich euch die ersten Erkenntnisse mitteilen oder wollt ihr auf den endgültigen Bericht warten?"

„Dumme Frage", antwortete Nowack. „Wie lauten denn deine ersten Erkenntnisse?"

„Also", begann Meier, „Der Zustand des Toten lässt darauf schließen, dass er schon seit mindestens einer Woche hier liegt. Es ist doch sehr merkwürdig, dass es noch niemandem aufgefallen ist, oder?"

„Die Hauseigentümer waren eine Woche im Urlaub und sind erst gestern zurückgekehrt", klärte Tibo den Leiter der Spurensicherung auf.

„Ach so", sagte Meier und nickte nur kurz.

Dann deutete er auf den hinteren Bereich des Gartens.

„Jemand hatte vor einiger Zeit das Grundstück betreten, indem er über den Maschendrahtzaun hinter den Koniferen geklettert war. Derjenige hatte versucht, seine Spuren zu verwischen, aber nicht gründlich genug. Deshalb kann ich euch auch ganz genau sagen, wer das war. Es war das Mordopfer. Wir haben auf beiden Seiten des Zauns Fußabdrücke sichern können, die eindeutig den Schuhen des Toten zuzuordnen sind."

Nowack runzelte die Stirn.

„Ich frage mich", sagte er, „was der Mann hier auf dem Grundstück gewollt hat?"

„Mein erster Gedanke war der", mutmaßte Meier, „dass der Mann hier einbrechen wollte und bei seinem Einbruchsversuch auf frischer Tat von einem Hausbewohner erwischt worden war. Ich dachte daran, dass es dabei zu einem Handgemenge gekommen sein könnte, bei dem der Mann mit einem Bierkrug erschlagen wurde. Aber wenn die Hauseigentümer im Urlaub waren, fällt diese Vermutung ja flach. Es sein denn…"

Meier redete nicht weiter.

„Es sein denn, was?", hakte Tibo nach.

„Es sei denn, dass der Mann unmittelbar vor der Abreise in den Urlaub erwischt worden war und man ihn einfach liegen gelassen hatte, um von sich abzulenken."

„So ein Quatsch, Ralf", sagte Muisfeld. „In dem Fall wäre es Notwehr gewesen und die Leute hätten es sofort gemeldet."

„Notwehr?", kam es abfällig aus Meiers Mund. „Wie es aussieht, wurde der Mann durch vier kräftige Schläge mit dem Krug niedergestreckt. Der erste Schlag traf die Schläfe und die anderen drei Schläge erfolgten erst, als der Mann, wahrscheinlich schon tot, aber mindestens bewusstlos, auf dem Boden lag. Alle Schläge wurden mit extremer Gewalt ausgeführt. Das war auf keinen Fall Notwehr."

Silvia verzog den Mund.

„Nein", sagte sie, „das war keine Notwehr, das war Mord. Gibt es sonst noch irgendwelche Erkenntnisse, Ralf?"

„Ich bin mir nicht sicher", antwortete der Leiter der Spurensicherung, „aber was die Spuren am Zaun angeht, habe ich das Gefühl, dass außer dem Mordopfer noch jemand dort war. Vor und hinter dem Zaun wurden Spuren weggewischt. Ich vermute, mit einem belaubten Ast oder etwas ähnlichem. Es sieht so aus, als hätte derjenige, der die Spuren beseitigt hatte, bewusst einige Spuren des Toten nicht entfernt. Ich kann diese Vermutung allerdings nicht beweisen."

„Wir werden deine Vermutung auf jeden Fall in unsere Ermittlungsarbeit mit aufnehmen", sagte Silvia. „Jetzt müssen wir erst einmal abwarten, was die Autopsie für Ergebnisse liefert."

Da es für Nowack und Muisfeld vor Ort momentan keine weiteren Ermittlungsmöglichkeiten gab, verabschiedeten sie sich von Meier und verließen das Grundstück.

Als die beiden wieder in ihrem Dienstwagen saßen um zurück ins Präsidium zu fahren, schwiegen sie zunächst. Dann sagte Tibo: „Dir geht doch bestimmt auch die Tatsache durch den Kopf, dass bei allen Morden an den Obdachlosen unser Kollege Sven an den Tatorten war, und nicht nur das, er war sogar ungefähr zu den Tatzeiten dort. Das kann doch kein Zufall sein. Das stinkt doch zum Himmel."

Silvia nickte.

„Das verstehe ich genauso wenig wie du, Tibo. Das ist kein Zufall. Ich habe das Gefühl, dass da jemand versucht, Sven die Morde in die Schuhe zu schieben."

„Den Gedanken hatte ich gerade auch schon, aber wie sollte das funktionieren? Um das zu tun, hätte der Täter Sven auf Schritt und Tritt verfolgen müssen und nicht nur das. Er hätte auch jedes Mal einen Obdachlosen bei sich haben müssen, um diesen dann an den Stellen, wo Sven sich aufgehalten hatte, zu töten." Tibo schien für einen Moment scharf nachzudenken. „Sag mal, Silvia, du kennst Sven ja schon viel länger als ich. Hatte er in der Vergangenheit vielleicht des Öfteren mal Stress mit Obdachlosen, so viel Stress, dass er einen Hass auf sie entwickelt hat, einen tiefen Hass, den niemand bemerkt hat?"

Muisfeld blickte ihn empört an.

„Spinnst du, Tibo?! Du glaubst doch nicht im Ernst, dass Sven jemanden umbringen würde."

„Nein, das glaube ich auch nicht, aber ich versuche, eine logische Erklärung für Svens Aufenthalte an den Tatorten zu finden."

„Vielleicht waren es ja doch nur Zufälle."

„Nein, Silvia, das waren keine Zufälle. Egal, was hier gerade passiert, Sven wird in den Focus geraten. Frau Stollmann hat uns erzählt, dass Sven aus dem Krug, der offensichtlich die Tatwaffe ist, an ihren Geburtstag Bier getrunken hatte. Mit anderen Worten, wir werden auf jeden Fall seine Fingerabdrücke darauf finden."

„Daran habe ich noch gar nicht gedacht", sagte Silvia und starrte ungläubig vor sich hin.

„Aber Sven ist kein Mörder", meinte Tibo. „Er wäre niemals so blöd, seine Fingerabdrücke auf einer Tatwaffe, auch wenn es sich in diesem Fall um einen Krug handelt, zu hinterlassen. Ich bin fest davon überzeugt, dass sich jemand an Sven rächen will, indem er ihn zu einem Mordverdächtigen macht."

Silvia sagte nichts mehr. Sie ging geistig alle Möglichkeiten durch, die eine logische Erklärung für die Anwesenheit ihres Kollegen Söhlbach an den Tatorten sein könnten.

Auch Tibo wirkte nun sehr in sich gekehrt und suchte nach einer Lösung dieser verzwickten Situation. Er wollte eine sinnvolle Begründung, ein stichhaltiges Argument finden, um Licht in das Dunkel dieses Falles zu bringen. Doch so sehr er auch nachdachte, ihm fiel keine Lösung ein.

Den Rest der Fahrt zurück zum Polizeipräsidium verbrachten die zwei schweigend.

*　　*　　*

Ein unfassbarer Verdacht

Kommissarin Silvia Muisfeld und ihr Kollege Tibo Nowack saßen angespannt vor ihren Schreibtischen im Büro.
Ihre Blicke waren auf den Kommissariatsleiter Metzger-Ibbenburg gerichtet.
Ihr Chef lief wie ein Tiger im Käfig hin und her. Er wirkte sehr aufgebracht. Immer wieder schüttelte er ungläubig den Kopf.
„Das kann doch nicht wahr sein!", schimpfe er. „Was soll ich denn jetzt machen?"
Soeben war der KTU-Bericht gekommen. Daraus ging hervor, dass es sich bei dem Bierkrug eindeutig um die Tatwaffe handelt. Wie befürchtet, hatte man auf dem Krug die Fingerabdrücke von Sven Söhlbach gefunden.
Metzger-Ibbenburg blieb stehen, hob seine Hände und ballte sie zu Fäusten.
„Alle Indizien", sagte er, „sprechen dafür, dass Söhlbach etwas mit den drei Morden zu tun hat. Wir wissen, dass er kein Mörder ist und dass da jemand ein bitterböses Spiel treibt. Es muss jemand sein, der Söhlbach hasst. Ich vermute hinter dem Täter jemanden, den Söhlbach überführt hatte und der nun seine Haftstrafe abgesessen hat. Der Täter will sich an Söhlbach rächen und mordet dafür. Ich werde dafür sorgen, dass alle, die durch Söhlbachs Arbeit in den Knast gewandert sind und kürzlich entlassen wurden, überprüft werden."
„Das wird aber eine lange Liste", meinte Muisfeld.
„Mir ist ganz egal, wie lang diese Liste ist", sagte der Chef. „Jeder einzelne wird überprüft, und wenn einer davon einen grauen Lieferwagen fährt, werden wir es herausbekommen."

Mit den Worten: „Ich werde sofort alles veranlassen", verließ Metzger-Ibbenburg das Büro.

„Ich glaube nicht", sagte Silvia, „dass es so einfach sein wird, den Täter zu finden. So, wie er vorgeht, ist alles haarklein geplant."

Tibo verzog den Mund und sagte: „Sven kommt morgen aus dem Urlaub zurück. Meinst du nicht, wir sollten ihn anrufen und schon mal auf das vorbereiten, was auf ihn zukommen wird?"

Muisfeld schüttelte den Kopf.

„Nein, ich möchte ihm nicht den letzten Urlaubstag verderben. Wenn er wieder hier ist, wird es stressig genug für ihn. Ganz ehrlich, Tibo, seitdem ich erfahren hatte, dass Sven auch beim dritten Mord am Tatort war, hat diese Tatsache auch bei mir etwas Stress ausgelöst, so viel Stress, dass ich die Ermittlungsarbeit vernachlässigt habe. Ich weiß, dass es dir nicht viel anders geht, Tibo, denn auch dich hat es getroffen. Wir haben unsere Arbeit am Tatort in Neuenkamp noch nicht beendet."

„Wie meinst du das? Für uns gab es dort doch nichts mehr zu tun."

„Frau Stollmann hat uns ja erzählt, wie der letzte Abend vor ihrer Abreise in den Urlaub verlaufen ist, aber wir haben sie nicht gefragt, wer an diesem Abend bei ihr zu Besuch war. Sie muss uns unbedingt eine Liste mit den Namen ihrer Geburtstagsgäste geben. Jeder von ihnen könnte etwas gesehen haben."

Nowack nickte.

„Du hast Recht, Silvia, daran hätten wir vorhin schon denken müssen. Wir sollten Frau Stollmann anrufen und sie um so eine Liste bitten."

„Nein, Tibo, ich möchte noch einmal persönlich mit ihr sprechen. Die Frau war nach dem Vorfall sichtlich geschockt. Vielleicht ist ihr ja mittlerweile etwas eingefallen, woran sie vor Aufregung nicht mehr gedacht hatte."
Nowack erhob sich.
„Dann lass´ uns noch mal zum Tatort fahren."
Silvia und Tibo verließen ihr Büro.
Als sie durch den Flur in Richtung Treppenhaus gingen, hörten sie hinter sich die Stimme des Kommissariatsleiters: „Wohin gehen Sie?"
Die beiden drehten sich um.
„Wir wollten noch einmal zum letzten Tatort", erklärte Nowack dem Chef, der nun auf sie zukam. „Es gibt noch einiges, was wir mit Frau Stollmann, das ist die Frau, die den Toten in ihrem Garten gefunden hat, klären müssen."
Metzger-Ibbenburgs Gesicht spiegelte eine außergewöhnliche Ernsthaftigkeit wider.
„Kommen Sie bitte noch mal zurück an Ihre Arbeitsplätze", wies er dir zwei an.
Nachdem sie gemeinsam mit dem Chef wieder in ihrem Büro waren, holte dieser tief Luft.
„Tut mir leid", sagte er, „aber ich muss Sie leider von dem Fall abziehen."
Muisfeld und Nowack blickten ihn ungläubig an.
„Wie jetzt?", murmelte Tibo ungläubig.
„Setzen Sie sich erst einmal hin", sagte Metzger-Ibbenburg. „Das ist auch für mich jetzt nicht einfach."
Die beiden folgten seiner Anweisung und nahmen an ihren Schreibtischen Platz.
„Also", begann der Chef mit seiner Erklärung. „Ich musste beim Staatsanwalt eine Begründung dafür abgeben, weshalb ich bestimmte, kürzlich aus der Haft entlassene

166

Leute überprüfen will. Es ist ja schließlich ein gewaltiger Aufwand. Deshalb habe ich ihm die Sachlage kurz geschildert. Zunächst wollte der Staatsanwalt gar nicht glauben, dass es eindeutige Indizien dafür gibt, dass Kommissar Söhlbach im Focus bei diesen Mordfällen steht. Dann aber sagte er mir, dass er diesen Fall an eine andere Dienststelle abgeben müsse, da Sie als Söhlbachs Kollegen eindeutig befangen wären. Nach dem Telefongespräch mit dem Staatsanwalt wollte ich sofort zu Ihnen kommen, um Ihnen das mitzuteilen, da rief er mich zurück, um mir noch zu sagen, dass Kollegen aus Düsseldorf diesen Fall übernehmen werden."

„Sie können uns doch nicht einfach von diesem Fall abziehen!", sagte Muisfeld und wirkte sichtlich ungehalten. Die Empörung in ihrer Stimme war unüberhörbar. „Wenn jemand diesem Mörder auf die Schliche kommt, dann sind wir es."

„So ist es", stimmte Nowack ihr zu. „Düsseldorfer Kollegen mit diesem Fall zu betrauen ist total unproduktiv, alleine schon deshalb, weil sie mit den örtlichen Gegebenheiten nicht vertraut sind. Der Staatsanwalt weiß doch, wie erfolgreich unsere Ermittlungsarbeiten sind. Was ist denn in ihn gefahren, dass er uns von diesem Fall abzieht? Das ist einfach lächerlich."

Metzger-Ibbenburg zuckte mit den Schultern und sagte: „Mir persönlich wäre es auch lieber, wenn Sie an diesem Fall bleiben würden, doch ein Staatsanwalt sieht so einen verzwickten Fall halt mit anderen Augen. Sie beide sind befangen und deshalb außen vor."

„Wir sind nicht ein bisschen befangen", meinte Silvia und wirkte für einen Augenblick wütend. „Wenn wir ermitteln, geht das immer sachlich und logisch vonstatten, und das weiß auch der Staatsanwalt. Wir können es doch nicht zulassen, dass jemand unserem Sven Morde in die Schuhe schieben will. Chef, Sie wissen doch genauso gut wie wir, dass Sven kein Mörder ist."

Der Kommissariatsleiter nickte.

„Ich weiß, Frau Muisfeld, Sie und Ihr Kollege Nowack würden alles dafür tun, um den Verdacht, der auf Kommissar Söhlbach fällt, aus dem Weg zu räumen. Sie stehen zu einhundert Prozent hinter Ihrem Kollegen. Es würde Ihnen im Traum nicht einfallen, die Unschuld von Herrn Söhlbach zu bezweifeln. Trotz der vielen Indizien, die Kommissar Söhlbach in den Fokus der Mordfälle stellen, würden Sie nicht eine Sekunde mit dem Gedanken verschwenden, dass er etwas damit zu tun haben könnte." Der Chef hielt kurz inne. Dann meinte er: „So etwas nennt man Befangenheit."

Metzger-Ibbenburg schaute die beiden mit ernstem Gesicht an.

„Es tut mir wirklich leid", sagte er, „aber Sie sind draußen. Wenn es Sie beruhigt, auch ich bin fest davon überzeugt, dass Söhlbach mit den Morden nichts zu tun hat, doch leider ist meine Überzeugung in diesem Fall nicht relevant."

*　　*　　*

Kein schöner Samstagmorgen

Kommissar Nowack und seine Kollegin Muisfeld saßen an ihrem eigentlich freien Samstag schon wieder in ihrem Büro.

Sie warteten auf die beiden Ermittler aus Düsseldorf, die die Mordfälle an den Obdachlosen übernommen hatten.

Bereits gestern Nachmittag waren die zwei Kommissare aus der Nachbarstadt im Duisburger Polizeipräsidium erschienen, um sich mit den Akten vertraut zu machen.

Silvia und Tibo hatten die beiden Düsseldorfer Beamten namens Jonas Nickel und Ludger Heinrich gestern bereits kennengelernt, als diese sich ganz kurz bei ihnen vorgestellt hatten.

Nowack schaute auf die Uhr.

„Ich möchte mal wissen", murmelte er, „wo die beiden bleiben."

Metzger-Ibbenburg hatte ihn und Silvia auf Wunsch der Kommissare Nickel und Heinrich heute Morgen zum Dienst beordert. Die beiden Düsseldorfer wollten Söhlbachs Mitstreiter befragen, sobald sie ihre Akteneinsicht beendet hatten.

Nun saßen Muisfeld und Nowack schon seit einer halben Stunde in ihrem Büro und warteten.

„Die zwei Kollegen", sagte Silvia, „sind nicht nur unsympathisch, sondern auch unzuverlässig."

„Was verlangst du von diesen arroganten Düsseldorfer Schlipsträgern auch?", meinte Tibo und spielte damit auf ihre erste und bisher einzige Begegnung mit den neu eingesetzten Kollegen an. „Wenn die beiden bei diesen Sommertemperaturen sich zu fein dafür sind, ihre Sakkos und Krawatten auszuziehen, ist es ja ihr Problem, aber dass sie bei unserer Unterhaltung auf das förmliche „Sie" bestanden haben, ist nicht normal. Kollegen duzen sich untereinander."

„Ja", stimmte Silvia ihm zu. „Dieser Ludger Heinrich ist mit einer Arroganz aufgetreten, als wäre er etwas Besseres und in der Nähe von diesem Jonas Nickel habe ich kaum Luft bekommen, weil die Duftwolke seines überdosierten Rasierwassers mir fast den Atem verschlagen hat. Das hat nicht gerochen, das hat gestunken. Hoffentlich verschont er uns heute mit diesem Duft."

„Das mit der Befragung verstehe ich sowieso nicht", meinte Tibo. „Heinrich und Nickel haben doch die Akten der Mordfälle, und das steht alles drin. Von uns können sie darüber auch nicht mehr erfahren."

Silvia tippte auf ihrem Handy herum und schüttelte bereits nach kurzer Zeit den Kopf.

„Ich möchte mal wissen, warum Sven nicht dran geht", sagte sie.

Sie hatte schon den ganzen Morgen versucht, ihren Kollegen Söhlbach zu erreichen, um ihn, auch wenn es sein letzter Urlaubstag war, über die neue Lage zu informieren, doch er war nicht ans Telefon gegangen.

In diesem Moment klopfte es an der Bürotür.

„Ja?", sagte Nowack laut.

Nun betraten die Düsseldorfer Kollegen den Raum.

„Guten Morgen", grüßten sie kurz.

„Guten Morgen", murmelten Silvia und Tibo gleichzeitig.

Die Kommissare Nickel und Heinrich schoben zwei Stühle vor Silvias und Tibos Schreibtische und nahmen darauf Platz, so, dass sie den beiden gegenüber saßen.

Nickel, der durch seine moderne Designerbrille, deren bekannter Firmenname auf einen der Brillenbügel sofort ins Auge stach, auffiel, lehnte sich lässig nach hinten und schlug die Beine übereinander.

Heinrich, dessen Größe deutlich unter 1,70 Meter lag, wirkte schmächtig. Er saß leicht nach vorne gebeugt und blickte Muisfeld und Nowack mit seinen kleinen, stechenden Augen abwechselnd an.

Silvia wusste nicht, warum, aber sie musste beim Anblick des Mannes an einen Wiesel denken.

„Wir haben da noch einige Fragen an Sie", sagte Heinrich schließlich und tippte auf einem mitgebrachten Tablett herum.

Tibo fragte sich, wo er diese prägnante Stimme, mit der Heinrich ihn ansprach, schon einmal gehört hatte. Dann wusste er es. Sein Gegenüber hatte fast die gleiche Stimme, wie der Schauspieler Martin Semmelrogge.

„Dann fragen Sie mal", meinte Tibo und blickte Heinrich auffordernd an.

„Herr Nowack, ist Ihnen in der letzten Zeit an ihrem Kollegen Söhlbach etwas Ungewöhnliches aufgefallen?"

„Etwas Ungewöhnliches? Wie meinen Sie das? Was sollte mir an ihm denn aufgefallen sein?"

„War er irgendwie anders als sonst?"

„Nein."

Heinrich wandte sich an Silvia: „Ist Ihnen vielleicht etwas aufgefallen, Frau Muisfeld?"

„Nein."

„Wir versuchen schon den ganzen Morgen vergeblich, Söhlbach anzurufen", erklärte Heinrich. „Haben Sie vielleicht eine Idee, warum ihr Kollege Söhlbach nicht an sein Handy geht?"

„Nein."

Heinrich kratzte sich am Kopf.

Dann sagte er: „Dann müssen wir wohl eine Funkzellenortung anordnen."

Nun ergriff Nickel das Wort: „Frau Muisfeld, wir wissen, dass Söhlbach seinen Urlaub zusammen mit Nina Büttgen, wohnhaft in Homberg, in Dahme verbringt. Sie wissen doch bestimmt, wann er wieder zurückkommen wollte, oder?"

„Woher wissen Sie, mit wem unser Kollege seinen Urlaub verbringt?"

Nickel grinste.

„Wir habe da so unsere Quellen."

„Außer uns und unserem Chef weiß niemand, wo und mit wem Herr Söhlbach seinen Urlaub verbringt."

„Sehen Sie, Frau Muisfeld, da haben Sie sich ihre Frage schon selbst beantwortet. Was die Zusammenarbeit bei den Ermittlungen angeht, ist Ihr Chef wesentlich kooperativer als Sie. Aber Sie haben meine Frage noch nicht beantwortet. Wissen Sie, wann Söhlbach wieder zurückkommt?"

„Ja, das weiß ich", antwortete die Kommissarin.

„Und wann?"

„Soweit ich weiß, heute am späten Abend. Herr Söhlbach wollte den heutigen Tag in Lübeck verbringen, um sich die Stadt anzusehen."

Soso", sagte Nickel. „In Lübeck."

Sein Blick ging zwischen Nowack und Muisfeld hin und her.

„Wir haben uns die Akten genau angesehen", erklärte er. „Davon, dass Söhlbach etwa zur Tatzeit an allen drei Tatorten war, steht dort allerdings nichts drin."

172

„Das ist ja auch nicht relevant", entgegnete Silvia.

„Warum nicht?"

„Weil das mit den Morden nichts zu tun hat."

„Es hat mir den Morden nichts zu tun?" Nickel lachte kurz auf. „Das macht Söhlbach zum Tatverdächtigen Nummer Eins."

„Unser Kollege Söhlbach hat mit den Morden definitiv nichts zu tun", ergriff nun Nowack das Wort. „Sie verdächtigen den Falschen. Ganz offensichtlich versucht da jemand, unserem Kollegen Söhlbach die Taten in die Schuhe zu schieben."

„Daran haben wir zwar auch schon gedacht", übernahm nun Heinrich das Gespräch, „aber diese Vermutung haben wir schnell wieder bei Seite geschoben. Herr Metzger-Ibbenburg hat uns erzählt, dass niemand hätte wissen können, wo sich Söhlbach zur Tatzeit aufgehalten hatte. Ein Mensch, der ihm die Taten in die Schuhe hätte schieben wollen, hätte ihn auf Schritt und Tritt verfolgen müssen, um dann eine geeignete Stelle als Tatort aus-zusuchen. Um an diesem Ort dann einen Mord zu be-gehen, hätte er dort aber auch ein Opfer vorfinden müssen."

„Vielleicht", sagte nun Nickel, „hatte der Täter ja auch seinen Kofferraum mit Obdachlosen gefüllt, um dann, bei Bedarf, einen herauszunehmen und zu töten."

Er lachte und schaute Tibo an.

„Oder haben Sie vielleicht eine bessere Erklärung, Herr Nowack?"

„Nein", antwortete Tibo. „Leider habe ich keine Erklärung dafür, doch unser Kollege ist mit Sicherheit kein Mörder. Als Mörder hätte er uns bestimmt nicht erzählt, dass er zufällig am Tatort vorbeigekommen war, und am letzten

Tatort hätte er garantiert nicht einen Bierkrug mit seinen Fingerabdrücken darauf hinterlassen. Für wie blöd halten Sie ihn eigentlich?"

„Vielleicht hat Söhlbach das mit Absicht so inszeniert, weil er davon ausgeht, dass alle ihn nicht für so blöd halten. Das wäre sogar ein guter Schachzug."

Silvia schüttelte den Kopf.

Dann sagte sie mit Nachdruck in der Stimme: „Sie können denken, was sie wollen, aber unser Kollege hat mit diesen Taten nichts zu tun, außer, dass ihn jemand da hineinziehen will, und wie es aussieht, hat dieser Jemand das ja auch geschafft."

„Das ist Ihre Meinung", sagte Nickel. „Sie würden Ihrem Kollegen so etwas nicht zutrauen, weil sie befangen sind. Das ist auch der Grund dafür, warum wir jetzt die Ermittlungen übernommen haben."

Er erhob sich und meinte: „Da Sie offensichtlich sowieso fest hinter Söhlbach stehen, ist es sinnlos, Sie weiterhin in die Arbeit mit einzubeziehen. Da Söhlbach nicht an sein Handy geht, werden wir jetzt eine Funkzellenortung einleiten. Wollen wir doch mal sehen, wo sich ihr Kollege herumtreibt."

Nickel wandte sich an seinen Kollegen: „Komm, wir gehen."

Mit einem abfälligen „Einen schönen Tag noch", verließen die beiden Düsseldorfer Ermittler das Büro.

*   *   *

Zurück aus dem Urlaub

Sven Söhlbach hatte seinen Plan geändert.
Er hatte heute Morgen, nachdem er von Dahme losgefahren war, einen Zwischenstopp in Lübeck eingelegt. Dort hatte er sich das Holstentor angeschaut. Den danach geplanten Stadtbummel durch die alte Hansestadt hatte er nicht mehr unternommen. Auch sein Vorhaben, zu Mittag in ein Lübecker Restaurant einzukehren, hatte er von seiner Planung gestrichen.
Nun war er bereits wieder auf dem Heimweg nach Duisburg und hatte sein Ziel auch schon fast erreicht.
Söhlbach hatte einen Grund für seine frühere Abreise von Lübeck, denn es gab etwas, das ihn beunruhigte.
Nina, mit der er eine wunderschöne Zeit in Dahme verbracht hatte, war heute Früh direkt nachhause gefahren, weil sie heute Nachmittag zur Geburtstagsfeier ihrer neunzigjährigen Oma gehen wollte.
Heute Morgen hatte Sven noch Ninas Koffer in ihr Auto gepackt und ihr hinterher gewinkt, als sie davongefahren war.
Svens Koffer war auch schon gepackt und hatte noch in der Ferienwohnung gestanden. Bevor er aber mit seinem Auto in Richtung Lübeck starten wollte, hatte er geplant noch ein letztes Mal zum Strand zu gehen. Da hatte er bemerkt, dass er sein Handy nicht dabei hatte. Er war zurück in die Wohnung gegangen, doch sein Handy war hier nirgendwo. Bereits nach kurzer Überlegung hatte er gewusst, wo sein Mobiltelefon war. Ein lautes „Scheiße" war über seine Lippen gekommen. In diesem Moment hatte er sich daran erinnert, dass Nina heute Morgen gegen einen Kleiderständer gestoßen war und diesen

umgehauen hatte. Sven hatte blitzschnell reagiert und den Ständer noch auffangen können, bevor er auf den Boden geknallt wäre. Sein Handy, welches er in der Hand hatte, hatte er bei dieser Aktion auf Ninas gepackten, aber noch offenstehenden Koffer fallen lassen. Danach hatte er Nina in den Arm genommen und geküsst. Während des Kusses hatte Nina die Jacke, die sie von dem Ständer genommen hatte, in den Koffer gelegt. Als das Gepäckstück dann geschlossen worden war, hatten sie das Handy darin einfach vergessen.

Sven hatte sofort daran gedacht, Nina von einem anderen Telefon aus anzurufen, doch das war daran gescheitert, dass er ihre in seinem Handy gespeicherte Rufnummer nicht auswendig kannte.

Söhlbach fühlte sich ohne sein Mobiltelefon nackt, sowie von der restlichen Welt abgeschnitten. Nicht nur, dass er nicht mehr anrufen konnte, wie sollte er jetzt erfahren, ob Nina heil zuhause angekommen war?

Deshalb hatte er seinen Besuch der Stadt Lübeck darauf reduziert, sich nur das Holstentor anzuschauen.

Sven hatte die Duisburger Stadtgrenze bereits passiert und fuhr direkt ins Stadtteil Homberg, in dem Nina zuhause war.

In dem Moment, in dem er sein Auto vor dem dreietagigen Mehrfamilienhaus, in dem Nina wohnte, stoppte, erinnerte ihn ein lautes Magenknurren daran, dass er seit dem Frühstück nichts mehr gegessen hatte.

Hab´ ich vielleicht einen Kohldampf, ging es ihm durch den Kopf. *Kein Wunder, die Mittagszeit ist ja schon fast vorbei.*

Als er etwas später auf den Knopf von Ninas Türklingel drückte, hoffte er, dass sie noch zuhause war.

Söhlbach spürte Erleichterung, als aus dem Lautsprecher der Klingelanlage Ninas Stimme ertönte: „Ja, bitte?"
„Ich bin´s", sagte er. „Gut, dass du noch da bist."
„Du bist schon da?", sagte Nina verwundert. „Das ist gut, denn du musst mir einiges erklären."
Der Türöffner summte und Sven begab sich hinein.
Etwas später stand er seiner Geliebten in der Wohnung gegenüber.
„Was ist los?", empfing Nina ihn. „Was hast du angestellt?"
„Wie meinst du das?"
„Deine Kollegen waren hier. Sie suchen dich."
„Wie, sie suchen mich? Tibo und Silvia wussten doch, dass ich erst heute aus dem Urlaub zurückkomme."
„Das waren andere Kollegen. Die waren so richtig frech und dreist. Sie sind erst vor wenigen Minuten weggegangen. Ich bin immer noch fix unter fertig."
„Jetzt mal der Reihe nach", versuchte Sven seine aufgebrachte Freundin zu beruhigen. „Was genau ist passiert und wer waren diese Kollegen?"
„Als die zwei Polizisten vor meiner Tür standen, habe ich mir zuerst die Dienstausweise der beiden zeigen lassen", antwortete Nina. „Die Namen dieser Kommissare habe ich mir genau gemerkt. Sie hießen Ludger Heinrich und Jonas Nickel. Sie sagten, sie seien von der Kripo Düsseldorf und sie wollten dich sprechen. Sie haben behauptet, dass sie ganz genau wüssten, dass du in meiner Wohnung wärst. Bevor ich etwas sagen konnte, standen die beiden auch schon in meinem Flur."
„Von diesen Kommissaren habe ich noch nie etwas gehört", sagte Söhlbach, „und wieso dachten sie, dass ich

177

hier bei dir wäre? Wie sind sie überhaupt an deine Adresse gekommen und was wollten sie von mir?"

„Was sie von dir wollten, das haben sie nicht gesagt, aber als ich ihnen sagte, dass du nicht hier bist, meinten sie, dass ich mir keine Mühe geben solle, dich zu schützen und dass sie ganz genau wüssten, dass du in meiner Wohnung sein würdest. Einer der beiden hat dann sein Handy genommen und eine Nummer gewählt. Dann ertönte irgendwo ein Handy, leise und dumpf, und ich habe sofort deinen Klingelton erkannt. Der Ton kam aus meinem Koffer, der immer noch ungeöffnet im Flur stand. Ich habe sofort nachgesehen, und wie geahnt, lag dein Handy in meinem Koffer."

Söhlbach nickte.

„Genau deswegen bin ich eher zurückgekommen", erklärte er. „Ich hatte mein Telefon in deinem Koffer vergessen. Ich verstehe aber trotzdem nicht, wie die beiden Düsseldorfer Kollegen an deine Adresse gekommen sind und was sie von mir wollten?"

„Was sie von dir wollten, haben sie nicht gesagt, aber sie haben sich sehr darüber geärgert, dass du nicht hier warst und beim Hinausgehen hatte einer gesagt, dass Handyortung eben nicht alles sei."

Söhlbach machte große Augen.

„Was?! Sie haben mein Handy geortet?"

„Im Nachhinein sieht es ganz so aus, Sven. Was wollten die denn von dir?"

„Wenn ich das mal wüsste", sagte Söhlbach.

Sein ernster Gesichtsausdruck ließ erkennen, dass er scharf nachdachte.

Schließlich sagte er: „Ich muss dringend meine Kollegin Silvia anrufen. Sie wird wissen, was los ist. Wo ist mein Handy?"

„Deine beiden dreisten Kollegen haben es einfach mitgenommen."

„Was!?"

„Ja, ich habe sie noch gefragt, ob sie das so einfach dürften. Da haben sie gesagt, es sei ein Beweismittel."

„Jetzt verstehe ich gar nichts mehr", sagte Söhlbach und schüttelte den Kopf. „Kann ich dein Handy mal haben, Nina?"

„Ja, sicher."

Wenig später wählte Sven die Nummer seiner Kollegin Muisfeld. Die Verbindung stand sehr schnell.

„Ich bin's, Silvia. Bei Nina haben zwei Polizisten aus Düsseldorf angeklingelt, weil sie nach mir suchen. Kannst du mir sagen, was los ist?"

„Wo bist du, Sven?", wollte Muisfeld von ihm wissen.

„Ich bin jetzt bei Nina zuhause, aber sag´ mir endlich, was los ist."

Seine Kollegin zögerte kurz am Telefon.

Dann sagte sie: „Kurz gesagt, man hat uns den Fall der Obdachlosenmorde entzogen, weil wir befangen sind."

„Morde?" fragte Söhlbach. „Wurde denn noch jemand umgebracht?"

„Ja, es sind noch zwei weitere Mordfälle dazu gekommen.

Du stehst im Verdacht, an diesen Morden beteiligt zu sein. Deshalb hat man zwei Kollegen aus Düsseldorf die Ermittlungen übertragen. Das, was alles geschehen ist, ist zu viel, um es dir alles am Telefon zu erklären. Wir müssen uns treffen und darüber reden."

179

„Okay, Silvia. Ich werde jetzt nachhause fahren. Wäre es für dich in Ordnung, wenn du zu mir kommst?"

„Ja, das mache ich. Es gibt viel zu berichten, und bevor du etwas Falsches denkst, Sven, wir wissen alle, dass du mit diesen Morden nichts zu tun hast, nur die Düsseldorfer Kollegen sehen das eben anders."

Mit den Worten: „Ich werde sofort losfahren. Bis gleich, Silvia", beendete er das Gespräch.

Nina, die das alles mitverfolgt hatte, blickte ihn ungläubig an.

„Die glauben doch nicht im Ernst, dass du ein Mörder bist, Sven, oder?"

„Ich verstehe das auch nicht, aber es wird eine Erklärung für dieses Missverständnis geben."

Söhlbach nahm seine Geliebte in den Arm und drückte sie.

„Mach´ dir keinen Kopf, Nina", sagte er. „Es wird sich alles aufklären. Ich muss jetzt los. Sobald ich mehr weiß, rufe ich dich an."

*   *   *

Der Drohbrief

Söhlbach hatte seine Heimfahrt unterbrechen müssen, um seinen Hunger zu stillen.

Er hatte einen Zwischenstopp in einem Schnellrestaurant eingelegt. Die lange Wartezeit am Drive-in Schalter war ihm vorgekommen, wie eine Ewigkeit.

Eigentlich hatte er die drei bestellten Hamburger auf dem kleinen Parkplatz direkt hinter dem Schalter des Schnellrestaurants essen wollen, doch dafür war ihm die Zeit zu kostbar und die innere Unruhe zu groß gewesen. Deshalb hatte er die Hamburger während der Autofahrt gegessen. Nun war sein Hunger zwar etwas gestillt, aber das flaue Gefühl in seiner Magengegend wollte einfach nicht weichen.

Als er wenig später sein Zuhause erreichte, war dieses ungute Gefühl sogar noch schlimmer geworden. Dass er im Verdacht stand, an den Obdachlosenmorden beteiligt zu sein, ließ ihm einfach keine Ruhe.

Sven fragte sich, wie es so weit kommen konnte, dass die Staatsanwaltschaft ihnen sogar den Fall entzogen hat.

Da muss irgendetwas kräftig schief gelaufen sein, ging es ihm durch den Kopf.

Söhlbach betrat seine Wohnung und stellte die große Reisetasche mit seinen Urlaubsutensilien im Flur ab.

Er ging in das Wohnzimmer und warf die Post, die er gerade aus seinem Briefkasten genommen hatte, achtlos auf den Tisch.

Sven ließ sich auf das Sofa fallen.

Man konnte ihm seine Verwirrung ansehen. Seine Gedanken kreisten, und er konnte es kaum erwarten, dass

Silvia endlich bei ihm auftauchen würde, um ihn über das, was passiert war, aufzuklären.

Silvia hat gesagt, dachte er, *dass sie wegen Befangenheit nicht mehr an den Obdachlosenmorden arbeiten dürfe.*

Diese Gedanken ließen das flaue Gefühl, welches er im Magen hatte, noch schlimmer werden.

In diesem Moment war sich Söhlbach der Sache sicher, dass da etwas Unglaubliches passiert sein musste. Der Staatsanwalt würde niemals ohne triftige Gründe ein Ermittlungsteam von einem Fall abziehen.

Hoffentlich kommt Silvia bald. Ich will endlich wissen, was los ist.

Unbewusst griff seine Hand in die linke Hosentasche. Darin steckte eigentlich immer sein Handy.

„Scheiße!", kam es zischend über seine Lippen.

Die Kollegen können doch nicht einfach so mein Handy konfiszieren!

Sven ging durch den Kopf, dass niemand ohne weiteres an seine Handydaten gelangen konnte, weil ein Zugang nur mit seinem Fingerabdruck möglich war. Ihm war aber auch bewusst, dass es bei der KTU Spezialisten gab, für die eine Handyentschlüsselung ein Kinderspiel war.

Söhlbach dachte daran, dass es auf seinem Handy nichts gab, was darauf hindeuten könnte, dass er etwas mit den Obdachlosenmorden zu tun hatte. Trotzdem war es kein schönes Gefühl, zu wissen, dass die Kollegen seine privaten Daten sehen konnten.

Das ist ein verbotener Eingriff in meine Privatsphäre!

Er schaute auf die Uhr.

„Wo bleibst du, Silvia", flüsterte er.

Sven konnte es nicht erwarten, endlich zu erfahren, warum man ausgerechnet ihn mit den Morden in Verbindung brachte.

„Warum", fragte er sich leise selbst.

Nun dachte er daran, dass er bei dem Mord in Binsheim zufällig am Tatort vorbeigekommen war, doch das konnte kein Grund für einen Tatverdacht sein. Nach diesem Mord hatte er seinen Urlaub angetreten, und egal, was dann noch hier passiert war, er war nicht vor Ort gewesen. Was die anderen Morde, die Silvia erwähnt hatte, betraf, war er außen vor.

Söhlbach atmete tief durch.

Er schaute beiläufig auf die Post, die er gerade auf den Tisch gelegt hatte. Bis auf einen braunen DIN-A4 Umschlag war es ausschließlich Werbung, die da vor ihm lag.

Der Absender dieses Briefes war seine Kfz-Versicherung. Auf der rechten Seite des Umschlags stand dick gedruckt: Achtung! Wichtige Änderung Ihres Versicherungsvertrages.

Als Söhlbach das las, schüttelte er den Kopf.

„Die haben bestimmt wieder die Beiträge erhöht", murmelte er leise.

Er ergriff den Brief und öffnete ihn.

Sven machte große Augen als er ein, in Plastikfolie verschweißtes, graues Blatt Papier darin erkannte.

Neugierig zog er das Schreiben langsam aus dem Umschlag. Das, was er darauf las, schockierte ihn.

Dort stand in krakeligen Buchstaben:

Das Schwert des Damokles schwebt über dir. Zuerst verlierst du deinen Ruf, dann verlierst du deine Liebste, und wenn der Faden reißt und das Schwert sich in deinen Schädel bohrt, verlierst du dein Leben.

Das Schwert des Damokles
schwebt über dir.

Zuerst verlierst du deinen
Ruf, dann verlierst du deine
Liebste,

und wenn der Faden reißt
und das Schwert sich in
deinen Schädel bohrt,
verlierst du dein Leben.

„Was soll das!?", sagte er verwundert zu sich selbst.

Er starrte auf das Schreiben in seiner Hand, welches er vorsichtig mit zwei Fingern aus dem Umschlag gezogen hatte.

Die Plastikfolie, in der das Papier eingeschweißt war, hatte oben und an den Seiten einen dicken Rand. Der obere Rand war fast ein Zentimeter breit und es sah so aus, als enthielt er irgendeine Flüssigkeit.

In der linken, oberen Ecke war ein kleines, glänzendes Viereck, welches einer Miniatursolarzelle glich.

Da will sich jemand einen Scherz mit mir erlauben, ging es Söhlbach durch den Kopf.

„Das Schwert des Damokles", murmelte er. „Lächerlich."

Er dachte sofort daran, ein Foto von diesem merkwürdigen Schreiben zu machen, doch im gleichen Moment wurde ihm bewusst, dass er kein Handy hatte.

„Scheiße!", fluchte er.

Sven blickte nachdenklich auf das eingeschweißte Schreiben und fragte sich, warum sich der Verfasser dieses Schreibens so eine Mühe gemacht hatte. Ein normales Blatt Papier hätte doch eigentlich auch gereicht, um ihm so einen Drohbrief zu schreiben.

Er hielt die Folie immer noch mit zwei Fingern am oberen Rand fest und dachte daran, sie nicht unnötig zu berühren.

Vor ihm, auf dem Tisch, stand eine flache Schale. In dieser weißen Porzellanschale lagen normalerweise immer Äpfel. Den letzten Apfel hatte Sven vor seinem Urlaubsantritt aufgegessen.

Söhlbach legte das eingeschweißte Schreiben in die Schale.

Nun las er sich den Text noch einmal ganz in Ruhe durch.

Sven versuchte, sich zu konzentrieren, aber er war im Moment nicht in der Lage, seine Gedanken zu ordnen.

Zunächst die Nachricht, dass man ihn mit den Obdachlosenmorden in Verbindung bringt und jetzt auch noch dieser Brief.

Während er auf das Schreiben blickte, geschah etwas sehr merkwürdiges.

Aus dem oberen Rand der Folie schien eine Flüssigkeit in die verdickten Seitenränder zu fließen. Dann ging alles sehr schnell. Das eingeschweißte Papier wurde feucht und begann, sich zu zersetzen. Vor Svens Augen löste sich schließlich nicht nur das Papier, sondern auch die Folie auf.

Nach einigen Sekunden war von dem Schreiben nichts mehr übrig. In der Porzellanschale lag nur noch ein kleiner Rest, der aus dem oberen Rande der Folie bestand. Es war das einzige was den Zersetzungsvorgang überstanden hatte.

„Was war das denn?", kam es verwundert über Svens Lippen.

Er starrte ungläubig auf die Schale.

Was passiert hier gerade?

Das Schellen seiner Türklingel holte ihn aus seinen Gedanken.

Das wird Silvia sein, dachte er und erhob sich.

Wenig später führte er Muisfeld in sein Wohnzimmer. Er erzählte seiner Kollegin, was gerade passiert war und zeigte ihr den übrig gebliebenen Rest der Folie, in der dieser Drohbrief gesteckt hatte.

„Was genau hat denn in diesem Schreiben gestanden?",
wollte Silvia von ihm wissen.
„Da stand, dass das Schwert des Damokles über mir
schwebt, dass ich zuerst meinen Ruf und meine Liebste
verlieren würde und dass ich mein Leben verlieren
würde, wenn das Schwert sich in meinen Kopf bohrt. Im
ersten Moment hatte ich es für Spinnerei gehalten, doch
jetzt, wo sich das Teil einfach vor meinen Augen aufgelöst hat, hab´ ich ein komisches Gefühl. Aber jetzt
erzähle mir erst mal, was es mit den Morden auf sich hat
und warum man mich da reinziehen will."
Bevor Muisfeld etwas sagte, blickte sie nachdenklich auf
den oberen Rand der Folie, der in der Porzellanschale
lag.
„Dieses Schreiben hängt mit den Morden zusammen,
Sven. Da bin ich mir fast sicher. Jemand will dich fertig-
machen. Bevor ich dir Bericht erstatte, rufe ich Ralf an.
Wir brauchen seine Unterstützung."
Sie nahm ihr Handy und scrollte mit dem Finger die
Kontaktliste herunter.
„Meier, Meier, Meier", murmelte sie. „Da haben wir ihn ja,
Ralf Meier."
„Hallo Ralf", sagte sie nach kurzer Wartezeit. „Wir
brauchen dringend deine Hilfe. ... Ja, du hast Recht, wir
wurden von den Fällen abgezogen. ... Ja, es hat mit
diesen Fällen zu tun. Irgendjemand will Sven fertig-
machen. Ich hätte da ein Beweismittel, was dringend von
der KTU unter die Lupe genommen werden muss. Kann
ich es dir vorbeibringen? ... Danke, Ralf, aber es muss
unter uns bleiben."
Die Kommissarin schaute Sven, der verunsichert da
stand und vor sich her starrte, an.

„Ich werde das Teil gleich zu Ralf bringen. Er hat erstaunlicherweise ohne Wenn und Aber zugesagt, uns zu unterstützen. Und jetzt setzen wir uns erst einmal hin, damit ich dich über den ganzen Mist, der da gerade passiert, aufklären kann."

Nachdem sie auf dem Sofa Platz genommen hatten, erzählte Silvia ihrem Kollegen, was vorgefallen war und warum man ihn mit den Morden in Verbindung gebracht hatte.

„Das ist ja unglaublich", sagte Söhlbach, nachdem Muisfeld mit ihrem Bericht fertig war. „Niemand konnte wissen, wo ich mich aufgehalten hatte."

„Aber irgendjemand muss es trotzdem gewusst haben, denn sei doch mal ehrlich, Sven, solche Zufälle kann es einfach nicht geben. Es muss jemand sein, der dich hasst und der, wie auch immer er das macht, weiß, wo du dich privat aufhältst. Das Schlimme ist, dass dieser Mensch über Leichen geht, um dich fertig zu machen."

Söhlbach wollte sich gerade dazu äußern, als seine Türklingel schellte.

„Wer ist das denn?", wunderte er sich.

Sven begab sich zu seiner Gegensprechanlage.

„Ja, bitte?", meldete er sich.

„Herr Söhlbach", erklang eine männliche Stimme, „mein Name ist Jonas Nickel von der Kripo Düsseldorf. Mein Kollege und ich müssten Sie dringend einmal sprechen."

Nach kurzem Zögern drückte Sven den Türöffner.

Silvia hatte mitgehört und sagte: „Das ist einer der beiden, die gegen dich ermitteln."

„Dann werde ich mir mal anhören, was er mir zu sagen hat", meinte Sven.

Wenig später öffnete er die Wohnungstür.

188

Söhlbach wirkte sehr gelassen, als er die beiden Kripo-beamten, die sich als Jonas Nickel und Ludger Heinrich vorstellten, in die Wohnung bat.

Als die beiden Düsseldorfer Kommissare das Wohn-zimmer betraten und sahen, wer dort saß, waren sie sichtlich überrascht.

„Frau Muisfeld", sagte Heinrich, „was haben Sie denn hier zu suchen? Sie wurden doch von dem Fall ab-gezogen. Ich werde es Ihrem Vorgesetzten melden. Wir haben den Fall übernommen und Sie verstoßen gegen die Vorschriften. Sie werden mit den Konsequenzen leben müssen."

„Jetzt hören Sie mal gut zu, Herr Kollege!", sagte Sven, dem Heinrichs Auftritt gegen den Strich ging. „Meine Freundin Silvia ist privat hier und was sie hier bei mir macht, geht Sie einen Scheißdreck an, und wenn Sie nicht in der Lage sind, sich mit mir sachlich zu unter-halten, können Sie gleich wieder gehen."

Die beiden Düsseldorfer Ermittler schauten sich zunächst unsicher an.

Nickel griff in seine Jackentasche und holte ein Mobil-telefon heraus.

Mit den Worten: „Hier haben Sie ihr Handy zurück", übergab er Söhlbach das Telefon.

„Sie hatten nicht das Recht, das Handy einzubehalten", sagte Sven.

Der Angesprochene ging nicht darauf ein.

Er meinte nur: „Es war ein geschickter Schachzug, das Handy in den Koffer ihrer Freundin zu legen. Damit wollten Sie vortäuschen, heute Morgen nicht am Tatort gewesen zu sein. Es war vergebene Mühe, denn ein Zeuge hat Sie gesehen."

Söhlbach schaute den Mann ungläubig an.

„Wovon reden Sie?", wollte er wissen.

„Von dem Mord, den Sie heute Morgen in Lübeck begangen haben."

Sven runzelte die Stirn und schüttelte den Kopf.

Er brachte in diesem Moment keinen Ton heraus.

Silvia, die alles mitgehört hatte, stand auf und trat neben ihn.

„Tja, Frau Muisfeld", ergriff nun Heinrich das Wort. „Ihr Kollege hat alle an der Nase herumgeführt. Er hat in Lübeck ebenfalls einen Obdachlosen getötet. Ein Zeuge hat sich Söhlbachs Kfz-Kennzeichen gemerkt, als er vom Tatort geflohen ist. Jetzt kann sich Herr Söhlbach nicht mehr herausreden."

Sven wollte nicht glauben, was er da hörte.

„Da ich niemanden getötet habe", sagte er, „kann es auch keinen Zeugen geben. Wer also behauptet da, mich gesehen zu haben?"

„Unsere Lübecker Kollegen haben uns angerufen, um uns den Namen des mutmaßlichen Täters, den sie anhand seines Kfz-Kennzeichens ermittelt haben, durchzugeben. Ein Zeuge hat gesehen, wie ein großer Mann mit Glatze mit Ihrem Auto vom Tatort geflohen ist. Sie sind groß, Herr Söhlbach, haben eine Glatze, und ich gehe nicht davon aus, dass jemand anderes Ihr Auto gefahren hat."

Sven schluckte.

„Das gibt's doch nicht", sagte er leise.

„Ich weiß zwar nicht", sagte Nickel, „was die Obdachlosen Ihnen angetan haben, aber Sie müssen diese Leute ja auf das Tiefste hassen. Wie viele wollten Sie denn noch umbringen?"

Söhlbach schaute ihn böse an.

„Ich habe niemanden getötet!"

Nickel lachte.

Dann sagte er: „Ich weiß nicht, wie Sie das dem Richter klarmachen wollen. Bei den ersten zwei Morden sprachen nur Indizien gegen Sie. Beim dritten Mord waren Sie so blöd, Ihre Fingerabdrücke auf der Tatwaffe zu hinterlassen, weil Sie wohl dachten, Dreistigkeit siegt. Nun aber gibt es einen Zeugen, der den Mörder gesehen hat. Sie haben die Sache überzogen, Söhlbach. Darf ich Sie jetzt bitten, uns zum Verhör auf das Präsidium zu begleiten?"

Sven schloss für einen Moment die Augen.

Dann atmete er tief durch und sagte: „Ja, und ich werde Ihnen beweisen, dass dieser angebliche Zeuge gelogen hat."

Bevor Söhlbach mit den beiden Ermittlern zur Tür ging, wandte er sich an Muisfeld, die immer noch ungläubig dastand: „Wenn du gleich raus gehst, Silvia, ziehe bitte einfach die Tür hinter dir zu."

Heinrich schaute die Kommissarin skeptisch an.

„Frau Muisfeld, ich weiß ja, dass Sie mit Söhlbach befreundet sind, aber man kann auch Freunden nur vor den Kopf gucken." Er griff in seine Jackentasche, zog seine Visitenkarte heraus und legte sie grinsend auf den Tisch. „Sollte Ihnen doch noch etwas einfallen, das Sie uns sagen wollen, dann rufen Sie mich an. Ich bin immer erreichbar."

Silvia ging auf seine Aussage nicht ein.

Dann verließ Söhlbach, begleitet von Nickel und Heinrich, die Wohnung.

Auch, wenn alles gegen Sven sprach, Silvia wusste, dass er unschuldig war.
Bevor sie ging, sicherte sie den Rest der Folie, der auf der Porzellanschale lag.

*   *   *

Alles läuft nach Plan

Enrico Tomaso stand im Dachgeschoss seines Hauses und betrachtete das Schwert, welches oben im Giebel an einer präparierten Schur über einen alten Lehnstuhl hing.

Alles läuft nach Plan, dachte er.

Ein kurzes, zufriedenes Lächeln huschte über seine Lippen.

Eigentlich konnte er es kaum erwarten, Söhlbach auf den Stuhl zu setzen, um dem Ende des verhassten Kommissars zu zusehen. Da Söhlbach aber vorher leiden sollte, musste Tomaso sich noch etwas gedulden.

Er schaute auf seine Uhr.

Eigentlich, ging es ihm durch den Kopf, *müssten sie ihn schon, unter Mordverdacht stehend, verhaftet haben. In Lübeck ist alles perfekt abgelaufen.*

Tomaso dachte daran, dass sein Bruder Francesco damals auf Söhlbachs Aussage hin in das Gefängnis gekommen war. Die Beschuldigungen des Kommissars hatten nur auf Indizien beruht, auf Indizien, die so eindeutig waren, dass sie für eine Verurteilung ausgereicht hatten, obwohl es keine endgültigen Beweise für eine Beteiligung an der Tat gab.

Söhlbach, dir wird es genauso ergehen wie meinem Bruder. Man wird dir nicht beweisen können, dass du gemordet hast, aber die Indizien werden alle davon überzeugen, dass du ein Mörder bist. Allerdings wirst du nicht in den Knast kommen, weil ich dich vorher töte. Ich kann es kaum erwarten, dabei zu zusehen, wie das Schwert sich in deinen Schädel bohrt.

Tomaso wusste, dass der erste Teil seines Plans bereits perfekt angelaufen war, denn Söhlbachs Ruf als guter

Polizist ging dank den Anschuldigungen gerade den Bach runter.

Nun ist es an der Zeit, den zweiten Teil meiner Agenda abzuarbeiten.

Söhlbachs Geliebte Nina war Tomasos Kollegin, und deshalb würde es für ihn kein Problem sein, sich mit ihr zu treffen, um sie zu töten.

Er hatte auch schon alles vorbereitet.

Tomaso hatte einen Bekannten von ihm gebeten, ihm eine Dosis Arsen zu besorgen. Sein Bekannter arbeitete in einem großen Unternehmen, in dem auch Rattengift, in dem ebenfalls Arsen und auch Arsenik enthalten sind, hergestellt wurde. Arsenik ist hochgiftig und wesentlich wirkungsvoller als Arsen. Deshalb hatte sein Bekannter ihm eine Mixtur aus Arsen und Arsenik verschafft und zwar eine sehr große Dosis.

Wenn Nina tot ist, wird Söhlbach genauso leiden wie ich, als Francesco umgebracht wurde.

Enrico Tomaso hatte sich Filme aus einem Straflager angesehen, in denen man Arsen an Inhaftierten getestet hatte. Man hatte den Leuten eine hohe Dosis des Giftes eingeflößt und sogleich waren sie zuckend, mit Schaum vor den Mund, zusammengesunken. Wenig später hatten sie tot auf dem Boden gelegen.

Nina wird genauso sterben, ging es ihm durch den Kopf. *Sie ist es selber schuld. Warum ist sie auch mit Söhlbach zusammen?*

Tomaso verspürte eine innere Unruhe. Die Sehnsucht danach, den verhassten Kommissar Söhlbach zu töten, wurde immer größer.

Noch einmal sah er die Szene vor sich, in der er seiner todkranken Mutter am Sterbebett versprochen hatte, sich an Söhlbach zu rächen.

Du musst ruhig bleiben, dachte er. *Alles der Reihe nach, genauso, wie es geplant war. Zuerst werde ich Nina töten.*

„Worauf warte ich eigentlich noch?", fragte er sich leise selbst. „Ich werde nicht mehr warten. Ich werde jetzt alles für Ninas Tod vorbereiten, und dann wird sie sterben."

*   *   *

Erdrückende Indizien

Kommissar Sven Söhlbach wollte nicht glauben, was hier gerade passierte.

Er saß im Vernehmungsraum, und vor ihm saßen die beiden Düsseldorfer Ermittler und befragten ihn.

Vorhin war er zunächst im Büro des Kommissariatsleiters vorstellig geworden. Metzger-Ibbenburg hatte ihn vom Dienst freigestellt. Sven hatte seinen Dienstausweis und seine Waffe abgeben müssen. Söhlbach hatte den Eindruck, als wäre es dem Chef peinlich gewesen, so etwas zu tun.

„Es tut mir leid, Herr Söhlbach", hatte Metzger-Ibbenburg zu ihm gesagt. „Sie sagen, dass Sie nichts mit den Morden zu tun haben, und ich glaube Ihnen. Beweisen Sie den Düsseldorfer Kollegen, dass Sie unschuldig sind."

Nun saß Sven im Vernehmungsraum und beantwortete den Kommissaren Nickel und Heinrich alle Fragen.

Er hatte den beiden haarklein erklärt, dass er, was die drei Obdachlosenmorde in Duisburg anging, sich zwar an den Tatorten aufgehalten, beziehungsweise daran vorbeigefahren sei, aber dass er mit den Taten nichts zu tun hätte. Er sprach den beiden Ermittlern auch seine Vermutung aus, dass ihm jemand ganz gezielt diese Morde in die Schuhe schieben will.

Während Nickel vergeblich versuchte, ihn mit immer neuen Fragen in Widersprüche zu verwickeln, saß sein Kollege Heinrich schweigend daneben und tippte auf seinem Notebook herum.

Söhlbach wirkte genervt.

„Und jetzt", forderte er die beiden Ermittler vor ihm auf, „sagen Sie mir mal, was es mit diesem Mord in Lübeck und mit dem angeblichen Zeugen auf sich hat."

Sven blickte die beiden abwechselnd an.

„Eigentlich sind wir es, die die Fragen stellen", erklärte Heinrich ihm mit seiner prägnanten Stimme, die der des Schauspielers Martin Semmelrogge glich. „In Lübeck haben Sie einen großen Fehler gemacht, Söhlbach. Wenn man schon am hellen Tag jemanden ermordet, sollte man auch darauf achten, dass es keinen Zeugen gibt."

„Wo und wann soll ich denn in Lübeck jemanden ermordet haben?", wollte Sven wissen.

Heinrich tippte auf sein Notebook, rief ein Foto auf und zeigte es Söhlbach. Auf dem Bildschirm war ein Parkplatz zu sehen.

„Kennen Sie diesen Ort, Söhlbach?", fragte Heinrich.

Sven hatte den Parkplatz auf dem Foto sofort wiedererkannt.

„Ja", antwortete er. „Da hatte ich in Lübeck mein Auto abgestellt."

„Schön, dass Sie das gleich zugeben", meinte Nickel und grinste. „Wissen Sie auch noch, wann Sie diesen Parkplatz mit Ihrem Auto wieder verlassen haben?"

„Nein, das weiß ich nicht. Ich hatte nicht auf die Uhr geguckt."

„Aber wir wissen es auf die Minute genau. Sie hatten am Parkautomat mit Ihrer Bankkarte bezahlt und dabei wurde die Uhrzeit festgehalten."

„Ja, das stimmt, aber was hat das mit einem Mord zu tun? Sie haben mir immer noch nicht gesagt, worum genau es hier geht." Söhlbach war wütend, aber er versuchte, ruhig zu bleiben. „Wenn Sie mal langsam auf den Punkt kommen würden, könnte ich die Sache schneller aufklären."

Heinrich schaute Söhlbach abschätzend an.

Dann sagte er: „Bevor Sie den Parkplatz verlassen hatten, hatten Sie dort einen Obdachlosen erschlagen. Ein Mann, der zufällig an dem Parkplatz vorbei gejoggt war, hatte diese Tat beobachtet. Er hatte gesehen, wie Sie bei diesem Mord vorgegangen waren. Sie hatten mit einem Gegenstand mehrmals auf den Schädel des Mannes geschlagen. Der Zeuge hatte zu diesem Zeitpunkt noch nicht ahnen können, dass Ihr Opfer nicht mehr unter den Lebenden weilte. Während Sie in aller Seelenruhe den Parkplatz verlassen hatten, war der Zeuge zu dem auf den Boden liegenden Mann gelaufen, um ihn zu helfen, doch er hatte nur noch den Tod des Mannes feststellen können. Nicht nur, dass dieser Zeuge eine ganz genaue Personenbeschreibung von Ihnen abgegeben hatte, Söhlbach, er hatte sofort reagiert und Ihren davonfahrenden Wagen mit dem Handy fotografiert. Auf dem Foto sind Sie zwar nur von hinten zu sehen, aber dennoch gut zu erkennen, genauso gut, wie Ihr KFZ-Kennzeichen."

„Das ist doch absurd!", kam es ungehalten aus Svens Mund. „Dieser angebliche Zeuge lügt!"

Heinrich tippte erneut auf sein Notebook und zeigte Söhlbach ein Foto, auf dem eindeutig sein Auto von hinten zu sehen war.

„Das ist eine Vergrößerung", erklärte Heinrich. „Auf dem Originalfoto ist auch das komplette Umfeld zu sehen."

Sven schüttelte den Kopf.

Dann sagte er: „Da hat jemand, als ich auf diesem Parkplatz unterwegs war, mein Auto fotografiert. Das Foto beweist, dass ich dort war. Diese Tatsache habe ich ja bereits bestätigt. Stellen Sie mir doch mal diesen ominösen Zeugen vor, der behaupte hat, ich sei ein Mörder. Ich gehe davon aus, dass er selbst den Mann getötet hat und nun versucht, es mir in die Schuhe zu schieben. Schnappen Sie sich diesen Zeugen und Sie haben den Mörder!"

Heinrich tippte erneut auf sein Notebook. „Hmm", murmelte er. „Die Lübecker Kollegen haben die Aussage des Zeugen schriftlich festgehalten. Der Zeuge ist namentlich benannt, inklusive seiner Adresse. Ich denke, einer Gegenüberstellung wird nichts im Wege stehen."

„Wie heißt dieser Zeuge denn?", wollte Sven sofort wissen.

Sein Düsseldorfer Kollege schüttelte lächelnd den Kopf.

„Das werde ich Ihnen nicht verraten, Söhlbach. Es wäre nicht gut für die weiteren Ermittlungen."

„Nennen Sie mir den Namen", forderte Sven ihn auf. „Es gab schon mehr als genug überführte Täter, die mir bei ihrer Verurteilung im Gerichtssaal Rache geschworen hatten. Deshalb vermute ich, dass ich den Mann kenne."

„Keine Chance, Söhlbach. Den Zeugen werde ich namentlich nicht benennen."

Sven sprang wütend auf.

„Was seid ihr denn für Polizisten!?", sagte er aufbrausend. „Da macht jemand ein Foto von meinem Auto und behauptet, ich hätte jemanden umgebracht und ihr glaubt ihm? Habt Ihr vergessen, dass ich ein Kollege bin, der genauso Verbrechen bekämpft wie ihr? Das darf doch alles nicht wahr sein. Schaltet doch einfach mal euren normalen Menschenverstand ein. Auch ihr müsstet doch langsam mal merken, dass da etwas nicht stimmt." Söhlbach setzte sich wieder.

„Ich bin schon darauf gespannt", sagte er, „wie sich dieser angebliche Zeuge da herausreden will, wenn er mir gegenübersteht."

Nickel hatte Sven die ganze Zeit über abschätzend durch seine moderne Designerbrille angeschaut.

Schließlich sagte er: „Tatsache ist, dass es schlecht für Sie aussieht, Söhlbach. Vier Morde und jedes Mal waren Sie zu den Tatzeiten an den Tatorten. In meinen Augen sind das mehr als merkwürdige Zufälle. An Ihrer Stelle würde ich mir jetzt einen Anwalt zulegen."

„Was meinst du, Jonas", sagte Heinrich zu seinem Düsseldorfer Mitstreiter, „ich denke, dass wir trotz der starken Verdachtslage keine U-Haft anordnen müssen, oder?"

„Nein", antwortete Nickel. „In meinen Augen besteht keine Fluchtgefahr."

Söhlbach schaute die beiden ungläubig an. Er wollte nicht wahrhaben, was er da gerade hörte.

„Sie können jetzt gehen, Söhlbach", meinte Heinrich, „aber hatten Sie sich zur Verfügung."

Sven machte kurz Anstalten, sich noch einmal dazu äußern, aber er zog es vor, nun einfach zu schweigen. Er stand auf und verließ wortlos den Raum.

*   *   *

Die Zeugenüberprüfung

Söhlbach war direkt vom Präsidium aus nachhause gefahren.

Nun saß er in seinem Wohnzimmer und starrte vor sich hin.

Sven schaute auf die Uhr.

Es war bereits früher Nachmittag. Eigentlich hatte er heute Morgen, während der Rückfahrt von Dahme, geplant, sich mittags etwas beim Griechen zu bestellen, doch ihm war jeglicher Appetit vergangen.

Er konnte immer noch nicht glauben, was hier gerade geschah.

Jemand versuchte, ihm Morde in die Schuhe zu schieben, und dieser Jemand ging dabei ganz geschickt vor. Sven dachte daran, dass es jemand sein musste, der ihn ständig beobachtete.

Egal, wer es ist, dachte Söhlbach, *woher weiß er immer, wo ich mich aufhalte?*

Er wog langsam seinen Kopf hin und her.

Was bezweckt er damit?

In diesem Moment dachte er an den ominösen Drohbrief, der sich vor seinen Augen zersetzt hatte.

Nun war er sich der Sache sicher, dass der Briefschreiber der Täter war, denn als erstes stand dort geschrieben, dass er seinen Ruf verlieren würde, und genau daran arbeitete der Täter gerade.

Söhlbach hatte sich bereits den Kopf darüber zerbrochen, wer als Täter infrage kommen könnte.

In seiner Hand hielt er einen Kugelschreiber und einen Block, auf dem er sich bereits einige Namen notiert hatte.

Es waren die Namen von verurteilten Verbrechern, die

für ihn in Frage kommen könnten, sich an ihn rächen zu wollen.

Sven schloss seine Augen.

Er wirkte hochkonzentriert.

Nach einem kurzen Moment des Nachdenkens schrieb er den nächsten Namen auf den Block.

Sein Blick fiel auf die Liste.

Da standen sieben Namen von Tätern, die durch seine Ermittlungsarbeit lange Haftstrafen erhalten hatten.

Auch, wenn Sven sich nicht vorstellen konnte, dass jemand aus Rache an ihm andere Menschen umbringen würde, so waren die Namen auf der Liste die einzigen Hinweise auf Leute, die für die aktuellen Taten verantwortlich sein könnten.

Söhlbach wollte diese Namen an seine Kollegin Muisfeld weitergeben. Silvia sollte gleich Montag überprüfen, wer von diesen Verurteilten bereits aus der Haft entlassen worden war.

Sven ärgerte sich schwarz darüber, dass er bei den Ermittlungen außen vor war.

Er mochte alles, nur keine Untätigkeit, besonders wenn es darum ging, jemanden zu finden, der ihm etwas anhängen wollte.

„Scheiß drauf!", sagte er zu sich selbst. „Ich werde es jetzt selbst in die Hand nehmen."

Er nahm sein Handy, suchte die Telefonnummer der Polizei in Lübeck heraus und rief dort an.

„Schneider, Kripo Duisburg", meldete er sich unter falschem Namen. „Wir ermitteln in drei Morden an Obdachlosen, die hier in Duisburg passiert sind. Diese Mordfälle hängen mit dem Fall, der heute Morgen bei Ihnen auf dem Parkplatz passiert ist, offensichtlich zusammen.

Dank eures Zeugen, der das Fahrzeug des Täters mit dem Handy fotografiert hat, konnten wir anhand der Halterfeststellung mit Hilfe des KFZ-Kennzeichens den Tatverdächtigen ausmachen und in Gewahrsam nehmen. Ich wollte mich nun wegen der üblichen Gegenüberstellung mit Ihrem Zeugen in Verbindung setzen, doch mein Kollege Heinrich, der die Daten des Zeugen in seinem Notebook gespeichert hat, hat sich bereits ins Wochenende verabschiedet, und ich kann ihn momentan nicht erreichen. Könnten Sie mich bitte mit den Kollegen, die für den Mordfall auf dem Parkplatz bei Ihnen zuständig sind, verbinden, damit sie mir kurz noch mal die Zeugendaten durchgeben können?"

„Warten Sie bitte einen Moment", sagte der Lübecker Kollege. „Ich versuche, jemanden für Sie zu erreichen."

Es dauerte einige Zeit, bis er sich wieder meldete."

„Hören Sie, Herr Schneider?", sagte er schließlich.

„Ja", antwortete Sven kurz.

„Also, die zuständigen Kollegen der Kripo haben ihre Arbeit für heute bereits beendet. Ich könnte Ihnen eine Telefonnummer für den Notfall durchgeben, aber wenn es nur um die Daten des Zeugen geht, kann ich Ihnen auch so weiterhelfen."

„Es geht nur um die Daten", antwortete Söhlbach. „Ich muss mich dringend mit dem Zeugen wegen der Gegenüberstellung in Verbindung setzen, damit wir den Tatverdächtigen schnell festsetzen können. Sie wissen ja selbst, Kollege, dass die Zeit, in der wir den Tatverdächtigen in der U-Haft festhalten können, ohne Beweise zeitlich begrenzt ist. Deshalb müssen wir schnell reagieren und dem Staatsanwalt triftige Gründe liefern, um den Verdächtigen weiterhin in Haft zu halten. Es wäre nicht das erste Mal, dass ein Mörder vorzeitig aus der U-Haft kommt und auf Nimmerwiedersehen verschwindet, nur weil die Maschinerie der Ermittlungsarbeiten zu langsam läuft. Also, wenn Sie mir die Zeugendaten noch einmal durchgeben würden, wäre mir sehr geholfen."

„Kein Problem, Herr Kollege", sagte der Mann am Telefon. „Sie haben Glück, denn wir haben die Daten des Mordzeugen hier noch vorliegen, weil die Streifen-wagenbesatzung, die zuerst am Tatort war seinen Namen und seine Adresse, sowie seine Telefonnummer aufgeschrieben hatten. Haben Sie etwas zum Schreiben in der Hand, Herr Kollege?"

„Ja."

„Also, der Zeuge heißt Hans-Werner Petersen. Er wohnt hier in Lübeck auf der Holstenstraße 35. Diese Straße liegt nicht weit von Tatort entfernt. Die Kollegen hatten erzählt, dass Petersen beim Joggen war, als er die Tat gesehen hatte. Haben Sie die Adresse notiert, Herr Schneider?"

„Ja, das habe ich."

Nun gab der Lübecker Kollege ihm auch noch die Handy-nummer des Zeugen durch.

Mit den Worten: „Vielen Dank, Herr Kollege. Dank Ihrer Mitarbeit werden wir den Täter schnell festsetzen können. Ich wünsche Ihnen noch ein schönes Rest-wochenende", verabschiedet sich Söhlbach von dem Mann am Telefon.

Er schaute auf seine Notizen.

„Hans-Werner Petersen", murmelte er. „Nie gehört."

Sven, der sein Handy noch in der Hand hielt, wählte die angegebene Telefonnummer.

„Wollen wir doch mal sehen, wer sich da meldet."

Als ihm eine weibliche Stimme mitteilte, dass diese Nummer nicht vergeben sei, versuchte er es noch einmal. Das Ergebnis blieb das gleiche, wie beim ersten Versuch.

Ohne zu zögern rief er erneut bei der Lübecker Polizei an.

Es meldete sich der gleiche Beamte, der Sven die Daten durchgegeben hatte.

„Schneider, Kripo Duisburg noch mal", sagte Söhlbach. „Ich habe gerade versucht, den Zeugen Petersen anzurufen. Da muss mir wohl beim Notieren der Telefonnummer ein Fehler unterlaufen sein, denn die Nummer, die ich aufgeschrieben habe, ist nicht vergeben. Wären Sie bitte so lieb, mir die Nummer noch einmal durchzugeben?"

Der Lübecker Kollege gab ihm die Nummer ein zweites Mal durch, doch Sven musste feststellen, dass sie mit der auf seiner Notiz übereinstimmt.

„Es ist dieselbe Nummer, die ich gerade angerufen habe", erklärte Söhlbach dem Kollegen am Telefon. „Diese Nummer ist nicht vergeben."

„Das ist aber sehr merkwürdig", sagte der Beamte am Telefon. „Das kann eigentlich nur bedeuten, dass unsere Kollegen sich beim Aufschreiben der Nummer vertan haben. Warten Sie einen Augenblick, Herr Schneider, rein zufällig wurde die Streifenwagenbesatzung, die als erste am Tatort war, gerade abgelöst und ist noch hier in der Wache. Die Kollegen sind gleich im Raum nebenan. Ich werde sie mal fragen."

„Ist es möglich", sagte Sven, „dass Sie mir die Kollegen ans Telefon holen? Ich würde sie gerne selbst sprechen."

Wenig später meldete sich eine sehr gut gelaunt wirkende Frauenstimme am Telefon: „Moin, Anja Siebert hier. Was kann ich für Sie tun?"

„Hallo Frau Siebert, Schneider von der Kripo Duisburg. Frau Siebert, Sie haben heute Morgen mit dem Mordzeugen gesprochen?"

„Ja, der arme Kerl war fix und fertig. Man sieht ja schließlich nicht alle Tage einen Mord."

„Was hat Ihnen der Mann denn erzählt? Was genau hat er gesehen?"

„Er hat gesehen, wie der Täter auf sein Opfer eingeschlagen hat. Der Zeuge war so aufgeregt, dass er nicht mehr genau sagen konnte, womit der Täter zugeschlagen hat. Er sagte, es könnte ein kurzer Knüppel, aber auch ein dicker Stein gewesen sein."

„Ich habe gerade versucht", sagte Sven, „den Zeugen telefonisch zu erreichen, aber die angegebene Telefonnummer ist nicht vergeben."

„Was?", wunderte sich die Kollegin. „Ich selbst habe diese Nummer aufgeschrieben und sie extra von dem Zeugen noch einmal wiederholen lassen, um sicher zu sein, dass sie stimmt. Vielleicht war der Mann so sehr geschockt, dass er seine eigene Telefonnummer verdreht hatte. Wie ich schon sagte, er war fix und fertig. Der Mann war wohl eine große Runde gejoggt und wie er sagte, auf dem Nachhauseweg. Er war total außer Puste. Ich habe seine persönlichen Daten aufgeschrieben, falls unsere Kripokollegen noch Fragen an ihn hätten. Er hieß Petersen und hat gesagt, dass er heute nicht mehr zu erreichen sei, weil er gleich weg müsse. Das sollte ich den Leuten von der Kripo ausrichten."

„Welche Daten über der Zeugen haben Sie denn noch notiert?", wollte Söhlbach wissen.

„Nur das, was ich ihn gefragt habe. Name, Adresse und Telefonnummer."

„Haben Sie ihn nicht nach seinem Ausweis gefragt?"

„Der Mann hatte außer seinem Schlüssel nichts dabei. Er war nur mit einem total verschwitzten Jogginganzug bekleidet."

„Können Sie mir den Mann beschreiben?"

„Hmm", brummelte die Polizistin. „Er war etwa 1,70 bis 1,75 Meter groß und hatte einen dunklen Vollbart. Die Haarfarbe weiß ich nicht, denn er hatte eine Baseballkappe auf dem Kopf. Die Kappe war genauso grau wie sein Jogginganzug. Warum wollen Sie das so genau wissen?"

„Warum ich das wissen möchte? Nun, sagen wir mal, es gehört bei mir zur Ermittlungsroutine, jede Kleinigkeit ganz genau zu hinterfragen, auch wenn sie augenscheinlich nichts mit der Tat zu tun hat."

Bevor die Polizistin am Telefon sich dazu äußern konnte, sagte Sven: „Der Zeuge hatte gesagt, dass er heute nicht mehr zu erreichen sei, weil er weg müsse. Besteht vielleicht die Möglichkeit, dass ein Streifenwagen zur Adresse des Zeugen fährt, um zu prüfen, ob er vielleicht doch noch zuhause ist? Wenn er noch nicht weg ist, könnte man ihn ja noch einmal nach seiner Telefonnummer fragen, damit ich mit ihm reden kann. Für meine Ermittlungen wäre das äußerst wichtig."

„Ich denke", sagte seine Kollegin aus der Hansestadt, „das sollten wir hinbekommen. Einen kleinen Moment bitte."

Söhlbach konnte das Gespräch, welches die Polizistin mit einem Kollegen führte, mitverfolgen.

„Ist zufällig ein Wagen in der Nähe der Innenstadt unterwegs? Holstenstraße?"

„Moment, ich frag´ mal nach. Jau, Jens und Uwe sind gleich um die Ecke, an der Untertrave."

„Dann sollen sie doch bitte mal auf der Holstenstraße 35 bei Petersen anklingeln. Der Mann ist Zeuge vom heutigen Mordfall auf dem Parkplatz. Wir benötigen seine Telefonnummer."

Nach einer kurzen Sprechpause: „Die beiden sind unterwegs. Sie sind in einer Minute da."

„Hallo Herr Schneider?", sagte die Polizisten zu Sven am Telefon. „Die Kollegen sind in einer Minute vor Ort. Wenn Sie so lange dran bleiben können und Herr Petersen zuhause ist, kann ich Ihnen gleich die Nummer durchgeben."

„Ja", entgegnete Söhlbach. „Sehr gerne."

Um die Wartezeit nicht langweilig verstreichen zu lassen, meinte er: „Sagen Sie mal, Frau Kollegin, wie ist denn das Wetter im Norden. Ist es bei euch auch so sommerlich warm, wie bei uns in Duisburg?"

„Ja, bei uns sind es im Moment 25° Grad, aber es ist sehr windig hier. Es weht eine echt steife Brise."

„Etwas Wind würde hier bei uns auch nicht schaden. Das würde die Hitze vielleicht erträglicher machen."

Dann wechselte die Lübecker Kollegin das Thema. Sie erzählte Sven, dass sie Duisburg von den Schimanski-Krimis aus dem Fernsehen kennen würde und fragte, ob es dort wirklich so schlimme Ecken gäbe.

Söhlbach musste bei dieser Frage lachen.

„Schlimme Ecken", sagte er, „gibt es in jeder Großstadt, aber das, was in den Tatortkrimis zu sehen war, war wirklich unterste Schiene. Im Prinzip hat Duisburg wesentlich mehr schöne als schäbige Seiten, aber die schönen Seiten hätten überhaupt nicht zu einem Kommissar Schimanski gepasst."

„Das kann ich mir gut vorstellen. In ein ordentliches Umfeld hätte Schimanski wirklich nicht gepasst. Oh, ich höre gerade, die Kollegen melden sich."

Sven vernahm aus dem Hintergrund Stimmen.

„Das gibt's doch nicht", vernahm er die Stimme seiner Gesprächspartnerin, die sich nun offensichtlich mit einem Kollegen unterhielt. „Geh` doch bitte mal ins Register und überprüfe, wo Petersen gemeldet ist, Hans-Werner Petersen."

Dann sagte sie zu Sven: „Der Mord, den der Zeuge gesehen hat, hat ihn wohl so sehr mitgenommen, dass er nicht mal mehr seine richtige Hausnummer wusste, denn auf der Holstenstraße 35 wohnt kein Petersen. Wir überprüfen seine Adresse gerade."

„Es besteht aber auch die Möglichkeit", sagte Söhlbach, „dass der Mann absichtlich die falsche Adresse und Telefonnummer hinterlassen hat, weil er selbst mit dem Mord in Verbindung steht."

„Das glaube ich nicht", meinte die Polizistin. „Sie hätten den Mann mal sehen sollen. Er war total fertig. So sieht kein Mörder aus."

„Wie sieht denn ein Mörder aus?", fragte Sven.

Er hörte, wie die Kollegin am Telefon laut schluckte.

„Wissen Sie", fuhr er fort, „mir sind schon eine Menge Mörder unter die Augen gekommen und keinen von

ihnen hätte man auf den ersten Blick als Mörder ein-
geschätzt."

„Ich glaube trotzdem nicht, dass er etwas mit dem Mord
zu tun hatte", sagte die Lübecker Polizistin. „Warum hätte
er dann die Polizei verständigen sollen?"

„Vielleicht, um jemand anderem den Mord in die Schuhe
zu schieben, nämlich dem Fahrer des Wagens, den er
mit seinem Handy fotografiert hatte."

„Hut ab, Herr Schneider, Sie ermitteln wirklich in alle
Richtungen, aber ich habe schließlich mit dem Zeugen
geredet und finde, dass sich ein Verdächtiger anders verhalten würde."

Söhlbach musste über die Naivität der Kollegin schmun-
zeln.

Dann sagte er: „Man kann jedem nur vor den Kopf
gucken. Aus Erfahrung weiß ich, dass viele Täter großartige Schauspieler sind. Diese Erkenntnis hat mich dazu
gebracht, dass ich bei der Arbeit allen Aussagen mit
etwas Skepsis gegenüber stehe."

„Als Verkehrspolizistin habe ich ja nichts mit schweren
Straftaten zu tun. Ich..., Augenblick, Herr Schneider, der
Kollege ist mit seiner Überprüfung fertig."

Es herrschte einen Moment Stille.

„Herr Schneider", sprach die Polizistin schließlich weiter,
„ich glaube, Sie hatten mit Ihrer Vermutung Recht. Da
stimmt etwas nicht. Ein Hans-Werner Petersen ist und
war in Lübeck nicht gemeldet."

Sven überlegte kurz.

Schließlich sagte er zu der Kollegin: „Würden Sie mir
bitte einen Gefallen tun? Sie sagten doch, dass es einen
Notfallkontakt zu Ihrer Kripo gibt. Könnten Sie die
dortigen Kollegen darüber informieren, dass eine Über-

prüfung ergeben hat, dass dieser angebliche Zeuge eine Falschaussage getätigt hat und nicht in Lübeck gemeldet ist? Ihre Kripokollegen sollen sich dann unbedingt sofort mit meinem Kollegen Ludger Heinrich, der den Fall in Duisburg bearbeitet, in Verbindung setzen und ihm das mitteilen, damit die Ermittlungen zügig weitergehen können."

„Das mache ich gerne, Herr Schneider."

„Danke, liebe Frau Kollegin. Ich hätte aber noch eine große Bitte an Sie. Sagen Sie bitte niemandem, dass Sie mit mir telefoniert haben."

„Warum nicht?"

„Sagen wir es so, es ist ein kleiner Spaß unter Kollegen. Ich möchte meinen Kollegen Heinrich mit meinem Wissen überraschen, denn er wird nicht ahnen, dass ich schon vor ihm wusste, dass dieser Zeuge gelogen hat."

„Wissen sie was, Herr Schneider? Ich kenne Sie zwar nicht persönlich, aber Sie sind mir am Telefon so sympathisch rüber gekommen, dass ich unser Gespräch verschweigen werde. Ich gönne Ihnen Ihren Spaß."

„Vielen, lieben Dank. Ich freue mich jetzt schon auf Heinrichs dummes Gesicht. Ich wünsche Ihnen noch ein wunderschönes Wochenende."

„Das wünsche ich Ihnen auch, Herr Schneider."

Damit war das Gespräch nach Lübeck beendet.

*   *   *

Ein erkenntnisreicher Samstagnachmittag

Söhlbach hatte nach dem Telefonat mit der Lübecker Polizistin noch eine Stunde gewartet, bevor er zum Handy griff und die Nummer von Ludger Heinrich wählte. Dieser meldete sich mit den Worten: „Sieh an, der Herr Söhlbach. Haben Sie sich dazu entschlossen, nun doch auszusagen? Das wäre auch der einzige akzeptable Grund, mich an meinem heiligen Wochenende zu stören."

Sven wirkte für einen Moment verunsichert, denn er war fest davon überzeugt, dass Heinrich die Infos aus Lübeck mittlerweile bekannt sein sollten.

„Eigentlich wollte ich nur noch mal nachfragen", entgegnete Söhlbach, „ob es bei dem Mordfall in Lübeck irgendwelche Neuigkeiten gibt."

Als Sven bemerkte, dass sein Gesprächspartner für einen Moment schwieg, deutete er es als Zeichen dafür, dass der Düsseldorfer Ermittler von den Lübecker Kollegen über den angeblichen Zeugen bereits ausführlich informiert worden war.

„Es gibt Neuigkeiten aus Lübeck", antwortete Heinrich, „aber diese Neuigkeiten haben nichts mit den Morden in Duisburg zu tun. Außerdem sind Sie, Söhlbach, aus dem Fall draußen."

„Soso", sagte Sven. „Da versucht ein Täter, mir die Morde in die Schuhe zu schieben, und Sie sagen, dass die erkenntnisreichen Informationen aus Lübeck nichts damit zu tun haben?"

„Woher wollen Sie wissen, was für Infos ich aus Lübeck bekommen habe? Ich habe vor einer halben Stunde mit einem Kollegen aus Lübeck telefoniert und noch mit niemandem über die neuen Infos geredet."

„Ich möchte Sie, lieber Kollege Heinrich, darüber informieren, dass ich schon vor Ihnen wusste, dass dieser vermeintliche Zeuge eine Falschaussage gegenüber der Polizei gemacht hat. Es gibt in Lübeck keinen Hans-Werner Petersen. Der Täter wollte mir auch den Mord auf dem Parkplatz anhängen, aber jetzt hat er den ersten Fehler gemacht."

Söhlbach hörte, wie sein Kollege am Telefon hörbar schluckte.

Als Heinrich nicht sofort antwortete, sagte Sven: „Was ist los, Kollege? Hat es Ihnen die Sprache verschlagen?"

Der Düsseldorfer Kripobeamte reagierte mit einer Gegenfrage: „Wie kommen Sie dazu, in dieser Sache heimlich zu ermitteln? Sie sind außen vor! Außerdem würde ich gerne wissen, von wem Sie diese Infos erhalten haben."

„Das kann ich Ihnen nicht sagen, Herr Kollege, denn ich wurde ja von diesem Fall abgezogen. Tatsache ist, dass es in Lübeck eine Falschaussage gegeben hat."

„Es besteht aber auch die Möglichkeit", sagte Heinrich, „dass der Beamte, der vor Ort war, die Angaben des Zeugen falsch verstanden und deshalb nicht richtig notiert hatte."

„Ich denke nicht, dass die Polizisten in Lübeck dermaßen unfähig sind, dass sie nicht nur den falschen Namen, sondern auch die falsche Telefonnummer und Adresse aufnehmen. Schalten Sie Ihren Verstand ein, Heinrich, und lassen Sie sich von den Lübecker Kollegen eine Personenbeschreibung dieses Zeugen geben, denn das ist der Mann, nach dem wir fahnden müssen."

„Ich lasse mir von Ihnen nicht sagen, was ich zu tun habe, Söhlbach. Halten Sie sich ab sofort aus dem Fall raus, sonst werde ich eine Dienstaufsichtsbeschwerde gegen Sie einleiten."

Nach diesen Worten brach Heinrich das Gespräch ab.

Sven starrte auf sein Handy und schüttelte den Kopf.

„Was für ein Arschloch", sagte er leise zu sich selbst. „Arrogant und unfähig."

Söhlbach hatte sich bereits vor dem Gespräch mit Heinrich mit Silvia und Tibo in Verbindung gesetzt, um sie über seine neuen Erkenntnisse zu informieren.

Die beiden wollten sofort bei Sven vorbeischauen, um in Ruhe über alles zu reden.

Kommissarin Muisfeld war die erste, die bei Söhlbach eintrudelte.

„Schön, dass du da bist, Silvia", begrüßte Sven seine Kollegin und geleitete sie in sein Wohnzimmer. „Wir warten noch auf Tibo. Dann werde ich alles haarklein erzählen."

Auch wenn die drei Duisburger Ermittler von dem Fall abgezogen worden waren, so wollten sie der Sache auf eigene Faust auf den Grund gehen.

Gemeinsam wollten sie den unglaublichen Verdacht, in den Söhlbach geraten war, aufklären.

Nachdem die beiden auf dem Sofa Platz genommen hatten, schaute Sven seine Kollegin nachdenklich an.

„Silvia", sagte er, „hattest du heute ein erfreuliches Erlebnis?"

„Wie kommst du darauf?"

„Ich kenne dich lange genug, Silvia. Dein Gesichtsausdruck wirkt heute deutlich entspannter als in den letzten Tagen, in denen du bei mir einen eher unzufriedenen

Eindruck hinterlassen hattest. Ist dein Daniel aus den USA zurückgekommen?"

„Nein, das ist er nicht, aber er hat mich angerufen und mir gesagt, dass es mit seiner Frau vorbei sei. Er kommt nächste Woche endgültig zurück nach Deutschland. Daniel hat gesagt, dass er sich auf das Baby freut."

Söhlbach lächelte seine Kollegin an.

„Und ich freue mich darauf, deinen Daniel endlich mal kennen zu lernen."

Sven schaute auf die Uhr.

„Tibo sollte schon längst hier sein", murmelte er.

Kaum hatte er das ausgesprochen, klingelte es an der Tür.

„Na, endlich", sagte er.

Wenig später saß auch Nowack bei ihnen.

Sven berichtete ihm von dem vermeintlichen Drohbrief, der sich, kurz nach dem Lesen einfach aufgelöst hatte.

Als Söhlbach seinem Kollegen erzählte, dass in dem Schreiben gestanden hatte, dass das Schwert des Damokles sich in seinen Kopf bohren soll, schüttelte Tibo ungläubige den Kopf.

„Die Geschichte über das Schwert des Damokles", sagte er, „ist eine alte Legende. Demnach war Damokles ein Günstling, eine Art Höfling des Tyrannen Dionysios von Syrakus. Damokles war an der Tafel des Syrakus zu Gast und trotzdem unzufrieden, weil er Dionysios um seine Macht und sein Reichtum beneidete. Damokles hatte immer wieder versucht, durch Schmeicheleien bei dem Tyrannen zu punkten, doch eine solche Schleimerei passte Dionysios nicht. Deshalb wollte der Herrscher, seinem Höfling zeigen, wie schnell alles vorbei sein kann. Dionysios beschloss daher, Damokles anhand eines

Schwertes die Vergänglichkeit, vor allem die seiner Position, zu verdeutlichen. Er lud Damokles zu einem Festmahl ein und bot ihm an, an der königlichen Tafel zu sitzen. Zuvor ließ er jedoch über Damokles' Platz ein großes Schwert aufhängen, das nur von einem Pferdehaar gehalten wurde. Mit dem bedrohlichen Schwert über seinem Kopf war Damokles der Appetit vergangen und er bat den Herrscher darum, seinen Platz, über dem das Damoklesschwert hing, verlassen zu dürfen. Dionysios wusste, dass sein Höfling seine Lehre erhalten hatte."

„Du kennst dich ja richtig gut mit alten Geschichten aus", sagte Silvia zu Tibos Erzählung.

Dieser grinste und meinte: „Ich habe halt in der Schule gut aufgepasst." Er kratzte sich nachdenklich am Kopf und verzog den Mund. „Mich macht allerdings stutzig, dass in dem Drohbrief gestanden hat, dass sich das Schwert in Svens Kopf bohren soll. Die alte Geschichte um Damokles ging unblutig aus und die Bedrohung durch das Schwert hatte nur Symbolcharakter."

„Egal, wer diesen Brief geschrieben hat", sagte Sven. „Er meint es ernst und will mich töten."

Silvia nahm ihr Handy zur Hand.

„Ich werde mal Ralf anrufen", sagte sie. „Vielleicht kann er uns zu diesem Drohbrief ja schon etwas sagen."

Die Kommissarin hatte die Reste des Briefes persönlich beim Leiter der Spurensicherung mit der Bitte abgegeben, dieses Überbleibsel zu untersuchen.

Auch, wenn Ralf Meier wusste, dass Silvia von dem Fall abgezogen worden war und eigentlich nicht mehr ermitteln durfte, hatte er zugesagt, sie zu unterstützen.

Muisfeld stellte ihr Handy so ein, dass Tibo und Sven das Gespräch mitverfolgen konnten.

„Silvia", meldete sich Meier, „ich wollte dich gerade anrufen."

„Hat die KTU etwas ergeben?", fragte die Kommissarin.

„Ja, das hat sie. Wer auch immer diesen sich auflösenden Brief verfasst hat, er hat sich allergrößte Mühe gegeben und kann gut mit Chemikalien umgehen. An dem Gegenstand, der von dem Brief übrig geblieben ist, wurden bei der KTU Spuren von so genannter Piranha-Säure festgestellt."

„Piranha-Säure?", wunderte sich Silvia. „Was ist das denn?"

„Das ist ein Gemisch aus konzentrierter Schwefelsäure und konzentriertem Wasserstoffperoxid. Diese Zutaten kann man sich verhältnismäßig leicht besorgen. Wie gesagt, derjenige, der diesen Brief konstruiert hat, hat sich sehr viel Mühe gegeben, um Spuren zu beseitigen. Ihr solltet die Sache sehr ernst nehmen, denn so etwas macht niemand zum Spaß. Soll ich den KTU-Bericht darüber an die beiden Sonderermittler aus Düsseldorf weiterleiten?"

Silvia blickte Söhlbach fragend an.

Als Sven den Kopf schüttelte, sagte sie: „Nein, Ralf, das behalten wir erst einmal für uns. Vielen Dank noch einmal."

Nach dem Telefongespräch mir Meier schauten sich die drei unschlüssig an.

Nowack wandte sich an Söhlbach: „In diesem Brief hat gestanden, dass du zuerst deinen Ruf verlierst. Diese Drohung hat der Täter schon wahr gemacht. Er ist dabei über Leichen gegangen und hat es geschafft, dich als Tatverdächtigen in den Fokus zu stellen. Es ist eigentlich unvorstellbar, wie er das gemacht hat, aber er hat es perfekt inszeniert. Du stehst unter Mordverdacht, Sven."

„Scheiße!", kam es laut aus Söhlbachs Mund. „Warum habe ich nicht eher daran gedacht? Im Brief stand, dass ich danach meine Liebe verlieren würde!"

Er griff zu seinem Handy.

„Er will Nina töten. Ich muss sie sofort anrufen."

Als ihm eine Stimme im Telefon sagte, dass der gewünschte Teilnehmen momentan nicht erreichbar sei, sprang Sven auf.

„Ich fahre zu Nina nach Homberg. Sie schaltet ihr Handy nicht einfach so aus."

„Wir kommen mit, Sven", sagte Nowack.

*   *   *

Söhlbachs Verzweiflung

Während der Fahrt zu Ninas Wohnung hatte sich Söhlbach, der hinter dem Lenkrad saß, nicht an die Geschwindigkeitsbegrenzungen gehalten. Er war mit überhöhtem Tempo durch die Stadt gerast. Als sie ihr Ziel fast erreicht hatten, erkannte Sven schon vom Weiten, dass das Auto seiner Geliebten vor dem Haus auf der Straße stand. Dann standen die drei vor Ninas Haustür und Sven drückte ihren Klingelknopf. Dabei blickte er erwartungsvoll nach oben auf die Fenster von Ninas Wohnung, die in der zweiten Etage lag. Als niemand öffnete, griff Söhlbach in seine Tasche und zog einen Schlüssel heraus.

„Den Schlüssel hat Nina mir für den Notfall gegeben", sagte er.

Sie betraten den Flur, hetzten die Treppen hinauf und wenig später standen sie oben in der Wohnung.

„Nina?" rief Sven. „Bist du da?"

Er bekam keine Antwort.

Nachdem er vergeblich alle Räume abgesucht hatte, fiel sein Blick auf den Tisch. Dort stand eine halb gefüllte Kaffeetasse. Söhlbach fasste die Tasse an.

„Sie ist noch lauwarm", stellte er fest. „Nina lässt nicht einfach so ihren Kaffee stehen."

Erneut versuchte er, sie über ihr Handy zu erreichen, doch dieses war offensichtlich ausgeschaltet.

Fast im gleich Moment sagte Muisfeld: „Hier ist ihr Handy doch."

Die Kommissarin hatte eine auf dem Wohnzimmertisch liegende Zeitung beiseite geschoben und das darunter liegende Mobiltelefon entdeckt.

„Sie würde niemals ohne ihr Handy weggehen", sagte Söhlbach und schaute auf das Telefon. „Das ist Ninas altes Handy. Sie hat mittlerweile ein neues. Mit den Worten: „Vielleicht hat sie ja mit dem alten Handy noch mit jemandem telefoniert", nahm er das Mobiltelefon vom Tisch, schaltete es ein und überprüfte die letzten Telefonate.

„Hmm", murmelte er. „Der letzten Anruf war heute Mittag. Da hatte sie ihre Mutter angerufen. Vielleicht hatte Nina ihr ja erzählt, was sie heute noch vorhat."

Sven nahm sein Handy und wählte die Nummer von Ninas Mutter, die er von ihrem Mobiltelefon ablas.

„Ja, hallo, hier Hagedorn", vernahm er wenig später eine Frauenstimme.

„Hallo, Frau Hagedorn, mein Name ist Sven Söhlbach…"

Die Angerufene ließ ihn nicht ausreden.

„Sven Söhlbach", unterbrach sie ihn. „Sie sind der neue Freund von Nina. Meine Tochter hat ja so von Ihnen geschwärmt. Ich hatte ja gehofft, Sie heute Abend auf der Geburtstagsfeier von Ninas Oma kennen zu lernen, aber Nina hat gesagt, dass Sie keine Zeit haben, um an der Feier teilzunehmen. Wie komme ich zu der Ehre, dass Sie mich anrufen?"

„Es ist so, Frau Hagedorn, Nina ist unterwegs und hat ihr Handy nicht dabei. Ich würde gerne wissen, wo sie steckt, kann sie aber ohne Handy nicht erreichen. Sie haben doch noch heute Mittag mit ihr telefoniert. Hat Nina Ihnen vielleicht gesagt, wohin sie noch wollte?"

„Eigentlich wollte sie nirgendwo hin. Sie wollte eigentlich zuhause bleiben, um sich ganz in Ruhe für die Geburtstagsfeier fertigzumachen."

„Dann ist sie wohl nur noch mal kurz weg", sagte Sven. „Ich wünsche Ihnen viel Spaß auf der Feier heute Abend. Tschüss, Frau Hagedorn."

Damit war das Telefongespräch beendet.

Söhlbachs Gesichtszüge wurden zu einer erbitterten Maske. In seinen Augen stand die pure Verzweiflung geschrieben. Nowack trat an ihn heran. Er legte seine Hand auf die Schulter seines Kollegen.

„Wir werden sie finden, Sven, ganz bestimmt", versuchte er, Söhlbach zu beruhigen.

Tibo überlegte einen Moment.

Dann sagte er: „Wir werden jetzt überall hier im Haus anklingeln und die Leute fragen, ob sie etwas mitbekommen haben. Vielleicht hat ja jemand gesehen, wie Nina das Haus verlassen hat."

Muisfeld nahm ihr Handy und meinte: „Ich werde jetzt Metzger-Ibbenburg anrufen, auch, wenn er sich nicht gerne am Wochenende stören lässt. Wenn wir ihm die Sachlage erklären, wird er uns unterstützen. Der Chef soll sofort eine Handyortung einleiten, falls Ninas Handy doch noch mal eingeschaltet wird."

Wenig später hatte sie den Kommissariatsleiter am Telefon.

„Muisfeld hier, bitte sagen Sie jetzt nichts, Chef. Hören Sie mir einfach nur zu. Es geht um Leben und Tod."

Dann erzählte sie ihrem Vorgesetzten detailliert, was passiert war. Metzger-Ibbenburg sagte sofort zu, eine Handyortung einzuleiten. Er ließ sich außerdem eine genaue Personenbeschreibung von Nina Büttgen durchgeben und fragte, ob er auch ein Foto der Gesuchten haben könne, um dieses an alle Beamten im Außendienst weiterzuleiten.

Söhlbach, der das Gespräch mitverfolgt hatte, suchte sofort ein Foto von Nina aus seinem Handyordner und schickte es dem Chef zu. Dann verließen die drei die Wohnung. Sie klingelten direkt an der Tür der Nachbarn, die im Treppenhaus direkt gegenüber von Nina wohnten.

Eine etwa siebzigjährige, grauhaarige Frau öffnete und schaute die Besucher, die sich als Polizisten auswiesen, verwundert an.

„Haben Sie zufällig mitbekommen, wann Ihre Nachbarin Frau Büttgen heute ihre Wohnung verlassen hat?", fragte Nowack die Frau.

„Ja, warum?"

„Wir müssen dringend mit ihr sprechen", erklärte Tibo der Nachbarin. „Frau Büttgen ist eine wichtige Zeugin."

„Ach so", sagte die Frau. „Sie ist vor etwa einer halben Stunde zusammen mit einem Mann weggefahren."

„Weggefahren?", wunderte Sven sich. „Aber ihr Auto steht doch noch vor der Tür."

„Sie ist mit dem Auto des Mannes weggefahren. Ich habe es aus dem Fenster heraus gesehen. Es war schon irgendwie merkwürdig."

„Was war denn daran merkwürdig?"

„Also, zuerst hat der Mann die Schiebetür des Autos aufgemacht..."

„Schiebetür?", unterbrach Söhlbach sie. „Was war das denn für ein Auto?"

„Es war so ein Kleintransporter mit einer Schiebetür an der Seite."

„War das Auto grau?"

„Ja."

Diese Antwort schlug bei Söhlbach ein, wie eine Gewehrkugel ins Herz. Er schloss die Augen und sein Kopf senkte sich langsam nach unten.

Silvia, die sofort erkannte, dass Sven durch die Aussage der Frau in diesem Moment mehr als tief getroffen war, übernahm die Befragung.

„Jetzt erzählen Sie mal", wollte sie von der Nachbarin wissen, „was da so merkwürdig gewesen sein soll."

„Der Mann hat, wie gesagt, die Schiebetür geöffnet. Dann ist er zusammen mit Frau Büttgen hinten in das Auto gestiegen und hat die Tür hinter sich wieder zugezogen. Ich habe mich sofort gefragt, was die beiden da wohl in dem Auto machen würden. Das Auto hatte hinten ja keine Fenster und ich dachte, dass es da drin ja ziemlich dunkel sein müsse. Dann aber ging die Tür wieder auf. Der Mann stieg aus und machte die Schiebetür hinter sich zu. Frau Büttgen ist aber nicht mit ausgestiegen, sondern hinten im Auto geblieben. Das fand ich schon merkwürdig, denn dann setzte sich der Mann hinter das Lenkrad und fuhr los."

„Können Sie uns den Mann beschreiben?", fragte Muisfeld die Nachbarin.

Die grauhaarige Frau überlegte kurz.

Dann sagte sie: „Nein. Ich konnte sein Gesicht von oben aus dem Fenster nicht erkennen, weil er eine Baseballkappe mit einem großen Schirm trug. Der Mann trug auf jeden Fall einen kurz geschnittenen Vollbart."

„Wie war er denn bekleidet?", wollte Silvia wissen.

„Da habe ich nicht so genau drauf geachtet. Ich meine, der Mann hatte eine dunkle Hose und ein dunkles T-Shirt an."

Die Kommissarin blies die Luft durch die Backen und meinte: „Das ist ja leider nur eine sehr dürftige Beschreibung."

Nun ergriff Nowack das Wort: „Was genau war das für ein Kleintransporter? Konnten Sie vielleicht die Automarke erkennen?"

„Ich kenne mich damit nicht so gut aus. Es war aber keine deutsche Marke."

„Woran haben Sie das erkannt?"

„Weil die deutschen Automarken, die ich kenne, andere Embleme haben."

„Wie sah das Emblem des Transporters denn aus? Können Sie es beschreiben?"

Die Frau nickte und sagte. „Ja, das kann ich. Vorne auf dem Auto war ein Löwe drauf."

„Ein Löwe? Dann war es wahrscheinlich ein Peugeot."

Die Nachbarin zuckte mit den Schultern.

Tibo nahm sein Handy und rief die Fotos von Kleintransportern der Marke Peugeot auf. Eines der Fotos, auf dem ein Transporter in Grau zu sehen war, zeigte er der Frau.

„Sah der Wagen so aus?", fragte er die Frau.

Diese nickte.

„Ja, genau so ein Auto war das."

Nowack las konzentriert die Angaben in seinem Handy. Dann stellte er fest: „Das Fahrzeug hier auf dem Foto ist ein Peugeot Boxer, Baujahr 2014."

Silvia trat an ihn heran und betrachtete eine Zeit lang das Foto.

Schließlich wandte sie sich an die Nachbarin von Nina: „Konnten Sie vielleicht das Nummernschild erkennen?"

Die Frau schüttelte den Kopf.

„Da habe ich nicht drauf geachtet."

„War es denn ein Duisburger Nummernschild?"

„Das weiß ich nicht. Wie gesagt, ich habe nicht darauf geachtet."

Die Kommissarin nahm ihr Handy und rief ihren Vorgesetzten an. Nach einer kurzen Berichterstattung bat sie Metzger-Ibbenburg darum, sofort eine dringende Fahndung nach einem grauen Peugeot Boxer einzuleiten, da es um Leben und Tod ginge. Der Chef gab ihr zu verstehen, dass er sofort alle Hebel in Bewegung setzen würde.

„Die Fahndung nach dem Lieferwagen läuft", sagte Muisfeld. „Alle Streifenwagen werden Ausschau danach halten."

„Vielleicht haben wir ja Glück", meinte Nowack. „Sie sind ja erst vor einer halben Stunde losgefahren und könnten durchaus noch unterwegs sein."

Söhlbach stand schweigend neben ihnen.

Er konnte seine Verzweiflung nicht verbergen. Sein Gesichtsausdruck spiegelte das ganze Leid wider, welches ihn in diesem Moment durchfuhr. Sven wirkte verbittert und frustriert, und es sah so aus, als wolle er jeden Moment losheulen.

„Wenn ihr etwas passiert", kam es leise aus seinem Mund, „bin ich es schuld." Seine Lippen bebten. „Warum habe ich nicht sofort auf diesen Drohbrief reagiert? Ich hätte wissen müssen, dass das Schreiben ernst gemeint war."

Silvia fasste seine Hand.

„Sven, das hättest du nicht ahnen können. Diese Drohung mit dem Damoklesschwert hörte sich eher albern an. Ich hätte sie auch nicht ernst genommen."

„Was sollen wir denn jetzt machen?", fragte Söhlbach verzweifelt. „Wir können doch nicht tatenlos herumstehen und nichts tun."

„Das werden wir auch nicht", sagte Tibo. „Wir werden uns jetzt in unser Auto setzen und losfahren. Mit etwas Glück finden wir den Lieferwagen."

Er wandte sich an die Nachbarin: „In welche Richtung ist das graue Auto denn gefahren?"

„In die Richtung, die zur Autobahnbrücke über den Rhein führt."

„Sie meinen die A40?"

„Ja, die meine ich."

Als Muisfeld das hörte, atmete sie tief durch.

„Wenn er auf die A40 gefahren ist, kann er entweder den Rhein überqueren oder auch in Richtung Venlo gefahren sein. Falls er sich nach Holland absetzen wollte, dürfte er die Landesgrenze schon überschritten haben. Ich bin mir sicher, dass der Chef die Fahndung nach dem Auto auch an die holländischen Kollegen weitergeleitet hat. Mein Vorschlag ist, dass wir langsam hier über die Duisburger Straße zurückfahren und dabei die Seitenstraßen im Auge behalten, auch wenn ich nicht glaube, dass der Täter es uns so leicht macht und den Lieferwagen dort abgestellt hat. Wenn wir, wovon ich ausgehe, das Auto dabei nicht entdecken, fahren wir über den Rhein und sehen uns erst einmal in Kaßlerfeld und Neuenkamp um. In den Stadtteilen scheint der Täter sich ja gut aus-zukennen, denn dort hatte er ja den Obdachlosen im Garten erschlagen."

*   *   *

„Jetzt stirbst du, Nina"

Enrico Tomaso schaute lächelnd auf Nina Büttgen.
Sie lag bewusstlos auf seinem Sofa.
Tomaso hatte sie in Seitenlage, mit dem Kopf auf der Lehne platziert. Ihre langen, blonden Haare, die zu einem Pferdeschwanz zusammengebunden waren, hingen über die Lehne hinab.
Ihre Hände waren hinter dem Rücken mit Kabelbinder zusammengebunden und ihr Mund mit einem Streifen Panzerband verklebt.
Enrico betrachtete die gefesselte Frau, die schon seit geraumer Zeit seine Kollegin war. Sie war mit einer engen, dunklen Jeans und einem weißen T-Shirt bekleidet.
Als Frau war sie noch nie sein Typ. Sie war ihm einfach zu dünn, denn ihr fehlten die weiblichen Kurven, auf die er als Mann stand.
Da Ninas Hände auf dem Rücken zusammengebunden waren, spannte sich ihr T-Shirt stramm über ihre Brust. Erst jetzt bemerkte Enrico, dass sie keinen BH trug, denn ein Nippel ihrer kleinen Brüste zeichnete sich unter dem Stoff ab.
Tomaso wusste nicht, warum er es tat, doch es war wahrscheinlich die Neugier, die ihn dazu bewog, Ninas T-Shirt hochzuschieben, um sich ihre Brüste anzuschauen.
Beim Anblick ihrer kleinen, jugendlich wirkenden Brüste schüttelte er mit dem Kopf.
„Nichts dran an der Frau", sagte er leise zu sich selbst.
Er zog das T-Shirt wieder nach unten.
Ich möchte mal wissen, was Söhlbach an ihr gut findet, dachte er.

Der Mann mit italienischer Abstammung blickte auf die Uhr.

In etwa einer Stunde wird es dunkel, ging es ihm durch den Kopf. *Hoffentlich kommt sie bald wieder zu sich.*

Er dachte daran, dass das Tuch, welches er ihr auf Mund und Nase gepresst hatte, vielleicht doch mit einer zu starken Dosis Betäubungsmittel getränkt war.

Ich habe ja noch einige Stunden Zeit und die Nacht ist lang.

Ansonsten wirkte Tomaso sehr zufrieden, denn alles war genauso abgelaufen, wie er es geplant hatte.

Er war bei Nina zuhause aufgetaucht und hatte seiner Lehrerkollegin erzählt, dass er eine Überraschung für sie in seinem Auto hätte. Nina hatte sich darüber gewundert, dass Enrico nun einen Vollbart trug. Auch so hatte sie auf sein plötzliches Erscheinen bei ihr zunächst sehr skeptisch reagiert. Sie hatte es zunächst nicht glauben wollen, als plötzlich ihr Kollege bei ihr erschienen war und ihr von der Überraschung erzählte hatte. Deshalb hatte sie ihm die Geschichte mit der Überraschung nicht abgenommen. Zunächst hatte sie zu ihm gesagt, dass er sie nicht veräppeln solle und sie nicht mit ihm zum Auto gehen würde. Nachdem er ihr aber erklärt hatte, dass diese Überraschung vom ganzen Lehrerkollegium sei, war sie neugierig geworden und mit ihm zum Auto gegangen. Nina hatte sich darüber gewundert, dass er mit einem Lieferwagen vorgefahren war. Daraufhin hatte er gesagt, dass es ein Leihwagen sei, weil sein Wagen in der Inspektion wäre. Sie war schließlich mit ihm in den Ladebereich des Autos gestiegen. Dort hatte ein Karton gestanden, in dem angeblich die Überraschung für sie sein sollte. Als Nina sich erwartungsvoll danach gebückt hatte, war Enrico hinter sie getreten, um ihr ein mit Betäubungsmittel präpariertes Tuch auf die Nase zu pressen. Es war alles sehr schnell gegangen und bevor Nina überhaupt reagieren konnte, hatte sie bereits das Bewusstsein verloren und war auf der Ladefläche zusammengesunken.

Enrico war mit ihr zu seinem Haus im Stadtteil Ungelsheim gefahren und hatte den Lieferwagen sofort in seine Garage gestellt. Durch eine Seitentür in der Garage, die direkt in seinen Hausflur führte, hatte er Nina schließlich in sein Wohnzimmer getragen.

Nun saß er da und blickte sie an.

Er hatte seinen Plan kurzfristig geändert. Eigentlich hatte er geplant, Nina direkt im Auto zu töten, um sie dann nachts in einem Waldstück abzulegen. Dieses Waldstück lag in unmittelbarer Nähe des Rahmer Sees. Er war einige Mal gegen zwei Uhr nachts dorthin gefahren. Um diese Zeit war niemand dort unterwegs. Er würde kurz am Waldrand anhalten, leise die Schiebetür seines Autos öffnen, die tote Nina ablegen und sofort wieder losfahren. Nachts war es dort dermaßen einsam, dass ihn niemand sehen würde.

Sein Plan, Nina noch heute zu töten und ihre Leiche in den Nachtstunden im Wald abzulegen stand immer noch, doch würde sich Ninas Tod noch etwas herauszögern.

Enricos Vorhaben, Söhlbach mit dem herabfallenden Schwert zu töten, war in seinen Augen ein Geniestreich. Er war stolz darauf, dass ihm die Idee mit dem Damoklesschwert eingefallen war, denn so würde Söhlbach die schlimmsten und gleichzeitig die letzten drei Minuten seines Daseins durchleben müssen. Am liebsten hätte er jedem diese großartige Inszenierung, die er sich ausgedacht hatte, vorgeführt, aber sie musste ja geheim bleiben. Irgendwie hatte es ihm traurig gemacht, dass niemand von seiner genialen Idee erfahren würde. Dieser Mord würde einmalig sein. Er würde in die Geschichte eingehen.

Enrico hatte sich dazu entschlossen, wenigstens Nina zu zeigen, was er in seinem Dachstudio vorbereitet hatte. Er würde ihr alles vorführen und ihr seinen Plan haarklein erklären, auch, wenn sie nicht begeistert davon sein würde.

Wenigstens Nina soll erfahren, wie genial ich bin, und danach wird sie sterben.

Nina lag noch immer bewusstlos auf seinem Sofa.

Enrico verspürte Durst und wollte gerade aufstehen, um sich ein Glas Wasser aus der Küche zu holen, als sich die Frau auf dem Sofa regte.

„Na endlich", murmelte er.

Nina öffnete langsam ihre Augen.

Ihr Gesichtsausdruck ließ erkennen, dass sie die Situation, in der sie sich befand, nicht verstand.

„Da ist ja jemand wach geworden", vernahm sie Tomasos Stimme und wandte ihren Kopf in seine Richtung.

In dem Moment, in dem sie ihn fragen wollte, was hier los sei, stellte sie fest, dass sie nicht in der Lage war, zu reden, weil ihr Mund zugeklebt worden war.

Das Einzige, was man unter dem Klebeband hören konnte, war ein leises, brummendes Geräusch.

Als Nina merkte, dass nicht nur ihr Mund verklebt, sondern auch ihre Hände gefesselt waren, blickte sie den Mann vor sich unverständlich an.

Tomaso lächelte sie an und sagte: „Tut mir leid, dass ich dich fesseln musste, liebe Kollegin, aber es gehört zu meinem Plan."

Er fasste Nina, die immer noch auf dem Sofa lag, am Arm.

„Komm, Nina, ich helfe dir hoch. Ich muss dir etwas Wichtiges zeigen."

Die Angesprochene schüttelte den Kopf. In ihrem Blick lag Verzweiflung. Der Versuch, etwas zu sagen, scheiterte erneut, weil das Klebeband ihre Lippen fixiert hatte.

Sie versuchte, die Situation zu verstehen, doch sie schaffte es nicht. Warum war sie gefesselt? Warum stand ihr Kollege Enrico vor ihr? Was hatte er mit ihr vor?

Jetzt erst wurde ihr bewusst, dass sie sich in Enricos Wohnzimmer befand. Die Örtlichkeiten um sie herum waren ihr vertraut, denn Enrico hatte sie und einige anderen Kolleginnen und Kollegen schon einige Male in sein Haus in Ungelsheim eingeladen. Nina konnte sich an eine der Einladungen besonders gut erinnern. Da hatte Enrico das gesamte Lehrerkollegium zu seiner Geburtstagsfeier eingeladen. Zunächst hatte er für alle in seinem Garten gegrillt und danach war es sehr spät geworden. Sie hatten bis spät in die Nacht gefeiert.

Ninas Verzweiflung wuchs.

Warum war sie hier? Was wollte er von ihr?

„Komm, ich helfe dir hoch", wiederholte Tomaso. „Gleich werde ich dir erklären, warum du dich in so einer Situation befindest. Doch zunächst werde ich dir etwas zeigen."

Auch, wenn es Nina widerstrebte, ließ sie sich beim Aufstehen von ihm helfen und schließlich zur Treppe führen.

„Wir müssen ganz nach oben gehen", erklärte er ihr.

Nina, die keinen klaren Gedanken mehr fassen konnte, ließ sich von ihm die Treppen hinaufführen. Sie war verwirrt und jeder Versuch, ihre Situation zu begreifen, scheiterte.

Was geht hier vor?, ging es ihr immer wieder durch den Kopf. *Was geht hier vor?*

Geführt von Tomaso, der sie immer noch am Arm festhielt, stieg sie die Treppen hinauf.

Oben, im Dachstudio angekommen, führte Enrico sie in den abgedunkelten Raum hinein.

Er schaltete das Licht an und sagte: „Ich werde dir jetzt zeigen, was ich hier vorbereitet habe."

Die großen Panoramafenster des riesigen Raumes, dessen schräg zulaufenden Wände hoch oben im Giebel zusammenliefen, waren mit einem dicken, schwarzen Vorhang bedeckt.

Ninas Verwirrung wurde immer größer.

Was passiert hier? Ihre Gedanken kreisten. *Was will Enrico von mir? Was hat er vor?*

„Sieh mal nach oben, Nina", wurde sie von Tomaso aus ihren Gedanken gerissen.

Er deutete auf ein Schwert, welches direkt unter dem Dachgiebel an einer dünnen Schnur befestigt war.

„Auch, wenn es dich jetzt schockieren wird", fuhr Enrico fort, „durch dieses Schwert wird Sven Söhlbach sterben. Du wirst dich jetzt fragen, warum, und ich werde es dir genau erklären. Dein Freund Sven ist für den Tod meines geliebten Bruders Francesco verantwortlich. Hätte Söhlbach seinerzeit seine Aussage zurückgezogen, wäre mein Bruder noch am Leben. Glaub´ mir, es ist schlimm, einen Bruder zu verlieren, aber für eine Mutter ist es noch schlimmer, einen Sohn zu verlieren. Meine Mama hat den Tod von Francesco niemals überwunden und ich musste ihr an ihrem Sterbebett versprechen, dass ich Francescos Tod rächen würde. Das Versprechen, welches ich meiner Mama gegeben habe, werde ich einhalten. Wenn dieser verhasste Kommissar tot ist, wird meine Mama oben im Himmel wieder etwas glücklicher sein. Dann wird sie von da oben stolz auf mich herabblicken."

Nina wollte nicht glauben, was sie da hörte. Für sie war alles, was sie gerade erlebte wie ein böser Traum.

Sie hörte Tomasos Erzählung über den Tod seines Bruders wie aus weiter Ferne. Als er ihr alles darüber berichtet hatte, deutete er erneut auf das Schwert, welches oben unter der Decke hing.

„Kennst du die Geschichte vom Damoklesschwert?", fragte er sie, auch, wenn er wusste, dass das Klebeband auf ihrem Mund keine Antwort zuließ. „Diese Geschichte hat mich auf eine großartige Idee gebracht. Dieser alten Überlieferung nach hatte Damokles das Schwert überlebt. In meiner Version der Geschichte spielt Söhlbach den Damokles, doch er wird nicht überleben."

Nina starrte ihn mit weit aufgerissenen Augen ungläubig an. Sie wollte nicht glauben, was sie da hörte. Ihre Verzweiflung wuchs, als Tomaso ihr den detaillierten Ablauf seines Vorhabens schilderte.

Enrico erklärte ihr die Funktion der präparierten Schnur, an der das Schwert hing und erzählte ihr, dass die Generalprobe mit einer Schaufensterpuppe perfekt über die Bühne gelaufen sei.

Seine Erläuterung endete mit den Worten: „Meine großartige Inszenierung ist, im wahrsten Sinne des Wortes, todsicher."

Er fasste Nina am Arm, um die wehrlose Frau wieder die Treppe hinunter zu führen.

Als er unmittelbar vor den herabführenden Stufen stand, hielt er für einen Moment inne.

Wenn ich sie jetzt die Treppe hinunter schubse, ging es ihm durch den Kopf, *bricht sie sich vielleicht das Genick und sie ist tot. Dann brauche ich ihr das Gift nicht mehr zu verabreichen.*

Dann aber dachte er an die Möglichkeit, dass Nina sich bei dem Sturz auch eine blutende Wunde zuziehen könnte. Der Gedanke daran, Blutflecken von seinen Treppen wegwischen zu müssen, beendete seine Überlegung.

Während er Nina hinunterführte, dachte er daran, dass er die Giftspritze mit dem tödlichen Inhalt ja bereits griffbereit unten in seiner Küche liegen hatte.

Schließlich betraten sie wieder die untere Etage.

Tomaso führte seine Gefangene in die Küche.

Mit einer Hand zog er einen Stuhl vom Tisch weg, postierte ihn mitten in den Raum, und mit der anderen stellte er Nina davor.

„Setze dich hin", wies er sie an.

Als die Angesprochene nicht sofort reagierte, half er nach. Enrico fasste ihre auf dem Rücken zusammengebundenen Hände und platzierte die junge Frau mit Gewalt auf dem Stuhl.

Nina atmete tief durch. Dicke Tränen liefen über ihre Wangen hinab. Sie war nicht in der Lage, auch nur einen klaren Gedanken zu fassen. Das, was hier gerade passierte, das durfte einfach nicht sein. Erneut dachte sie daran, dass es nur ein böser Albtraum sei, aus dem sie gleich wieder erwachen würde.

Sie begann, bitterlich zu weinen.

Für einen Moment gab ihr das Klebeband über ihrem Mund das Gefühl, keine Luft mehr zu bekommen.

Am liebsten hätte sie jetzt ihre Verzweiflung laut hinausgeschrien, doch alles, was aus ihrem zugeklebten Mund kam, waren irgendwelche dumpfe, kaum zu verstehende Töne.

Mit ihren durch Tränen getrübten Augen erkannte sie, dass Enrico zum Küchenschrank ging, eine Tür öffnete und etwas herausnahm.

Was er da in seiner Hand hielt, als er sich wieder zu ihr umwandte, konnte sie nicht erkennen.

Er schritt auf sie zu.

„Etwas Wichtiges habe ich dir noch gar nicht erzählt, Nina", hörte sie ihn sagen. Seine Stimme klang wie aus weiter Ferne. „Bevor Söhlbach stirbt, soll er leiden. Er liebt dich und was kann für ihn schlimmer sein, als dich zu verlieren. Deshalb werde ich dich jetzt töten."

Diese Ankündigung schlug bei Nina ein wie eine Bombe. Das alles konnte keine Realität sein. Sie versuchte, sich zu konzentrieren; versuchte, klar zu denken, doch sie schaffte es nicht. Ihre Gedanken schwirrten wie zerrissene Fetzen haltlos durch ihren Kopf.

„Ich habe alles ganz genau geplant", redete Enrico weiter. „Ich sehe Söhlbach bereits vor mir, wie er vor Verzweiflung weinend vor deiner Leiche steht. Mit deinem Tod wird für ihn eine Welt zusammenbrechen, und genau so soll es sein. Er soll leiden, so, wie meine Mama und ich beim Tod meines Bruders gelitten hatten."

235

Nun hielt er das, was er gerade aus seinem Küchenschrank geholt hatte, hoch.

Jetzt erkannte Nina, was es war. Es war eine mit einer
Flüssigkeit gefüllte Spritze.

„Es ist nur ein kleiner Stich, Nina, dann wird es für dich
vorbei sein. Das Gift wird sehr schnell wirken."

Sie starrte ihn kopfschüttelnd, mit weit aufgerissenen
Augen an.

Nina sprang vom Küchenstuhl auf und wollte davon-
laufen, doch Tomaso machte einen schnellen Schritt auf
sie zu und fegte ihr mit einem Tritt die Beine weg, so,
dass sie unsanft auf den Boden knallte.

Da Nina ihren Sturz mit den auf dem Rücken gefesselten
Händen nicht abfangen und kontrollieren konnte, schlug
sie mit dem Gesicht auf den gefliesten Untergrund auf.

Das Klebeband auf ihrem Mund verwandelte ihre
Schmerzensschreine in dumpfe, unverständliche Töne.

Tomaso trat neben sie und drehte sie auf den Rücken.

Als er ihre blutende Nase erblickte, sagte er: „Siehst du,
das hättest du dir alles ersparen können."

Er trat über sie und setzte sich auf ihre Oberschenkel.

„Ich werde dich jetzt von deinen Schmerzen befreien,
Nina."

Er schob den kurzen Ärmel ihres T-Shirts hoch und legte
ihre Schulter frei.

„Ich kann dir nicht genau sagen, wie schnell es wirkt",
erklärte er ihr, „denn es ist das erste Mal, dass ich
jemandem eine Giftspritze verpasse. Ein Bekannter von
mir hat aber gesagt, dass es bei dieser starken
Dosierung sehr schnell gehen würde."

Nina schüttelte ungläubig den Kopf. Ihre weit aufgerissenen Augen spiegelten Angst und Panik wider.

Der von Rachegedanken besessene Mann, der auf ihre Schenkel saß, verspürte für die verzweifelte Frau nicht einen Funken Mitleid. Tomaso dachte nur an eines. Söhlbach sollte leiden und dass er dabei über Leichen ging, interessierte ihn nicht. Die Obdachlosen, die er getötet hatte, zählte er genauso wie seine Kollegin Nina, die vor Furcht zitternd unter ihm lag, zu den Kollateralschäden auf dem Weg zur Erfüllung des Versprechens, das er seiner Mutter am Sterbebett gegeben hatte, das Versprechen, den Tod seines geliebten Bruders Francesco zu rächen.

Tomaso hatte sich anfänglich selbst darüber gewundert, mit welcher Eiseskälte er die Obdachlosen erschlagen hatte. Er hatte aber sehr schnell festgestellt, wie einfach es doch war, jemanden zu töten; einen schweren Stein in die Hand nehmen, seinem Opfer damit ein paar Mal mit aller Kraft auf den Schädel schlagen, und fertig. Ja, es war doch ganz einfach.

Enrico blickte in Ninas Augen.

Er erkannte ihre Angst und Verzweiflung, doch es ließ ihn kalt, ...eiskalt.

Als er schließlich die Giftspritze an ihre Schulter ansetzte, die Nadel bis zum Anschlag durch ihre Haut schob und ihr den Inhalt der Kanüle injizierte, verspürte er nichts. Mitgefühl war für ihn zu einem Fremdwort geworden.

Er sah, wie Ninas Augen plötzlich flackerten.

In diesem Moment hatte Tomaso das Bedürfnis, den Gesichtsausdruck der Sterbenden vor ihm zu sehen, doch dabei störte das breite Klebeband über ihren Mund. Er fasste danach und riss es mit einem kräftigen Ruck von ihrem Gesicht.

Ninas Augen flackerten immer schneller. Sie röchelte leise und eine schäumende Flüssigkeit quoll aus ihrem nun weit geöffneten Mund hinaus.

Enrico spürte, wie Nina unter ihm ein paar Mal kräftig zuckte. Dann erschlaffte ihr Körper. Ihr Kopf fiel zur Seite und blieb regungslos liegen.

„Das ging aber schnell", sagte Tomaso zu sich selbst, betrachtete den regungslosen Körper seines Opfers und warf einen letzten Blick auf den Schaum, der aus ihrem weit geöffneten Mund floss.

„Jetzt muss ich sie nur noch entsorgen."

*   *   *

Söhlbachs schwerer Schicksalsschlag

Zusammen mit Silvia und Tibo war Sven bis in die Dämmerung auf der Suche nach dem grauen Peugeot Boxer durch die Straßen gefahren.

Schließlich hatte Silvia zu ihren Kollegen gesagt, dass es sinnlos sei, weiterzusuchen, zumal sie nicht einmal wussten, wo genau sie suchen sollten.

Die Kommissarin hatte vorgeschlagen, dass alle nach-hause fahren, um nach diesem aufregenden Tag wenig-stens noch etwas zur Ruhe zu kommen.

„Wir können uns ja morgen früh wieder bei Sven treffen, um zu überlegen, welche Möglichkeiten uns bei der Suche nach Nina noch offenstehen", hatte Silvia gemeint.

Tibo hatte sich nachdenklich am Kopf gekratzt und gesagt: „Eigentlich habe ich den kompletten Sonntag schon zusammen mit Matteo verplant, aber die Suche nach Nina ist jetzt wichtiger."

So hatten sie sich schließlich dazu entschlossen, sich Sonntagmorgen um zehn Uhr in Svens Wohnung zu treffen.

Als Söhlbach am Samstagabend zuhause angekommen war, hatte er noch lange auf seinem Sofa gesessen und mit kreisenden Gedanken vor sich hingestarrt.

Schließlich war er zu Bett gegangen, doch er hatte kein Auge zu tun können. Irgendwann in den frühen Morgen-stunden war er dann doch eingeschlafen.

Als der Klingelton seines Handys ihn aus dem Schlaf riss, schaute er auf die Uhr. Es war 5.45 Uhr.

„Ja?", meldete er sich.

„Ich bin´s, Silvia", hörte er die Stimme seiner Kollegin. „Ich stehe vor deiner Tür. Lass´ mich bitte rein."

„Was ist denn los, Silvia?"

„Das erzähle ich dir, wenn ich bei dir oben bin."

Söhlbach ahnte, dass etwas passiert sein musste. Ihm wurde übel. Wie in Trance ging er in den Flur, öffnete die Wohnungstür und drückte den Türöffner für die Haustür. Er hörte, wie seine Kollegin die Treppen empor stieg.

Seine Gedanken waren wirr. Was würde Silvia ihm jetzt sagen? Ihm war, als würde ihm jemand mit aller Gewalt eine Faust in den Magen drücken.

Dann stand Silvia vor ihm. Ihr Gesichtsausdruck sprach Bände.

„Tut mir leid, Sven", kam es leise, mit unsicherer Stimme über ihre Lippen.

Er blickte sie ungläubig an.

Dann sagte er mit zweifelnder Stimme: „Nina?"

Seine Kollegin nickte kurz, trat an ihn heran und nahm ihn in den Arm.

Als sie sich wieder von ihm löste, sagte sie: „Komm, wir gehen erst mal rein."

Sie führte ihn in den Flur und schloss die Wohnungstür hinter sich.

„Wir sollten uns hinsetzen, Sven. Dann werde ich dir alles erzählen."

„Ich kann jetzt nicht sitzen", entgegnete er. „Sag´ mir, was passiert ist."

„Ich bekam vorhin einen Anruf. Eine Frau, die mit ihrem Hund in einem Waldstück am Rahmer See unterwegs war, hat bei der Polizei angerufen und gemeldet, dass dort eine Tote liegt. Ich habe die Kollegen von der Streife, die zuerst vor Ort waren, darum gebeten, mir ein Foto der Toten zu zusenden." Silvia schluckte. „Sven, es ist Nina."

Auch, wenn Söhlbach es bereits irgendwie gewusst hatte, als Silvia zu ihm gekommen war, die Nachricht war für ihn ein Stich mitten ins Herz. Für einen Augenblick verspürte er ein Schwindelgefühl und glaubte, seine Beine würden unter ihm einfach weg knicken, doch dieses Gefühl war schnell wieder vorbei.

„Tibo ist schon vor Ort", hörte er Silvias Stimme wie aus weiter Ferne. „Ich muss jetzt auch dort hin."

„Warte, Silvia, ich komme mit. Ich ziehe mir nur noch schnell etwas an."

„Willst du nicht lieber hier bleiben, Sven?"

„Nein, ich will sie sehen."

*   *   *

Am Fundort

Während der Autofahrt zum Rahmer See hatte Söhlbach nicht ein einziges Wort gesprochen. Er hatte die ganze Zeit über mit Tränen gefüllten Augen auf dem Beifahrersitz gesessen und vor sich hingestarrt.

Seine Kollegin hatte ihn immer wieder kurz angeschaut, aber nichts zu ihm gesagt.

Das hatte daran gelegen, dass sie nicht in der Lage war, die richtigen Worte zu finden.

In dieser Situation gibt es keine richtigen Worte, war es ihr durch den Kopf gegangen.

Nun hatten sie ihr Ziel, das Waldstück am Rahmer See, erreicht.

Muisfeld stoppte den Wagen und öffnete die Autotür.

Söhlbach saß regungslos auf dem Beifahrersitz und starrte immer noch vor sich hin.

Als Silvia das sah, sagte sie leise: „Wir sind da."

Sven hörte ihre Worte, aber nahm sie nur halb wahr.

Er schaute auf die vielen Polizeiautos, die vor ihnen standen, er sah die Absperrbänder, welche den Tatort abgrenzten, er erkannte die weißgekleideten Leute der Spurensicherung, die die Umgebung nach Beweismitteln absuchten, und dennoch konnte er das alles nicht realisieren. Diese ganze Szenerie vor ihm kam ihm vor wie ein Traum, wie ein bitterböser Albtraum.

In diesem Moment erschien Nina in seinen Gedanken vor ihm. Er sah sich zusammen mit ihr im Hotelzimmer in ihrem Urlaubsort Dahme. Sie lagen im Bett und hatten sich ihrer Liebe hingegeben. Er schaute in ihr hübsches Gesicht und blickte in ihre Augen; in vor Glück strahlende

Augen, die er in diesem Moment wieder mit den Augen eines Engels verglich.

Bei diesen Gedanken kullerten dicke Tränen seine Wangen hinab.

„Nina kann nicht tot sein", kam es leise über seine Lippen. „Sie kann nicht tot sein."

Er schloss die Augen und atmete tief durch.

Dann begann er, bitterlich zu weinen.

Sven spürte, dass Silvia, die neben ihm saß, seine Hand ergriff.

Erneut hörte er die Stimme seiner Kollegin wie aus weiter Ferne: „Soll ich dich nicht doch lieber nachhause fahren, Sven?"

Muisfeld fühlte sich hilflos.

Als sie sah, wie ihr Kollege sie kopfschüttelnd, mit einem vom Weinen verzerrten Gesicht anschaute, lief ihr ein kalter Schauer über den Rücken.

„Nein", kam es kaum verständlich mit bebender Stimme aus Söhlbachs Mund.

Er atmete stoßweise ein und aus.

Niemals vorher hatte Silvia ihn so verzweifelt gesehen.

Auch ihr liefen nun die Tränen aus den Augen.

Sie beugte sich zu Sven hinüber und nahm ihn in den Arm.

Söhlbach und Muisfeld waren mehr als nur Kollege und Kollegin. Sie waren sehr eng befreundet und Sven war für Silvia so, wie ein großer Bruder. Beide wussten, dass sie sich immer aufeinander verlassen konnten und es hatte schon oft genug Situationen gegeben, in der sie füreinander da waren, wenn Hilfe nötig war.

Dieser Augenblick war so eine Situation, in der Silvia ihm beistand. Sie hätte jetzt alles dafür getan, ihm seine Verzweiflung zu nehmen, doch sie fühlte sich absolut hilflos. Die beiden lagen sich in den Armen und weinten.

„Tut mir leid", hörten sie plötzlich eine Stimme.

Die Stimme gehörte ihrem Kollege Nowack, der neben die offene Fahrzeugtür getreten war.

Es war, als ob Tibos Anwesenheit Söhlbach beeinflussen würde, denn er löste sich von Silvias Umarmung, atmete einmal tief durch, öffnete die Beifahrertür und stieg aus.

„Wo ist sie?", fragte Sven und schaute Nowack an. „Ich will sie sehen."

„Sie ist nicht mehr hier", antwortete Tibo. „Es ist etwas passiert. Der Arzt, der vor Ort war, hatte beim Anblick von Nina sofort gesagt, dass alles auf eine Vergiftung hindeuten würde. Dann hatte er Nina untersucht und plötzlich noch schwache Vitalwerte festgestellt. Sie wurde umgehend ins Krankenhaus gebracht."

„Sie lebt?", kam es ungläubig aus Söhlbachs Mund.

„Ja", sagte Nowack zurückhaltend. „Tut mir leid, Sven, aber der Arzt hat gesagt, dass sie es erfahrungsgemäß nicht schaffen wird."

Söhlbach schüttelte den Kopf.

„Sie wird nicht sterben." Svens Stimme klang heiser. „Sie darf nicht sterben."

Er schaute Nowack fragend an.

„In welches Krankenhaus hat man sie gebracht, Tibo?"

Dieser zuckte mir den Schultern.

„Ich weiß es nicht", antwortete er, „aber ich werde mich sofort erkundigen."

Nowack entfernte sich von ihnen.

Silvia und Sven sahen, wie er sich mit einem Mitarbeiter der Spurensicherung unterhielt und anschließend ein Telefongespräch führte.

Dann kehrte Tibo zu den beiden zurück.

„Sie wurde in die Sana-Kliniken gebracht", sagte er.

Söhlbach nickte kurz und sagte: „Da fahre ich jetzt sofort hin."

„Du fährst in deinen Zustand nirgendwo hin", meinte Muisfeld. „Du setzt dich schön auf den Beifahrersitz. Ich fahre."

*   *   *

Eine bittere Erkenntnisse

Söhlbach und Muisfeld saßen schon seit fast zwei Stunden in einem Flur der Sana Klinik und warteten.

Sie hatten sich bei ihrer Ankunft im Krankenhaus sofort als Polizisten ausgewiesen und sich nach Nina Büttgen erkundigt.

Der zuständige Arzt, er hatte sich den beiden als Dr. Müller vorgestellt, hatte ihnen gesagt, dass die Vitalwerte der Patientin erschreckend gering wären und ihr Zustand mehr als instabil sei. Laut Aussage des Arztes deutet alles auf eine starke Vergiftung hin. Näheres würde die Blutanalyse ergeben. Sobald die Laborwerte vorlägen, würde sich der Arzt wieder bei ihnen melden.

Söhlbach hatte den Arzt gefragt, ob er Nina sehen könne, aber der Doktor hatte gemeint, dass ihr momentaner Zustand keinen Besuch zuließe und dass nur Angehörige zu ihr dürften.

Dreimal schon war Sven zum Schwesternzimmer gegangen und hatte gefragt, wann das Blutergebnis denn endlich da sei, und jedes Mal wurde ihm gesagt, dass er sich noch gedulden müsse.

Dann erschienen drei Männer in weißen Kitteln auf dem Flur. Einer von ihnen war Dr. Müller, der Arzt, der schon mit ihnen gesprochen hatte.

Die drei kamen direkt auf Muisfeld und Söhlbach zu.

Sie standen auf und schauen die Ärzte erwartungsvoll an.

„Es sieht folgendermaßen aus", sagte Dr. Müller, als er die beiden Kripoleute erreicht hatte „Die Frau wurde vergiftet, wie es aussieht, durch eine Injektion in die Schulter, denn dort ist eindeutig eine Einstichstelle zu sehen.

Wir haben bei der Blutanalyse eine Arsenvergiftung festgestellt. Die hohe Giftdosis, die ihr injiziert wurde, ist tödlich. Eigentlich ist es ein Wunder, dass sie noch schwache Vitalwerte zeigt. Wissen Sie, Arsen wird ja auch in Rattengiften verwendet und dort wirkt es erst nach Tagen und das mit tödlicher Sicherheit. Wie gesagt, es ist ein Wunder, dass die Frau noch lebt. Meine Kollegen und ich stehen vor einem Rätsel, aber sicher ist, dass sie noch heute oder spätestens morgen sterben wird."

Söhlbach, dessen Blick Ungläubigkeit und Verzweiflung widerspiegelte, setzte sich langsam hin.

Das, was gerade hier passierte, war irreal, das konnte einfach nicht wahr sein.

Er vernahm Silvias Stimme, die den Arzt fragte: Gibt es denn kein Gegenmittel?",nur aus weiter Ferne.

Die Antwort des Arztes: „Nein, wir können leider nichts mehr für sie tun", ließ Übelkeit bei Sven aufsteigen.

Als einer der drei Ärzte, die vor ihnen standen, fragte, ob es irgendwelche Verwandte der Frau gäbe, die sie ver- ständigen könnten, sagte Muisfeld zu ihrem nieder- geschlagen wirkenden Kollegen: „Sven, du hast doch mit Ninas Mutter telefoniert. Kannst du den Ärzten mal ihre Telefonnummer geben?"

Wie in Trance zog Söhlbach sein Handy aus der Tasche, tippte einmal darauf und reichte es seiner Kollegin.

Dann beugte er sich nach vorne, stützte seine Ellbogen auf die Knie und vergrub sein Gesicht in den Händen.

Sven begann, bitterlich zu weinen.

Dass Silvia den Ärzten die Telefonnummer von Ninas Mutter nannte, bekam er nicht mit.

Dr. Müller deutete auf den weinenden Söhlbach.

„Kennt Ihr Kollege die Frau?", wollte er von Muisfeld wissen.

„Ja", antwortete sie. „Die beiden sind ein Paar."

„Oh", sagte der Arzt. „Das tut mir leid."

Er atmete kurz durch.

Dann meinte er: „Wir werden jetzt die Mutter der Sterbenden verständigen. Wie gesagt, wie können nichts mehr für sie tun. Es tut mir sehr leid."

Dann gingen die drei Mediziner in die Richtung des Schwesternzimmers.

„Warten Sie!", rief Söhlbach ihnen hinterher und erhob sich.

Die Ärzte wandten sich um.

„Bitte", flehte Sven sie an. „Bitte lassen Sie mich zu ihr."

Nach einem kurzen Blickaustausch mit seinen Kollegen meinte Dr. Müller: „Ich denke, es spricht nichts dagegen. Eine Schwester wird Sie gleich in das Zimmer der Patientin bringen. Warten Sie bitte hier."

Nachdem die Ärzte schließlich im Schwesternzimmer verschwunden waren, trat wenig später eine junge Krankenschwester auf den Flur.

Sie schaute Söhlbach an und sagte: „Sie sind der Herr, der zu Frau Büttgen möchte?"

Sven nickte kurz.

„Dann kommen Sie bitte mit", forderte die Schwester ihn auf.

Muisfeld fasste ihren Kollegen auf die Schulter.

„Ich werde jetzt nachhause fahren, Sven", sagte sie. „Du willst bestimmt länger bei ihr bleiben. Ruf´ mich einfach an, wenn ich dich wieder abholen soll."

Sie nahm Sven in den Arm und drückte ihn. Dann holte sie tief Luft, ließ ihn los, wandte sich um und ging davon.

Silvia hatte das Gefühl, als würde sich ihr Magen umdrehen. Sie spürte Übelkeit in sich aufsteigen. Sven war
nicht nur ihr Kollege, er war auch ihr Freund und ihn in
einer so verzweifelten Lage zu wissen, ließ in ihr das
Gefühl aufkommen, selbst haltlos vor einem tiefen Abgrund zu stehen.

Hoffentlich geht es schnell vorbei, dachte sie, *damit Sven
es hinter sich hat.*

Der Gedanke daran, dass Sven gleich an Ninas Bett
sitzen würde, um auf ihren Tod zu warten, verstärkte ihre
Übelkeit noch.

Hinter ihr führte die Krankenschwester Söhlbach in das
Zimmer, in dem die sterbende Nina lag.

„Wenn Sie etwas brauchen", sagte sie zu ihm, „dann
melden Sie sich im Schwesternzimmer."

Dann verließ sie den Raum und schloss die Tür hinter
sich.

Sven stand da und starrte auf seine geliebte Nina.

Sie lag, an mehreren Geräten angeschlossen, im Bett,
und es sah aus, als würde sie schlafen.

Die Anzeigen der Monitore, an die Nina angeschlossen
war und den monotonen, langsamen Piepton, der daraus
erklang, nahm Sven nur beiläufig wahr.

Er hatte das Gefühl, in einem Traum zu sein, in einem
schrecklichen Albtraum.

Eine ganze Zeit lang stand er regungslos da und schaute
sie an. Söhlbach wollte das, was hier gerade geschah,
einfach nicht glauben.

Sven schloss die Augen und atmete tief durch.

„Bitte, lieber Gott", kam es leise über seine Lippen.
„Wenn es dich gibt, dann lasse das alles hier nicht wahr
sein, bitte."

Doch als er seine Augen öffnete, war die bittere Realität wieder da.

Wie in Trance ergriff er einen Stuhl, schob ihn an das Bett heran und setzte sich.

Mit der einen Hand griff er nach der ihren und mit dem Handrücken der anderen streichelte er über ihre Wangen.

„Du kannst mich nicht alleine lassen", flüsterte er leise. „Ich liebe dich doch."

Dicke Tränen liefen aus seinen Augen.

„Ich liebe dich", kam es mit bebender Stimme aus seinem Mund. Seine Lippen zitterten. „Ich brauche dich doch."

Er blickt auf ihr Gesicht und auf ihre geschlossenen Augen. Der Gedanke daran, dass diese sich nie wieder öffnen würden, um ihm glücklich strahlend anzuschauen, ließ den nächsten Schwung dicker Tränen über seine Wangen kullern.

Die dadurch getrübten Augen ließen den Anblick ihres Gesichtes verschwimmen.

Sven konnte keinen klaren Gedanken mehr fassen. Das, was hier gerade passierte, konnte und durfte einfach nicht wahr sein.

Seine über alles geliebte Nina lag im Sterben und das direkt vor seinen Augen; und er konnte nichts dagegen tun.

„Bitte, Nina", kam es weinerlich über seine Lippen. „Bitte lass´ mich nicht alleine. Ich brauche dich doch."

Dann wurde er von einem regelrechten Weinkrampf durchgeschüttelt.

Er vernahm, dass hinter ihm die Zimmertür geöffnet wurde.

Dann hörte er die Stimmen der jungen Krankenschwester, die ihn in den Raum geführt hatte: „Ist alles in
Ordnung? Kann ich etwas für sie tun?"

Er wandte sich zu ihr um und sah sie mit getrübtem Blick
an. Seine Wangen waren vom Weinen gerötet.

Schließlich sagte er leise: „Machen Sie, dass sie wieder
gesund wird."

Die Schwester schüttelte leicht mir dem Kopf.

„Es tut mir leid", sagte sie. „Es tut mir wirklich leid. Der
Doktor hat Ihnen doch alles dazu gesagt. Sie wird fried-
lich einschlafen."

Söhlbach schaute sie an, doch er konnte sie durch seine
mit Tränenflüssigkeit gefüllten Augen nicht klar erkennen.
Das einzige, das er von ihr wahrnahm, war eine weiß
gekleidete, schemenhafte Gestalt. Auch ihre Stimme
hatte wie aus weiter Ferne geklungen.

Als er die Frage der Schwester: „Kann ich noch irgendetwas für Sie tun?", mit einem Kopfschütteln beantwortete, verließ die junge Frau wieder den Raum.

Sven saß an Ninas Bett, hielt ihre Hand und starrte vor
sich hin.

Erneut dachte er daran, dass das alles nur ein böser
Traum ist, aus dem er gleich wieder aufwachen würde.

Plötzlich stutze er.

War dieser regelmäßig piepende Ton, der die Herz-
frequenz anzeigte, nicht deutlich langsamer geworden?

Seine Gedanken wurden immer wirrer.

Würde Ninas Herzschlag jetzt immer langsamer werden,
um schließlich ganz aufzuhören?

„Bitte, Nina, lass´ mich nicht alleine", kam es erneut über
seine bebenden Lippen.

Die Wallungen voller Verzweiflung, die ihn durchfuhren, waren unerträglich. Er hatte das Gefühl, als würde irgendetwas in seinem Kopf laut hämmern.

Nach und nach verschwand das Hämmern, und er saß nur noch teilnahmslos da und starrte vor sich hin.

Es war, als wolle ihm sein Gehirn die Tatsache, dass er am Bett seiner geliebten Nina saß, um auf ihren Tod zu warten, ersparen.

Söhlbach wusste nicht, wie lange er dort so gesessen hatte, als sich die Zimmertür öffnete und die Krankenschwester eine etwa sechzigjährige Frau in den Raum führte.

Die Frau, deren modische Frisur sofort ins Auge fiel, trug ein elegantes, dunkelblaues Kostüm.

Sie trat an das Bett heran und begann beim Anblick von Nina fürchterlich an zu weinen.

„Mein Mädchen", sagte sie. „Warum? Warum nur?"

Sven schaute die Frau an und als sich ihre Blicke trafen, gab sie ihm zu verstehen: „Ich bin Ninas Mama."

Söhlbach nickte der Frau zu, und ein heiseres, leises: „Hallo", kam aus seinem Mund.

Bisher hatte sich noch nicht die Gelegenheit ergeben, Ninas Mutter kennen zu lernen. Dass dieses Kennenlernen in so einer Situation stattfand, hätte sich niemand vorstellen können.

Für einen Moment dachte Sven daran, dass Ninas Mutter zusammen mit ihrer Tochter heute auf eine Geburtstagsfeier gehen wollte. Das war auch der Grund dafür, dass sie so elegant gekleidet war.

„Sind Sie Sven?", wurde er von der Stimme der Frau aus seinen Gedanken gerissen.

„Ja", antwortete er unsicher und nickte.

„Nina hat mir von Ihnen erzählt", sagte ihre Mutter.

Söhlbach erhob sich und bot ihr seinen Stuhl an.

Sie setzte sich, griff nach der Hand ihrer Tochter und schaute sie an.

„Der Doktor sagt, man hat sie vergiftet", sagte sie nach einiger Zeit zu Sven, ohne auch nur einen Blick von Nina abzuwenden. „Wer war das, und warum hat man sie vergiftet?"

„Ich weiß nicht, wer es war", antwortete Söhlbach, „aber er hat sie vergiftet, weil…"

Er schluckte laut und brachte des Satz nicht zu Ende.

In dem Moment dachte er daran, dass Nina sterben musste, weil sich jemand an ihm rächen wollte, warum auch immer.

Mein Gott, ging es ihm durch den Kopf. *Sie muss wegen mir sterben!*

Sven spürte, wie sich bei diesem Gedanken sein Herzschlag erhöhte. Er hatte das Gefühl, als würde sein Blut in seinen Schläfen regelrecht hämmern.

Ninas Mutter wandte sich zu ihm um.

„Warum wurde sie vergiftet?", wollte sie von ihm wissen.

Als Söhlbach nicht sofort antwortete, schaute sie ihn fragend an. In ihrem Blick lag Verzweiflung und Unsicherheit.

„Warum sagen Sie es mir nicht?", fragte sie mit weinerlicher Stimme.

Sven wusste nicht, wie er es der Frau beibringen sollte.

„Sie wurde vergiftet", sagte er schließlich leise, „weil sich jemand an mir rächen wollte."

Jetzt war es draußen.

„Was?" In den Augen von Ninas Mutter spiegelte sich Entsetzen wider.

Sie schaute wieder zu ihrer Tochter und schüttelte langsam den Kopf.

Nachdem sie fast eine Minute lang geschwiegen hatte, drehte sie sich wieder nach Söhlbach um.

„Nina muss sterben, weil sie mit Ihnen zusammen war. Ich weiß nicht, warum, aber Sie sind Schuld daran, dass meine Tochter stirbt." Ihr Blick verfinsterte sich. „Gehen Sie mir aus den Augen! Verlassen Sie den Raum!"

„Aber ich..." stotterte Sven.

„Los! Raus hier! Ich hasse Sie!"

Mit einem letzten Blick auf Nina verließ er schließlich den Raum.

Unsicher und verzweifelt blieb er vor dem Zimmer stehen. Das laute Weinen von Ninas Mutter konnte er durch die geschlossene Tür hören.

Söhlbach wusste nicht, was er tun sollte.

Er wollte bei seiner Nina sein und nun so etwas.

So konnte es einfach nicht enden. Er musste mit Ninas Mutter reden. Mit gemischten Gefühlen ergriff er die Klinke und öffnete die Tür.

Diese war noch nicht ganz geöffnet, als erneut ein lautes: „Raus hier!", ertönte. „Ich will Sie nicht mehr sehen!"

Sven machte wieder einen Schritt in den Flur und zog die Tür wieder zu. Er schloss für einen Moment die Augen und atmete tief durch.

In dem Moment trat eine junge Krankenschwester, die durch das Geschrei von Ninas Mutter aufmerksam geworden war, an ihn heran.

„Was ist passiert?", wollte sie wissen.

„Derjenige, der sie vergiftet hat", erklärte er monoton, „wollte sich damit an mir rächen, warum auch immer. Ich bin schuld daran, dass sie sterben muss. Ninas Mutter hasst mich dafür."

Die Krankenschwester nickte.

„Und was wollen Sie jetzt machen?", fragte sie.

Die Antwort war zunächst ein unsicheres Schulterzucken.

„Ich weiß es nicht", sagte er schließlich, „aber ich möchte bei ihr sein. Ich liebe sie doch."

Die junge Frau vor ihm verzog den Mund.

Dann sagte Sie: „Wissen Sie was? Warten Sie eine halbe Stunde ab. Ich werde gleich mit der Mutter von Frau Büttgen reden. Vielleicht hat sie sich dann ein wenig beruhigt. Das Beste ist, Sie gehen solange raus an die frische Luft, denn dann vergeht die Zeit schneller."

Söhlbach nickte resigniert. Dann ging er wortlos den Flur entlang in Richtung Ausgang.

Wie in Trance verließ er schließlich das Gebäude.

Er schaute kurz auf seine Uhr.

Eine halbe Stunde, dachte er.

Dann schlenderte er gedankenversunken los, einfach so, ohne Ziel.

Als er eine kleine Grünanlage erblickte, ging er darauf zu.

An einer steinernen Mauer in dieser Anlage war auf einem Schild das Wort „Gehschule", mit einer Erklärung darunter, zu lesen, doch das nahm er nur nebenbei wahr.

Als er hinter sich eine Stimme hörte, drehte er sich um.

Dort kam ein Mann in seine Richtung gelaufen. Er schob einen leeren Rollstuhl vor sich her.

Dieser Mann trug einen weißen Kittel. Um seinem Hals hing ein Stethoskop.

Der Mann hatte sein Handy am Ohr und telefonierte. Er war offensichtlich etwas aufgebracht.

„Das darf doch wohl nicht wahr sein!", hörte Sven ihn schimpfen. „Ich bin jetzt hier an der Gehschule, um mir wie vereinbart, die Fortschritte der Patientin anzusehen, und niemand ist hier."

Er schwieg einen Augenblick, um dann weiter zu schimpfen.

„Wie, ihr hattet zunächst keinen Rollstuhl zur Verfügung? Das darf doch nicht wahr sein! ... Ich habe den Rollstuhl doch mitgebracht. Hört mir eigentlich noch jemand zu, wenn ich Anweisungen gebe? ... In zwei Minuten seid ihr hier? ... Gut, ich warte auf euch."

Sven hatte das Gespräch mitverfolgt, aber es interessierte ihn nicht, ob da ein Arzt sauer war, weil er auf eine Patientin warten musste. Ihm gingen ganz andere Dinge durch den Kopf.

Gedankenversunken ging er weiter.

Die Wege durch diese Grünanlage waren beidseitig mit Geländer versehen.

Während er einem der Wege folgte, sah er Nina vor seinen geistigen Augen. Sie lag an Geräten angeschlossen im Bett und wartete auf ihren Tod.

Bei diesem Gedanken wurde ihm schwindelig. Sven hatte für einen Moment das Gefühl, als würden seine Beine ihm seinen Dienst versagen. Instinktiv hielt er sich mit beiden Händen an einem Geländer fest und stützte sich darauf ab.

Er schloss die Augen und weinte.

„Kann ich Ihnen helfen? Ist alles in Ordnung?", hörte er die Stimme des Mannes, der gerade noch telefoniert hatte.

Sven schaute ihn nur an und schüttelte den Kopf.

Der Mann mit dem weißen Kittel ließ sich aber nicht beirren.

„Wollen Sie mir nicht sagen, was los ist?", fragte er und trat an Sven heran. „Ich werde Sie in Ihrem Zustand auf keinen Fall hier alleine stehen lassen. Als Arzt trage ich schließlich eine gewisse Verantwortung."

Erst jetzt erkannte Söhlbach das Namensschild, welches auf der Brusttasche des Mannes angebracht war. Darauf war der Name Dr. Zimmermann zu lesen.

Der Arzt schaute ihn nachdenklich an. Dabei fasste er sich mit den Fingern am Kinn und schob die Haut so zusammen, dass sich an der Kinnspitze ein Grübchen bildete.

„Sagen Sie mir doch bitte, was Sie bedrückt", forderte er Söhlbach auf.

„Es ist schon gut", sagte Sven. „Sie können mir nicht helfen. Niemand kann mir helfen."

Er wandte sich von dem Arzt ab und ging langsam weiter.

Sven konnte nicht sehen, dass der Mann hinter ihm in seiner Kitteltasche herumfummelte um dann dort etwas herauszunehmen.

Jetzt ging alles sehr schnell.

Der vermeintliche Arzt presste ihm blitzschnell mit aller Kraft ein Tuch auf den Mund und die Nase. Der Mann besaß viel Kraft, denn er umschlang Sven von hinten und hielt ihn fest, ohne dass dieser es schaffte, sich von der Umklammerung zu lösen.

Söhlbach hatte auch keine Zeit mehr, sich gegen diesen Angriff zu wehren, denn das Betäubungsmittel, mit dem das Tuch getränkt war, wirkte schon nach wenigen Atemzügen.

Sven sackte, umklammert von dem Mann, betäubt zusammen. Wenig später wurde er von ihm auf den Rollstuhl fixiert.

Der Mann im weißen Kittel schaute sich nach allen Seiten um. Zu seiner Zufriedenheit war nirgendwo ein Mensch zu sehen.

Alles läuft wie geplant, dachte er und lächelte. *Jetzt kommt das Finale.*

Er schob den Rollstuhl mit dem Bewusstlosen Söhlbach in Richtung Parkplatz.

*   *   *

Ein böses Erwachen

Als Söhlbach wieder zu sich kam, verspürte er, noch bevor er die Augen öffnete, Übelkeit.

Was ist passiert?, ging es ihm durch den Kopf.

Dann öffnete er seine Augen und versuchte, sich zu orientieren.

Auch, wenn er sein Umfeld noch nicht richtig wahrnehmen konnte, stellte er fest, dass er gefesselt war.

Und nicht nur das, er konnte seine Lippen nicht bewegen, weil man seinen Mund mit einen Streifen Klebeband fixiert hatte.

Svens Blick wurde langsam immer klarer.

Er schaute nach unten.

Seine Unterarme waren, ebenfalls mit Klebeband, an den Armlehnen des Stuhls gebunden worden.

Wer immer ihn gefesselt hatte, er hatte sich viel Mühe gegeben, denn auch die Oberschenkel waren mit Panzerband, welches über seine Beine hinweg, mehrfach stramm um die komplette Sitzfläche herumgewickelt worden war, befestigt. Der Versuch, seine Füße anzuheben scheiterte daran, dass seine Unterschenkel an den Stuhlbeinen fixiert worden waren.

Söhlbach wollte sich nach vorne beugen, doch es gelang ihm nicht, weil auch sein Oberkörper fest an der Lehne des Stuhls gebunden war.

Das einzige, was er noch bewegen konnte, war sein Kopf.

Sven begriff nicht, was hier vor sich ging und versuchte, sich an das zu erinnern, was zuletzt passiert war.

Er war durch den kleinen Park am Krankenhaus gegangen. Als er sich nach einem kurzen Gespräch von diesem Arzt, der ihm helfen wollte, abgewandt hatte, hatte dieser Ihn von hinten gepackt und ihm ein Tuch mit einem Betäubungsmittel auf den Mund und die Nase gedrückt. Er hatte den ekeligen Geruch dieses Mittels jetzt noch in der Nase. Sven hatte sich instinktiv durch eine blitzschnelle Drehbewegung von seinem Widersacher befreien wollen, doch bevor er überhaupt hatte reagieren können, war die Wirkung des Mittels schon eingetreten. An mehr konnte er sich nicht mehr erinnern.

Nun war er sich sicher, dass dieser vermeintliche Doktor, der ihn heimtückisch von hinten angegangen war, kein Arzt war, sondern dass es sich bei ihm um den Mann handeln musste, der sich an ihn rächen wollte. Es war der Mann, der ihm den Drohbrief geschickt hatte, der Mann, der die Obdachlosen getötet und Nina vergiftet hatte, und jetzt wollte er ihn töten.

Sven sah das Gesicht dieses Mannes vor seinen Augen, und er war sich der Sache sicher, ihn noch nie vorher gesehen zu haben. Was wollte dieser Mann von ihm? Warum tat er das alles?

In diesem Moment dachte er wieder an Nina. Sie lag im Sterben und er war nicht bei ihr. Die Gedanken daran waren für ihn in diesem Augenblick schlimmer als die Gedanken an die Situation, in der er sich befand.

Die Übelkeit, die er immer noch verspürte, war für ihn eine unbedeutende Nebensächlichkeit.

Er ließ seinen Kopf nach unten hängen und schloss die Augen.

Soll er mich doch töten, dachte er. *Ohne Nina ist mein Leben sowieso sinnlos.*

Noch nie im Leben hatte er sich innerlich so leer gefühlt.

Söhlbach war eigentlich ein Mensch, der in jeder Lage immer einen kühlen Kopf behielt, ein Mensch, der immer bestrebt war, jede schwierige Situation durch logische Folgerungen zu meistern. Nun aber war er in eine Lebenslage geraten, in der ihm alles egal war.

Es dauerte eine Weile, bis er seinen Kopf wieder anhob.

Jetzt erst begann er damit, sich den Raum in dem er sich befand, anzuschauen.

Ihm wurde bewusst, dass er in einem Dachboden saß, denn die Wände über ihn verliefen schräg nach oben und endeten in einem Giebel, der sich in einer Höhe von gut fünf Metern befand.

Auch, wenn der Raum etwas abgedunkelt war, konnte er alles um sich herum gut erkennen.

Er stellte fest, dass er sich in einem modern eingerichteten Dachstudio befand. In dem großzügig eingerichteten Raum standen moderne Schränke und eine bequem wirkende Sitzgarnitur auf einem hell gefliesten Untergrund. An der hinteren Giebelwand hing ein großer Flachbildfernseher. Diese Wand war, genau wie die schräg nach ober verlaufende Decke, weiß gestrichen. Rechts von ihm, an der Wand, sah er ein ebenfalls weiß lackiertes Geländer und er erkannte die oberen Stufen einer Treppe, die unmittelbar hinter dem Geländer in die Tiefe führte.

Sven drehte seinen Kopf so weit er konnte nach links und rechts. Er konnte hinter sich, in etwa drei Meter Entfernung einen dicken, dunklen Vorhang erkennen, der offensichtlich das dahinter liegende Fenster verbarg.

Er wollte laut „Hallo" rufen, um zu sehen, ob jemand in der Nähe war, doch der zugeklebte Mund verhinderte das.

261

Erneut schloss er die Augen. Er sah wieder Nina vor sich, sah, wie sie in ihrem Krankenzimmer lag. Seine Gedanken kreisten. Ob sie überhaupt noch lebt? Er dachte daran, dass die Pieptöne des Gerätes, welches Ninas Herzschlagfrequenz wiedergegeben hatten, kurz bevor ihre Mutter gekommen war, langsamer geworden waren.

Söhlbach wusste nicht, wie lange er schon in diesem Raum hier war.

Wer weiß?, dachte er. *Vielleicht ist sie schon seit Stunden tot? Und ich war nicht bei ihr.*

Bei diesem Gedanken liefen ihm Tränen aus den Augen.

Ninas Mutter hat Recht. Ich bin schuld an ihrem Tod. Sie musste wegen mir sterben. Wäre ich nicht in ihr Leben getreten, wäre sie noch am Leben.

Jetzt sah er wieder das Gesicht des Mannes vor sich, der sich als Arzt ausgegeben hatte. Er kannte den Mann nicht. Warum tat dieser Mann ihm das an?

Da fiel ihm ein, dass Ninas Nachbarin den Fahrer des grauen Autos als einen Mann mit einem Vollbart beschrieben hatte. Wäre es möglich, dass sein Entführer einen Komplizen hat?

Sven dachte an den Inhalt des Drohbriefes. Darin hatte gestanden, dass er zuerst seinen Ruf, dann seine Liebste und dann sein Leben verliert, doch es hatte nicht darin gestanden, warum.

Eigentlich war es ihm in diesem Augenblick auch egal, weshalb er sterben sollte. Ohne Nina erschien ihm eh alles sinnlos. Tief in seinem Inneren hatte er sich bereits damit abgefunden, dass auch er bald sterben würde.

Er wusste nicht, warum, aber in diesem Moment musste er an seine Kollegin Silvia denken und daran, dass sie schwanger war.

Eigentlich hatte ich mich sehr auf dein Baby gefreut, Silvia, ging es ihm durch den Kopf, *aber jetzt werde ich es nicht mehr erleben. Ich werde dein Kind nicht zu Gesicht bekommen und nie erfahren, wie es aussehen wird.*

Er sinnierte darüber nach, dass auch er selbst gerne Vater geworden wäre. Sven dachte an Nina und daran, dass sie die perfekte Mutter für sein Kind gewesen wäre. Die beiden hatten während ihres Urlaubs in Dahme sogar mal beiläufig darüber geredet und hatten gemeint, dass sie sich gut vorstellen konnten, Eltern zu sein.

Doch jetzt war alles zu spät. Es war nur noch ein aussichtsloses Wunschdenken. Für ihn würde alles hier enden.

*   *   *

Eine vergebliche Suche

Silvia Muisfeld machte sich große Sorgen.

Sie saß in ihrem Auto und war unterwegs zum Kranken-haus.

Ihr Kollege Söhlbach hatte sich nicht mehr bei ihr ge-meldet. Silvia hatte versucht, ihn anzurufen, doch sein Handy war ausgeschaltet.

Sie war sich der Sache sicher, dass etwas Schlimmes passiert sein musste, denn Sven schaltete sein Handy grundsätzlich nie aus.

Die Kommissarin überlegte, welche logischen Gründe es dafür geben könnte, warum Sven nicht erreichbar war. Eigentlich achtete er immer darauf, dass der Akku seines Handys aufgeladen war. Vielleicht hatte er durch die Aufregung um Nina schlicht und einfach vergessen, sein Telefon aufzuladen. Dann dachte Silvia daran, dass Nina inzwischen verstorben sein könnte und Sven sein Handy ausgeschaltet hatte, weil er jetzt mit niemandem sprechen wollte. Die dritte Möglichkeit, die der Kom-missarin durch den Kopf ging, bereitete ihr Bauch-schmerzen. Sollte der Täter seine Drohung, Sven zu töten, wahrgemacht haben?

Gedankenversunken steuerte sie ihr Auto schließlich auf den Parkplatz der Sana-Klinik. Sie stellte das Fahrzeug ab und eilte mit schnellen Schritten zum Krankenhaus.

Wenig später, nachdem sie die Treppen hinauf gespurtet war, betrat sie die Station, in der man Nina untergebracht hatte.

Silvia blickte in den langen Flur hinein. Dort, wo Ninas Zimmer lag, stand eine Frau in einem eleganten, blauen Kostüm im Gang. Söhlbach war nirgendwo zu sehen.

Er wird bei Nina im Zimmer sein, dachte sie.

Nachdem Muisfeld zielstrebig auf das Zimmer zuge-gangen war und nach der Türklinke greifen wollte, wurde sie von der Frau im Kostüm zurückgehalten.

„Sie können da nicht rein", sagte die Frau zu ihr. „Wer sind Sie überhaupt?"

„Mein Name ist Muisfeld, Kripo Duisburg", stellte sich die Kommissarin kurz vor. „Warum kann ich da nicht rein?"

Erst jetzt erkannte Silvia, dass die Frau weinte.

Muisfeld zögerte einen Moment.

Dann sagte sie: „Sind sie mit Nina verwandt?"

Die Frau nickte.

„Ich bin ihre Mutter." Sie schaute auf die Tür des Kran-kenzimmers. „Darin liegt meine Tochter und geht gerade von uns." Ihre Unterlippen zitterten beim Sprechen. „Die Ärzte sind gerade bei ihr. Sie haben mich raus geschickt. Ich habe sie gerufen, weil die Instrumente, an denen Nina angeschlossen ist, plötzlich ganz komische Ge-räusche von sich gegeben haben."

Ihr Blick ging nach unten.

„Meine Tochter stirbt und ich darf nicht bei ihr sein", kam es leise über ihre Lippen.

Silvia schluckte.

Am Liebsten hätte sie die bedauernswerte Frau jetzt tröstend in den Arm genommen, aber irgendetwas hielt sie davon ab, so etwas zu tun.

Stattdessen sagte sie: „Das mit Ihrer Tochter tut mir sehr leid."

Ninas Mutter stand mit geneigtem Haupt da und schwieg.

Man vernahm nur ihr leises Weinen.

Auch, wenn die Frau ihr unendlich leid tat, in diesem Moment dachte Silvia daran, dass sie ja eigentlich auf der Suche nach Sven war.

„Entschuldigen Sie", sprach sie die Frau vor sich an, „aber ich suche meinen Kollegen Söhlbach. Er sollte eigentlich auch hier im Krankenhaus sein, ein großer, schlanker Mann mit Glatze, haben Sie ihn vielleicht gesehen?"

Ninas Mutter atmete tief durch.

„Söhlbach", kam es, fast angewidert, aus ihrem Mund. „Er ist Schuld daran, dass meine Tochter stirbt. Ohne ihn wäre das nie passiert?"

Muisfeld blickte die verbittert wirkende Frau unsicher an.

„Das tut mir leid", sagte sie.

„Es muss Ihnen nicht leid tun. Jetzt ist sowieso alles zu spät. Ich habe Ihrem Kollegen schon meine Meinung dazu gesagt."

„Sie haben mit Herrn Söhlbach geredet?"

„Ja", antwortete Ninas Mutter mit heiserer Stimmen. „Ich habe ihn von Ninas Bett weg gescheucht; hab´ ihm gesagt, er solle verschwinden."

„Wann war das", wollte Silvia von ihr wissen.

Die Antwort war ein Schulterzucken.

Die Kommissarin schloss die Augen. Sie wollte Ninas Mutter nicht mit noch mehr Fragen behelligen. Fest stand, dass Sven nicht mehr hier war.

Ihr war bewusst, dass sie ihn suchen musste, doch wo sollte sie mit der Suche anfangen?

Muisfeld verließ die Station und machte sich unschlüssig auf den Weg nach draußen.

Ich brauche Hilfe, ging es ihr durch den Kopf.

Sie nahm ihr Handy zur Hand, rief ihren Kollegen Nowack an und erzählte ihm, was passiert war.

Ihr Bericht endete mit den Worten: „Sven hatte kein Auto dabei. Er wollte mich anrufen, damit ich ihn wieder vom Krankenhaus abhole."

„Vielleicht ist er mit dem Taxi gefahren", sagte Tibo. „Ich werde veranlassen, dass die Taxizentralen ihre Fahrer fragen, ob eine Person, auf die Svens Beschreibung passt, vom Krankenhaus abgeholt wurde. Weiterhin kümmere ich mich darum, dass ein Streifenwagen zu Svens Adresse fährt, um zu prüfen, ob er zuhause ist."

„Das ist eine gute Idee, Tibo. Vielleicht treibt sich Sven auch noch hier in der Gegend herum. Seine Nina liegt im Sterben. Ich könnte mir vorstellen, dass er vor Verzweiflung irgendwo herumirrt."

„Die Möglichkeit besteht natürlich auch", stimmte Nowack ihr zu. „Ich werde zu dir kommen, Silvia. Dann können wir uns zu zweit dort umsehen. Außerdem sollen ein paar Streifenwagen die Straßen um das Krankenhaus herum nach Sven absuchen. Hast du vielleicht eine Idee, wo Sven sonst noch stecken könnte?"

„Nein, Tibo. Er ist im Moment seelisch am Ende und könnte überall sein."

„Hoffentlich finden wir ihn. Ich bin gleich bei dir, Silvia."

*   *   *

Das Schwert fällt,
der Tod kommt von oben...

Söhlbach saß stramm gefesselt auf dem Stuhl.
Sven wusste nicht, wo er war und was genau sein Wider-
sacher mit ihm vorhatte. Er wusste aber, dass sein Ent-
führer ihn töten wollte.
Seine Gedanken kreisten.
Plötzlich wurde es heller. Ein paar Lampen im oberen
Deckenbereich leuchteten auf und erhellten den bisher
abgedunkelten Raum.
Nun hörte Söhlbach Schritte. Jemand stieg die Treppen
empor.
Er kommt!
Eigentlich war Sven in jeder Situation immer locker und
cool, aber jetzt spürte er, dass sein Herz mit einem
Schlag schneller schlug.
Er kommt, um mich zu töten.
Dann sah er den Mann, der, nachdem er die Treppe
emporgestiegen war, direkt auf ihn zukam. Es war der
Mann, der ihn mit Betäubungsmittel außer Gefecht ge-
setzt hatte. Er blieb vor Söhlbach stehen und lächelte.
„Mein Name ist Tomaso", stellte er sich dem Kommissar
vor, „aber der Name sollte dir ja geläufig sein."
Sven konnte sich daran erinnern, dass er vor geraumer
Zeit einen Enrico Tomaso festgenommen hatte. Dieser
war schließlich wegen Beihilfe zum Mord zu einer Gefängnisstrafe verurteilt worden. Doch Enrico Tomaso
hatte anders ausgesehen, als der Mann, der jetzt vor ihm
stand.
„Du kennst mich nicht, Söhlbach", sagte der Mann, „aber
du kanntest meinen Bruder Enrico. Durch deine Aussage

268

ist mein Bruder in den Knast gekommen. In dem Gefängnis saßen auch Mitglieder der Rossinifamilie ein. Die Rossinis und Tomasos sind verfeindet, und in Italien herrscht ein regelrechter Krieg zwischen den Familien. Auch wenn mein Bruder nichts mit dieser Familienauseinandersetzung zu tun hatte, haben die Rossinis ihn, um sich an unserer Familie zu rächen, im Gefängnis getötet. Den Mord konnte man niemandem nachweisen. Meine Mutter hatte dir damals viel Geld angeboten, Söhlbach, damit du deine Aussage zurückziehst, aber du bist nicht darauf eingegangen. Im Gegenteil, du hattest meiner Mutter sogar damit gedroht, sie wegen eines Bestechungsversuchs anzuzeigen, was du dann großzügigerweise nicht getan hattest. Durch deine Aussage ist mein Bruder im Knast gelandet. Ohne deine Aussage wäre das nicht passiert, und Enrico würde noch leben. Du trägst also eine Mitschuld daran, dass er ermordet wurde. Meine Mama ist über den Tod ihres geliebten Sohnes niemals hinweggekommen, und ich musste ihr am Sterbebett versprechen, dass ich mich an den Schuldigen von Enricos Tod räche und ihn mit dem Tode bestrafe."

Svens Versuche, sich zu äußern, scheiterten an seinem zugeklebten Mund.

Tomaso sah die verzweifelten Bemühungen seines Gefangenen, etwas zu sagen.

„Hör´ zu, Söhlbach", meinte er, „ich habe die Obdachlosen und Nina Büttgen getötet, und es hat mir nichts ausgemacht."

Diese Worte waren für Sven wie ein Stich ins Herz. Nina war also tot. Sven wusste nicht, wie lange er schon bewusstlos hier gesessen hatte, aber in dieser Zeit

musste Nina gestorben sein. Ein Gefühl der Leere über-
fiel ihn.

Tomasos Worte hörte er nur noch wie aus weiter Ferne:
„Es würde mir auch nichts ausmachen, dir auf der Stelle
den Schädel einzuschlagen, im Gegenteil, es würde mich
befriedigen, aber ich werde es nicht tun. Für dich habe
ich mir etwas Besseres ausgedacht. Du hast ja meinen
Brief bekommen, der Brief, der sich in Nichts aufgelöst
hat. Alles, was in diesem kurzen Schreiben gestanden
hatte, verlief nach einem ausgeklügelten, unglaublich
brillanten Plan, den ich mit allergrößtem Aufwand um-
gesetzt habe und, was dich angeht, noch umsetzen
werde. Das, was ich mir ausgedacht habe, ist einfach
genial. Es ist nur schade, dass ich niemandem von
meiner Genialität berichten kann. Die einzige, der ich davon erzählt hatte, ist tot. Es war Nina Büttgen. Das war,
bevor ich sie vergiftet hatte. Aber auch du, Söhlbach,
sollst erfahren, mit wie viel Mühe ich den Plan ausgeführt
habe. Deshalb werde ich es dir jetzt haarklein erzählen.
Ich werde dir auch das Klebeband vom Mund entfernen,
denn ich bin davon überzeugt, dass du noch viele Fragen
hast. Solltest du um Hilfe schreien wollen, Söhlbach,
muss ich dir gleich dabei sagen, dass der Raum, in dem
wir uns befinden schalldicht ist und kein Laut nach außen
dringen kann. Solltest du trotzdem herumbrüllen, werde
ich dir umgehend die Zähne rausschlagen. Ich denke,
das würde mir sogar großes Vergnügen bereiten. Es liegt
also an dir, auf welche Art unsere Konversation weiter-
geführt wird."
Tomaso griff nach dem Panzerband, welches über Svens
Mund klebte und riss es mit einem Ruck ab.
Söhlbach zuckte kurz zusammen.

Auch, wenn ihm im Moment alles sinnlos erschien, und die Situation, in der er sich befand, offensichtlich aussichtslos war, schlummerte irgendwo tief in seinem Inneren noch ein Funke Hoffnung, der ihn dazu trieb, sich wenigstens ein bisschen zusammen zu reißen.

Er schaute seinen Widersacher mehr oder weniger teilnahmslos an.

„Mein genialer Plan", hörte er Tomaso sagen, „ist über Jahre gewachsen. Ich habe mir sehr viel Zeit genommen, damit auch alles perfekt läuft. Durch den Zufall, dass sich meine Kollegin Nina in dich verliebt hat, konnte ich meine Vorhaben beschleunigen. Da staunst du, Söhlbach, ich arbeite an derselben Schule, an der Nina tätig ist. Ich gehöre ebenfalls zum Lehrkörper. Deshalb war ich auch gut über euren Urlaub in Dahme unterrichtet. Ob du es glaubst oder nicht, ich war sogar dort und habe euch beobachtet."

Als Tomaso Söhlbachs ungläubigen Blick sah, grinste er.

„Da staunt der Herr Kommissar", fuhr er fort. „War es nicht genial, auf welch grandiose Weise ich dich zum Hauptverdächtigen bei den Morden an den Obdachlosen gemacht habe? Es war einfacher als ich es mir vorgestellt hatte. Die Obdachlosen, die ich mir für mein Vorhaben ausgewählt hatte, habe ich vorher genau beobachtet. Es war für mich letztendlich ein Leichtes, sie in mein Auto zu locken. Für ein paar Geldscheine, damit sie sich etwas zum Saufen kaufen können, machen sie alles. Mit der Aussicht darauf, noch mehr Geld von mir zu bekommen, haben sie sich sogar freiwillig hinten in mein Auto gesetzt und sich von mir durch die Gegend fahren lassen, bis zu den Orten, an denen ich sie getötet habe."

Er schaute Söhlbach an.

„Du hast doch jetzt bestimmt ein paar Fragen, Söhlbach und wirst wissen wollen, wie ich das geschafft habe, oder?"

„Sie haben das nicht alleine gemacht", sagte Sven zu ihm. „Sie hatten mindestens einen Komplizen."

Tomaso schob überrascht seine Augenbrauen hoch.

„Wie kommst du denn da drauf, Söhlbach? Ich bin ein Genie und habe alles ganz alleine durchgezogen."

„Ich weiß zufällig, dass Nina von einem anderen Mann aus ihrer Wohnung entführt wurde", gab Sven ihm zu verstehen. „Eine Nachbarin hat diesen Mann beobachtet. Es war ein Mann mit einem Vollbart."

Tomaso lachte.

„Das ist richtig, Söhlbach. Der Mann mit dem Vollbart war ich. Nachdem ich Nina erledigt hatte, habe ich mir den Bart abrasiert. Wie ich schon sagte, ich denke an alles. Du willst doch bestimmt wissen, woher ich immer wusste, wo du warst, oder?"

Sven ging auf seine Frage nicht ein, Er schwieg.

„Natürlich willst du es wissen", sagte Tomaso. „Ich werde es dir erzählen. Du hast doch bestimmt schon mal etwas von GPS-Trackern gehört. Das sind diese kleinen Sender, die man jederzeit mit seinem Handy orten kann. Man kann diese Dinger überall kaufen und sie sind nicht einmal teuer. Für mich war es nicht einmal schwer, den richtigen Moment abzupassen, um dein Auto damit zu versehen. Ich habe sicherheitshalber gleich zwei Tracker an deinem Auto befestigt, an Stellen die man nur sieht, wenn man sich unter das Auto legt. So wusste ich immer, wo du warst.

Die erste, die ich getötet hatte, war diese obdachlose Frau. Ihr hatte ich hinten in meinen Lieferwagen einen

Sessel hingestellt und sie mit reichlich Alkohol versorgt. So hatte sie sich gerne von mir herumfahren lassen. Über die Tracker an deinem Auto hatte ich auf meinem Handy gesehen, dass du in Orsoy warst. Ich war mit meinem Opfer im Auto dorthin gefahren. Mein Plan war, die Obdachlose auf dem kleinen Parkplatz an der Binsheimer Straße zu töten und dort abzulegen, da du auf dem Rückweg von Orsoy dort vorbeikommen würdest. Dann aber hatte ich auf meinem Handy gesehen, dass du vorher in die kleine Straße, die bis zum Rheinufer führt, abgebogen warst. Ich weiß zwar nicht, was du dort gemacht hattest, aber da dieses kleine Sträßchen fast nur von den Anliegern befahren wird, war es der geniale Ort, um das erste Opfer dort zu töten. Nachdem du vom Rheinufer zurückgekommen warst, war ich dort aufgekreuzt. Ich hatte die Frau unter einem Vorwand gebeten, aus meinem Auto auszusteigen. Sie dann umzubringen war ganz einfach. Ich hatte ihr mit aller Kraft ein paar Mal mit einem Stein auf den Schädel geschlagen und tot war sie. Es war mein allererster Mord, und es hat mir nicht das Geringste ausgemacht. Vielleicht hatte es ja auch daran gelegen, dass die Frau eine Obdachlose war. Ich mochte solche Menschen, die an den Straßen herumgammeln und andere anbetteln, damit sie sich etwas zum Saufen holen können, noch nie. Eigentlich habe ich sogar etwas Gutes getan, indem ich solche Subjekte aus der Gesellschaft entfernt habe."

„Diese Subjekte, wie Sie sie bezeichnen", warf Söhlbach ein, „sind auch Menschen."

Eigentlich hatte Sven sich vorgenommen, den Mann ein fach reden zu lassen, ohne ihn zu unterbrechen, aber das war ihm einfach so herausgerutscht.

Tomaso grinste ihn an.

Dann sagte er: „Wir sind alle Subjekte, Söhlbach, doch manche Subjekte sind Abschaum und es nicht wert, in unserer Gesellschaft zu leben."

Sven schwieg. Ihm war nicht danach, mit Tomaso über so ein Thema zu reden. Seitdem dieser Mörder ihm gesagt hatte, dass Nina tot sei, war ihm sowieso alles egal.

„Das Morden hat mir sogar richtig Spaß gemacht", hörte er Tomaso sagen, „und nicht nur das. Deine Wege auf meinem Handy zu verfolgen und dich zu beobachten hat mir auch Freude gebracht. Ich kam mir dabei manchmal so vor wie diese Detektive in den Filmen. Als du zusammen mit anderen Leuten auf der Terrasse des Hauses in Neuenkamp gesessen hattest, hatte ich mich am Ende des Gartens in den Büschen versteckt und dich beobachtet. Das war für mich sehr aufregend gewesen. Als später alle Anwesenden in das Haus gegangen waren, stand dein leeres Bierglas noch dort auf dem Tisch. Da hatte ich die Idee, es als Mordwaffe zu nutzen, eine Mordwaffe mit deinen Fingerabdrücken drauf, einfach perfekt. Ich hatte das Risiko auf mich genommen, dass jemand aus dem Haus kommen könnte, als ich das Glas an mich genommen hatte, aber ich hatte Glück. Niemand hatte es bemerkt. Ich war übrigens noch in der gleichen Nacht mit meinem nächsten Opfer zurückgekommen, hatte mich mit dem Mann in den Garten geschlichen und ihn dann mit dem Bierglas, welches ich dort schon deponiert hatte, erschlagen. Allerdings hatte ich nicht ahnen können, dass man den Toten erst eine Woche später finden würde. Das war das Einzige, was ich nicht eingeplant hatte. Ansonsten hatte mir Nina, Gott hab sie selig, beim Ausführen meines Planes sehr geholfen. Sie hatte allen Kollegen in der Schule von ihren Urlaubsplänen erzählt und so wusste ich, dass sie mit dir zusammen nach Dahme an die Ostsee wollte. So ganz nebenbei hatte sie sogar erwähnt, dass sie einen Tag früher von Dahme zurückkehren wollte, weil sie zu einer Geburtstagsfeier musste. Sie hatte bei der Buchung des Urlaubs doch tatsächlich vergessen, dass ihre Oma ihren Neunzigsten ganz groß feiern wollte. Nina hat ebenfalls erzählt, dass ihr Begleiter, also du, Söhlbach, den letzten Tag in Lübeck verbringen würde, um sich die Stadt anzusehen. Glaub´ mir, Söhlbach, es war nicht einfach für mich, in Lübeck einen Obdachlosen zu finden. Ich habe dir ja schon gesagt, dass ich dich und Nina in Dahme beobachtet hatte, denn ich wollte mir sicher sein, euch nicht aus den Augen zu verlieren. Dass mir dieses Detektivspielen sehr viel Spaß gemacht hatte, habe ich ja schon erwähnt. Meinen Plan, immer in eurer Nähe zu sein, hatte ich kurzfristig abgeändert, denn ich bin schon einen Tag vor eurer Abreise nach Lübeck gefahren, um dort nach einem Obdachlosen zu suchen. Wie gesagt, es war nicht einfach, aber nachdem ich mich über dieses Thema in einer Kneipe mit ein paar Einheimischen unterhalten hatte, waren meine Sorgen, niemand passenden zu finden, vom Tisch. Dank eines guten Tipps, wo in Lübeck solche Leute zu finden sind, hatte ich mein nächstes Opfer schnell gefunden. Als du schließlich nach Lübeck gekommen warst, hatte ich dank meinen GPS-Trackers immer gesehen, wo du, beziehungsweise wo dein Auto war. Du glaubst gar nicht, wie froh ich war, dass der Parkplatz, den du dir ausgesucht hattest, zu den wenigen gehörte, die nicht videoüberwacht sind. Nachdem du schließlich mit deinem Auto den Parkplatz verlassen hattest, war ich mit meinem Opfer im Wagen dorthin gefahren. Den Mann hatte ich hinten in meinem Auto erschlagen. Nachdem ich mich davon überzeugt hatte, dass niemand in der Nähe war, hatte ich den Mann zwischen meinem und dem daneben geparkten Auto auf den Parkplatz gelegt. Niemand hatte gesehen, wie ich anschließend meinen Wagen umgeparkt hatte und im Outfit eines Joggers ausgestiegen war. Dann hatte ich die Polizei angerufen, von dem Mord berichtet und davon, dass der Mörder mit einem Auto, welches dein Kennzeichen trug, davongefahren war. Sei ehrlich, Söhlbach, dieser Plan war doch genial durchgeführt. Das war die Krönung, um deinen Ruf zu zerstören. Bei den Morden in Duisburg warst du immer ganz zufällig zur Tatzeit an den Tatorten. An eines der Mordinstrumente, dem Bierglas, findet man sogar deine Fingerabdrücke und in Lübeck gibt es sogar einen Zeugen, der den Mord gesehen hat und nicht nur das. Der Zeuge konnte der Polizei eine Täterbeschreibung und Einzelheiten über dessen Auto nennen. Mir war klar, dass du aus diesen Nummer nicht mehr rauskommst, Söhlbach. Ich bin eben ein Perfektionist."

Sven saß niedergeschlagen da und bekam das, was der Mann vor ihm erzählte, nur beiläufig mit. Ihm war im Moment alles egal.

Tomasos Worte, dass dieser ein Perfektionist sei, hatten Söhlbach kurioserweise aus seiner Lethargie befreit.

„Sie sind kein Perfektionist", sagte er. „Dieser vermeintliche Zeuge aus Lübeck wurde als Lügner enttarnt."

Enrico Tomaso ließ sich nicht aus der Ruhe bringen.

„Was erzählst du da für einen Quatsch, Söhlbach. Die Lübecker Polizei hat mir das alles abgenommen. Sie hat mir geglaubt, als ich sagte, dass ich ganz zufällig an dem Parkplatz vorbei gejoggt war. Niemand hat an meiner Aussage gezweifelt."

Sven, der momentan nur eine gähnende Leere in seinem Kopf verspürte, versuchte, sich zu konzentrieren. Dann fielen ihm die Daten, die Tomaso der Polizei über den Zeugen angegeben hatte, wieder ein.

„Die Polizei", sagte er, „weiß, dass auf der Holstenstraße 35 niemand namens Hans-Werner Petersen wohnt, und nicht nur das, es hat sich herausgestellt, dass in ganz Lübeck niemand mit diesem Namen gemeldet ist. Auch die von Ihnen angegebene Handynummer ist nirgendwo registriert."

Tomaso sah ihn verwundert an.

Dann sagte er: „Und was bringt es der Polizei, wenn sie weiß, dass es diesen Zeugen nicht gibt? Nichts! Tatsache ist, dass du am Tatort warst. Da kannst du dich nicht raus reden, Söhlbach. Außerdem tut das alles sowieso nichts mehr zur Sache, denn das Ziel meines Planes war von Anfang an dein Tod, und der wird gleich eintreten."

Das war's, ging es Sven durch den Kopf.

Auch, wenn er im Moment, getroffen von Ninas Schicksal, eine unendliche Leere in sich verspürte und ihm deshalb eigentlich alles egal war, so hatte er tief in seinem Inneren noch ein Funke Hoffnung gefühlt.

Nachdem er aus seiner Bewusstlosigkeit wieder aufgewacht war, hatte er versucht, durch ruckartige Bewegungen und anspannen der Muskeln seine Fesseln zu lockern, doch es war ihm nicht gelungen.

Jetzt, in diesem Moment, hatte er das Gefühl, als würden sich seine Fesseln sich immer fester zusammenziehen.

Die Bewegungslosigkeit, in der er sich befand, unterstrich die ausweglose Situation, die ihn umgab. Die strammgezogenen Klebebänder, mit denen sein Oberkörper fest an der Stuhllehne fixiert worden war, schienen plötzlich einen imaginären Druck auf seine Brust auszuüben. Das Atmen fiel ihm immer schwerer.

„Mein Bruder ist tot", hörte er Tomaso sagen. „Wenn du jetzt stirbst, Söhlbach, wird er zwar nicht wieder lebendig, aber sein Tod ist gerächt, und das Versprechen, welches ich meiner Mutter am Sterbebett gegeben habe, ist eingelöst."

Svens Gedanken kreisten. Trotz dieser aussichtslosen Lage versuchte er, sich zu konzentrieren, doch er schaffte es nicht.

Das war's, dachte er zum wiederholten Mal. *Hoffentlich geht es schnell.*

Er schloss die Augen und atmete tief durch.

Mit einem Mal schien sein Gedankenapparat wieder zu funktionieren.

Zeit, ...ich brauche Zeit, ging es ihm durch den Kopf. *Du musst ihn in ein Gespräch verwickeln.*

„Sie werden damit nicht durchkommen", sagte er zu Tomaso. „Meine Kollegen suchen in Duisburg und Umgebung jeden Winkel ab und man wird Sie finden."

Der Mann vor ihm lachte laut auf.

„Niemand weiß, wer ich bin und wo ich wohne. Zu deiner Information, Söhlbach, du bist im Dachstudio bei mir zuhause, in einem Einfamilienhaus im ruhigen Stadtteil Ungelsheim. Also, woher soll die Polizei wissen, nach wem und wo sie suchen soll? Kannst du mir sagen, Söhlbach, wie um alles in der Welt deine Kollegen mich finden wollen?"

„Sobald Sie sich in Ihr Auto setzen und irgendwohin fahren wollen, wird man Sie schnappen. Wir wissen, dass Sie einen grauen Peugeot Boxer fahren, ein Auto, was man nicht sehr oft sieht. Alle Fahrzeuge, auf die diese Beschreibung passt, werden von meinen Kollegen überprüft. Es läuft bereits eine bundesweite Fahndung. Sie werden also nicht weit kommen."

„Meinst du etwa, ich hätte mit so etwas nicht gerechnet, Söhlbach? Der graue Boxer ist als gestohlen gemeldet und hat ein falsches Nummernschild. Er wurde in München geklaut und ist über diverse Kanäle in meinen Besitz gelangt. Zu deiner Information, Söhlbach, der Boxer ist nicht mehr grau. Er war grau foliert. Ich war bis gerade noch in meiner Garage und habe die graue Folie vom Auto entfernt. Das Auto ist jetzt gelb und ich habe es mit dem Firmenlogo eines weltweite bekannten Paketversandunternehmens beklebt. Ich werde es nur noch ein einziges Mal brauchen, nämlich dann, wenn ich nachher deine Leiche damit wegfahre."

Sven schluckte laut.

„Alle Spuren, die im Auto waren und auf meine Person hindeuten könnten, habe ich bereits beseitigt", erklärte Tomaso. „Mein Plan ist ganz simpel. Ich werde dich jetzt töten, Söhlbach, und ich freue mich schon darauf, dich leiden zu sehen. Wenn das erledigt ist, fahre ich mit meinen Privatwagen nach Meiderich. Mein Auto stelle ich dann auf einen großen Parkplatz an der Hamborner Straße ab. Von dort aus gehe ich zum Möbelhaus Ikea, ein Fußweg von fünf Minuten. Dort werde ich mir ein Taxi rufen und mich nachhause fahren lassen. Dann werde ich deine Leiche in den gelben Boxer verfrachten und damit zu dem Parkplatz, auf dem mein Auto steht, fahren. Dieser große Parkplatz ist um diese Zeit immer sehr unübersichtlich. Ich muss nur den richtigen Zeitpunkt abpassen. Dann wird niemand sehen, wie ich den Lieferwagen verlasse und in meinen Privatwagen umsteige. Den Boxer lasse ich einfach auf dem Parkplatz zurück. Ich gehe davon aus, dass die Polizei es irgendwann überprüfen wird, wenn so ein Fahrzeug längere Zeit unbewegt auf dem Parkplatz steht, zumal ich die Seitenscheiben auflassen werde. Und nicht nur das, ich werde auch die Schiebetür zum Laderaum, in dem deine Leiche liegen wird, einen Spalt auf lassen."

Tomaso blickte seinem Gefangenen in die Augen.

Dann sagte er: „Irgendwie kann ich es kaum erwarten, wenn sie in den örtlichen Nachrichten von dem Leichenfund in einem Lieferwagen berichten werden."

Sven schluckte erneut.

„So, Söhlbach, jetzt werde ich dir erklären, wie du sterben wirst."

Tomaso deutete auf eine Schnur, die etwa drei Meter vor dem Stuhl, auf dem Sven saß, an einer Metallöse im Boden befestigt war. Diese Schnur führte zur Decke hinauf.

„Siehst du diese Schnur?"

Söhlbach schaute nach oben. Um zu sehen, wohin die Schnur führte, musste er seinen Kopf ganz in den Nacken legen. Genau über ihm an der Decke endete die Schnur. Den Gegenstand, der daran hing, konnte er von unten nicht genau erkennen.

„Ich habe schon selbst auf dem Stuhl gesessen", sagte Tomaso, „und deshalb weiß ich, dass du nicht genau sehen kannst, was dort oben, direkt über deinen Kopf hängt. Deshalb habe ich extra für dich etwas vorbereitet."

280

Rechts neben der nach oben führenden Schnur stand ein etwa zwei Meter hoher Gegenstand, der mit einem weißen Laken bedeckt war. Tomaso griff nach dem Laken und zog es von dem Gegenstand, der sich als ein großer Spiegel entpuppte, herunter.

Dann sagte er: „Der Spiegel ist so ausgerichtet, dass du jetzt ganz genau sehen kannst, was auf dich zukommt, Söhlbach."

Sven blickte in den Spiegel und erkannte, dass hoch über seinem Kopf ein Schwert hing, welches an der Schnur befestigt war.

„Kennst du die Geschichte vom Damoklesschwert?", fragte Tomaso ihn.

Er bekam keine Antwort.

„Es ist eine Geschichte aus der griechischen Sagenwelt", erklärte Svens Widersacher. „Heute spielst du den Damokles und das berühmte Schwert schwebt über dir. Diese Sage wurde von mir allerdings etwas abgewandelt. Im Gegensatz zu Damokles wird das Schwert dir den Tod bringen. Wenn die Schnur gleich nachgibt, wird das schwere Schwert herunterfallen und sich von oben durch deinen Schädel bohren. Die Klinge ist so scharf, dass sie deinen kompletten Körper durchdringen wird, um schließlich in der Sitzfläche stecken zu bleiben. Das habe ich schon in einigen Versuchen getestet und es funktioniert wirklich tadellos. Der Tod kommt von oben, Söhlbach. Ich denke, es wird sehr schnell gehen."

Tomaso trat hinter den Stuhl, auf dem sein Gefangener saß. An der hohen Rückenlehne, die bis hinter Söhlbachs Kopf hinauf reichte, war oben eine Vorrichtung angebracht, die von dem rachsüchtigen Mann nun nach unten geschoben wurde. Ehe Sven sich versah, war sein

Kopf mit Hilfe von zwei Brettern von beiden Seiten eingeklemmt. Diese stramm sitzende Vorrichtung drückte schmerzhaft gegen seine Ohren. Dann spürte er, wie sich etwas Hölzernes von unten gegen sein Kinn schob und dieses etwas anhob. Nun war er auch nicht mehr in der Lage, seinen Kopf zu bewegen. Sein kompletter Körper war nun fixiert.

Tomaso trat wieder vor ihn.

Er grinste hämisch und sagte: „Na? Wie fühlt es sich an, absolut hilflos zu sein und auf den Tod zu warten?"

Söhlbach hörte seine Stimme nur ganz schwach, wie durch Watte. Nicht nur, dass er durch die Bretter, die auf seine Ohren drückten, die Stimme des Mörders nur sehr dumpf vernehmen konnte, er nahm die unvorstellbare Situation, in der er sich befand, in seinem Bewusstsein nicht mehr richtig wahr.

„Ich hab´ doch noch etwas vergessen", hörte er Tomaso sagen.

Dieser trat zur Seite und verschwand aus dem Blickfeld des Kommissars. Als der Mann mit italienischer Abstammung kurze Zeit später wieder zurückkam, hielt er ein einen Streifen Klebeband in der Hand, welches er seinem Opfer auf den Mund klebte.

„So, das ist auch erledigt", murmelte er. „Ich habe dich belogen, Söhlbach. Mein Dachstudio ist nicht schalldicht und wenn du geschrien hättest, dann hätten es eventuell die Nachbarn hören können. Jetzt aber kannst du keinen Ton mehr von dir geben, auch, wenn dir gleich danach sein wird, zu schreien."

Tomaso machte ein paar Schritte zurück und begutachtete sein Werk.

„Was für ein genussvoller Anblick", sagte er. „Ich hoffe, meine Mama und mein Bruder Francesco können das, was hier jetzt passiert, vom Himmel aus sehen."

Sven schloss die Augen.

Das ist alles nur ein Traum, ging es ihm durch den Kopf, *nur ein böser Traum, aus dem ich gleich aufwachen werde.*

Als er seine Augen wieder öffnete, stand Tomaso immer noch grinsend vor ihm. Söhlbachs Blickfeld war sehr eingeengt. Er sah neben seinem Widersacher die Schnur, die nach oben führte und den großen Spiegel, in dem das bedrohliche Schwert über ihm zu sehen war.

Sven registrierte, dass Tomaso in seine Hosentasche griff. Würde er jetzt ein Messer aus der Tasche ziehen und damit die Schnur durchtrennen?

Darauf, dass der Mann vor ihm nun ein Feuerzeug in der Hand hielt, war er nicht gefasst.

„Ich werde dir jetzt erklären", hörte Söhlbach ihn sagen, „wie die Sache abläuft. Ich werde diese Schnur jetzt anzünden. Sie ist mit einer Flüssigkeit versehen, die das Feuer daran etwas eindämmt. Genauer gesagt wird die Flamme daran sehr klein bleiben. Sie wird sich nur langsam in die Schnur hineinfressen. Ich habe es sehr oft getestet. Es dauert exakt drei Minuten, die das Feuer braucht, um die Schnur durchzubrennen. Vom Anzünden an sind es also drei Minuten bis zu deinem Tod, Söhlbach. In diesen drei Minuten werde ich mir genussvoll dein Gesicht anschauen. Ich will deine Verzweiflung und deine Angst sehen, die du in den letzten drei Minuten deines Lebens durchmachst, und ich werde es genießen."

Er zündete das Feuerzeug an und hielt es unter die Schnur, die sofort Feuer fing.

Sven starrte auf die kleine Flamme, die sich langsam noch oben fraß. Dass sein Leben so enden sollte, konnte und durfte einfach nicht sein.

Er war nicht mehr in der Lage, auch nur einen klaren Gedanken zu fassen.

Tomaso blickte hinauf zu der scharfen Waffe, die bedrohlich über dem Kopf seines Opfers hing.

„Schwerter werden zum Töten geschmiedet", sagte er leise. Ein kurzes, bösartiges Lächeln huschte über sein Gesicht. „Gleich kommt dein Einsatz, Schwert."

Nach kurzer Zeit wandte er den Blick vom Schwert ab und schaute auf seine Uhr.

„Noch zwei Minuten", stellte er fest. „Zwei Minuten bis zu deinem Tod, Söhlbach.

Sven schaute auf die brennende Schnur. Die Flammen, die nun etwas größer geworden waren, fraßen sich immer weiter nach oben.

Er verspürte eine innere Leere. Hier würde alles enden. Niemand wusste, wo er war und keiner konnte ihm helfen. Sein Leben sollte in den Händen eines rachsüchtigen Wahnsinnigen enden. Das durfte alles nicht wahr sein.

Sein Blick war auf die brennende Schur gerichtet. Er starrte sie regelrecht an.

Plötzlich wurde die Flamme mit einem Schlag größer und es zischte laut. Kleine Funken sprühte aus dem Feuer und fielen hinab auf den Boden.

Sven schluckte.

Der Mann vor ihm betrachtete die Schnur ganz genau. Dann schaute er wieder auf seine Uhr.

„Noch eine Minute. Was ist das für ein Gefühl, Söhlbach, wenn man weiß, dass die letzten Sekunden des Lebens unwiderruflich hinunter ticken?"

Tomaso blickte in das Gesicht seines Opfers. Er genoss den panischen Gesichtsausdruck und die jetzt weit aufgerissenen Augen, die verzweifelt auf die immer größer werdenden Flammen starrten.

Es war genau das, was er sehen wollte.

Er schaute nach oben.

„Mama, Francesco, seht ihn euch an. Seht, wie er leidet. Gleich ist es vollbracht."

Sven sah die brennende Schnur und daneben, im Spiegel, das große Schwert, welches sein Leben gleich beenden würde.

Seine Sinne schwanden. Er schloss die Augen. Plötzlich sah er in seinen Gedanken Nina vor sich. Sie lächelte ihn an.

Wie aus weiter Ferne vernahm er Tomasos Stimme: „Noch zwanzig Sekunden, dann ist es vorbei mit dir, Söhlbach."

Sven hielt seine Augen geschlossen. Er wollte das, was da gerade geschah, nicht sehen. Erneut sah er Nina vor seinem geistigen Auge, sah ihr hübsches Gesicht, sah ihre strahlenden Augen und wie sie ihn verliebt anlächelte.

Dann drang wieder Tomasos Stimme zu ihm durch: „Noch zehn Sekunden, Söhlbach, ...neun, …acht, ..."

Dann hörte er mit einem Mal irgendwelche andere Stimmen. Es wurde sehr laut im Raum.

Sven öffnete die Augen. Zunächst sah er die brennende Schnur, an der die Flammen jetzt regelrecht loderten. Plötzlich erkannte er vor sich seinen Kollegen Nowack, der auf ihn zu spurtete und ihn mit nach vorn gerichtete Händen mit einem Hechtsprung ansprang. Durch die Heftigkeit des Aufpralls wurde der Stuhl, auf dem Söhlbach gefesselt war, mit voller Wucht nach hinten gestoßen und zu Fall gebracht.

Es war Tibo, der einen lauten Schmerzensschrei von sich gab.

Im nächsten Augenblick vernahm man das metallene Scheppern des schweren Schwertes, welches lauf auf den gefliesten Boden aufschlug.

Auch, wenn Sven, der samt Stuhl rückwärts auf den harten Untergrund geknallt war, diese Situation noch nicht richtig registrieren konnte, wurde ihm in diesem Moment bewusst, dass ihm Tibo durch sein beherztes Eingreifen in aller letzter Sekunde das Leben gerettet hatte.

Söhlbach lag gefesselt und immer noch bewegungslos auf dem umgestoßenen Stuhl. Sein Körper schmerzte.

Jetzt erschien Nowack in seinem Blickfeld.

Tibo fummelte an der Vorrichtung herum, die Svens Kopf fixierte. Schließlich schaffte er es, diese Vorrichtung zu lösen, so, dass Söhlbach seinen Kopf wieder bewegen konnte. Dann befreite Nowack seinen Kollegen von dem Klebeband über dem Mund.

„Ist alles mit dir in Ordnung, Sven?", fragte er.

Söhlbach schüttelte den Kopf.

„Nina", sagte leise. Nina ist tot."

„Nein, sie lebt, Sven! Von ihr haben wir erfahren, was Enrico Tomaso vorhatte und ihr verdankst du es, dass wir es noch im allerletzten Moment geschafft haben." Nowack schüttelte leicht den Kopf. „Oh man, nur ein paar Sekunden später, und es wäre vorbei gewesen."

Söhlbach blickte ihn ungläubig an.

„Nina lebt?" stotterte er. „Ich dachte…"

„Wir alle dachten, dass sie sterben wird, Sven, doch es ist so etwas wie ein Wunder geschehen. Das haben wenigstens die Ärzte gesagt."

„Wo ist Nina?", wollte Söhlbach wissen.

„Sie ist noch im Krankenhaus und wird auch noch einige Zeit zur Beobachtung dort bleiben müssen, aber die wird die Vergiftung überleben."

Sven, der immer noch am Stuhl gefesselt auf dem Boden lag, nahm nun das erste Mal bewusst wahr, dass sich, außer Tibo, noch einige andere uniformierte Polizisten im Raum befanden. Zwei von ihnen hielten Tomaso fest und waren gerade dabei, ihm Handschellen anzulegen.

Nowack wandte sich an die anderen Polizisten im Raum: „Helft mir mal, den Kollegen zu befreien."

Sofort waren drei Männer zur Stelle, die den Stuhl, auf dem Sven fixiert war, wieder aufstellten und dann damit begannen, ihn von seinen Fesseln zu erlösen.

Tibo rieb sein Handgelenk.

„Gerade beim Sturz ist meine Hand umgeknickt", sagte er. „Das tut jetzt höllisch weh. Hoffentlich ist da nichts kaputt gegangen."

Einer der anwesenden Polizisten schaute sich Nowacks Handgelenk kurz an und meinte: „Gebrochen ist da auf jeden Fall nichts, sonst wäre es nämlich angeschwollen."

Es dauerte eine Weile, bis Söhlbach von seinen Fesseln befreit war.

Schließlich erhob er sich langsam und vorsichtig vom Stuhl. Dann trat er an Nowack heran, nahm ihn in den Arm und drückte ihn.

„Danke, Tibo, du hast mir das Leben gerettet. Ohne dich wäre ich jetzt nicht mehr da. Danke, danke, danke."

„Das hättest du für mich auch getan, Sven", sagte Nowack lächelnd.

Söhlbach trat wieder einen Schritt zurück und blickte auf das Schwert, welches auf die Fliesen geknallt war. Er bückte sich und nahm die Waffe an sich.

Dann begab er sich mit dem Schwert in der Hand zu Tomaso und baute sich vor ihm auf.

Sven schaute ihm in die Augen. Dabei schoben sich seine Augenbrauen nach unten. In seinem Blick lag abgrundtiefer Hass.

„Wenn Blicke töten könnten...", murmelte einer der Polizisten, die Tomaso festhielten.

Söhlbach hob das schwere Schwert hoch und hielt es dem Mörder vor die Nase.

Dann sagte er: „Es ist wie in der Legende. Das Schwert des Damokles hat sein Opfer nicht getötet, doch auch ich kann die Legende ändern. Wenn ich dir das Schwert jetzt in den Leib rammen würde, würden alle hier anwesenden Kollegen bestätigen, das du auf die Klinge gestürzt bist."

Der mit Handschellen auf dem Rücken gefesselte Mann schluckte laut.

„Aber ich bin ja kein Mörder, Tomaso."

Sven machte eine kurze Kopfbewegung in Richtung der Polizisten, die Tomaso festhielten und sagte: „Schafft ihn mir aus den Augen, sonst kann es sein, dass ich mich doch noch vergesse."

Die uniformierten Kollegen führten den Mörder ab.

Söhlbach wandte sich wieder an Nowack: „Das alles steckt mir immer noch in den Gliedern, Tibo, aber jetzt erzähl´ mir doch mal alles ganz genau. Was ist mit Nina und woher wusste sie, was Tomaso vorhatte und wo ich zu finden war?"

„Ganz genau weiß ich das auch noch nicht, Sven", antwortete Nowack. „Nina hatte vom Krankenhaus die Polizei angerufen und gesagt, dass es um Leben und Tod ginge und dass sie unbedingt den Kommissar Söhlbach sprechen müsse. Da du nicht erreichbar warst, hatte Nina darauf bestanden, sofort mit den Kollegen, die mit dir das Büro teilen verbunden zu werden.

Sie war also zu mir durchgestellt worden und hatte auch sofort zu mir gesagt, dass es um Leben und Tod ginge und sie mit dir reden müsse. Als ich ihr erklärt hatte, dass wir dich nirgendwo erreichen konnten, weil dein Handy ausgeschaltet war, hat sie sofort reagiert und gesagt, dass du in Lebensgefahr seist. Sie hat mir die Adresse dieses Hauses hier durchgegeben und gesagt, dass ich sofort dort hinfahren müsse, weil du dort umgebracht werden sollst. Ich bin sofort losgefahren und habe unterwegs um Verstärkung gebeten und auch mit Nina telefoniert. Sie hatte mir dann von Tomaso und seinem Plan mit dem Schwert, welches er in seinem Dachgeschoss aufgehängt hatte, erzählt. Sie hatte mir auch von der Schnur, an der das Schwert hing und die angezündet werden sollte, berichtet.

Als ich vorhin hier ankam, fuhren zeitgleich die ersten Streifenwagen vor.

Wir sind sofort gewaltsam in das Haus eingedrungen und umgehend die Treppen hoch gespurtet.

Glaub´ mir, Sven, mir ging die ganze Zeit nur ein Gedanke durch den Kopf: Hoffentlich komme ich nicht zu spät.

Als ich die letzten Stufen auf dem Weg nach ober erreicht hatte, hörte ich eine Stimme, die die Sekunden herunter zählte. Als nächstes habe ich dich auf dem Stuhl sitzen sehen und dann die brennende Schnur. Ich glaube, das, was dann kam, war der schnellste Spurt meines Lebens. Den Rest kennst du ja."

Nowack griff zu seinem Handy.

„Jetzt rufe ich erst einmal die Spusi an. Die sollen sich hier mal gründlich umgucken."

Nachdem Tibo den Anruf erledigt hatte, griff er in seine Tasche, zog einen Autoschlüssel heraus und drückte diesen Söhlbach in die Hand.

„Du willst doch jetzt bestimmt zum Krankenhaus fahren, Sven. Denk´ dran, du hast Zeit. Fahr´ bitte vorsichtig."

*   *   *

Wie ein Wunder

Söhlbach war trotz der Bitte seines Kollegen Nowacks, sich Zeit zu lassen, sehr zügig gefahren.

Jetzt durchschritt er bereits den Krankenhausflur der Station, in der Nina lag.

Hoffentlich scheucht mich Ninas Mutter nicht wieder davon, dachte er.

Er hatte ja selbst erlebt, dass die Frau nicht gut auf ihn zu sprechen war, und irgendwie konnte er sie auch gut verstehen, denn wäre Nina nicht mit ihm zusammen gewesen, wäre das nie passiert.

Als er vor ihrer Zimmertür stand, atmete er tief durch.

Dann öffnete er die Tür und trat ein.

Von Ninas Mutter war nichts zu sehen. Stattdessen standen ein Arzt und eine Krankenschwester vor Ninas Bett.

Sven grüßte kurz und trat an das Bett heran. Nun erkannte er, dass Nina schlief.

Die Schwester und der Arzt, den Söhlbach hier noch nicht gesehen hatte, blickten ihn fragend an.

„Darf man fragen, wer Sie sind?", sprach der Arzt den neuen Besucher an.

Noch bevor der Angesprochene reagieren konnte, sagte die Schwester, die Sven schon von seinem vorherigen Krankenhausbesuch kannte: „Der Mann ist ein Kriminalbeamter."

Trotzdem stelle Sven sich noch einmal vor: „Mein Name ist Söhlbach von der Kripo Duisburg. Ich bin aber nicht nur als Polizist hier." Er deutete kurz auf das Krankenbett. „Nina ist meine Lebensgefährtin. Was ist passiert? Wie geht es ihr?"

Der Arzt runzelte die Stirn.

Dann sagte er: „Frau Büttgen hatte großes Glück. Es ist fast wie ein Wunder. Eigentlich wäre der hohe Arsenanteil, den wir bei ihrer Blutuntersuchung festgestellt hatten, absolut tödlich. Sie lag aus ärztlicher Sicht quasi im Sterben, und als ich erfahren habe, dass sie plötzlich nach der Schwester gerufen und dringend ein Handy verlangt hat, wollte ich es erst nicht glauben. Die Schwester hat mich sofort informiert. Ich kam in das Zimmer hier und Frau Büttgen, vor deren Bett ihre Mutter saß, beendete gerade ein Telefongespräch. Sie wirkte sehr erschöpft und als ich sie nach ihrem Befinden fragen wollte, ist sie wieder eingeschlafen.

Irgendwie konnte und wollte ich das alles nicht glauben.

Ich habe sie trotzdem sofort untersucht und ihr Blut abnehmen lassen. Die Blutwerte sind erstaunlicherweise deutlich besser geworden, so gut, dass ich sagen kann, dass sie über den Berg ist.

Als ich vorhin zurück in ihr Zimmer kam, saß ihre Mutter immer noch an ihrem Bett und hat ihre schlafende Tochter ungläubig angeschaut.

Frau Büttgens Mutter erzählte mir dann, dass ihre Tochter schon viel in ihrem Leben mitmachen musste. Ich erfuhr von ihrer Mutter, dass sie bei Aufenthalten in Afrika schon zweimal schwer an Trypanosomiasis erkrankt war. Das ist die Schlafkrankheit, die von der Tsetsefliege übertragen wird. Sie hatte diese Krankheit laut Aussage ihrer Mutter nur überlebt, weil man ihrer Tochter jedes Mal sofort ein Medikament verabreicht hatte.

Ich habe die Frau gefragt, ob sie wüsste, welches Medikament das war, und sie sagte, dass es Mel B hieß. Als

ich das hörte, vermutete ich sofort einen Zusammen-
hang mit der Genesung der Patientin. Das Medikament
Mel B ist in Deutschland verboten, weil es Arsen enthält,
einen Stoff, der auch im Rattengift verwendet wird.
Frau Büttgens Mutter hat auch erzählt, dass ihre Tochter
bei ihrer zweiten Erkrankung in Afrika nach der Be-
handlung mit Mel B unter Vergiftungserscheinungen gelitten hatte. Auch, wenn ich mir das nicht vorstellen kann,
aber ihr Körper könnte eine gewisse Immunität gegen
Arsen entwickelt haben. Es gibt einige Berichte darüber,
dass es Menschen geben soll, die gegen bestimmte Gifte
immun sind, doch es fehlen die endgültigen Beweise
dafür. Als Arzt weiß ich, dass es eigentlich unmöglich ist,
aber es wäre die einzige Erklärung. Ich möchte es als
medizinisches Wunder bezeichnen. Diese außergewöhnliche Genesung wird im Kollegium auf jeden Fall das
Gesprächsthema Nummer Eins werden."
„Es ist ein Wunder", ergriff nun die Krankenschwester
das Wort. „Als ich vorhin zu ihrem Zimmer wollte, weil sie
geschellt hatte, kam bereits ihre Mutter aus der Tür. Sie
war auf dem Weg, um mich zu holen und wirkte sehr
panisch. Im Zimmer angekommen, wollte ich zunächst
nicht glauben, was ich sah.
Die Patientin war wach und streckte mir die Hand entgegen. `Ein Handy´, hatte sie gesagt. `Ich brauche
schnell ein Handy. Es geht um Leben und Tod.´ Darauf
hin hatte ich sofort den Doktor verständigt und ihr dann
mein Handy überreicht."
Sie deutete auf Nina.
Dann sagte sie: „Jetzt schläft sie, aber als sie vorhin
telefoniert hat, schien sie hellwach zu sein."

„Mit ihrem Anruf", sagte Söhlbach, „hat sie mir das Leben gerettet."

Der Arzt und die Krankenschwester schauten ihn ungläubig an.

„Ja", erklärte Sven ihnen, „Sie haben richtig gehört. Jemand wollte mich aus Rache töten. Es ist 'ne lange Geschichte, aber dieser Mann hatte meinen Tod genau geplant. Nina war offensichtlich die einzige, die seinen Plan genau kannte. Sie hat meine Kollegen angerufen, um sie darüber zu informieren. Weil diese nach Ninas Anruf so schnell reagiert hatten, bin ich, buchstäblich in letzter Sekunde, dem Tod von der Schippe gesprungen."

„Unglaublich", sagte der Arzt. „Frau Büttgen muss für einen Moment wach geworden sein, und ihre ersten Gedanken waren, Sie zu retten. Es war für sie bestimmt nicht einfach, so bei der Sache zu bleiben. Es hat ihr sehr viel Kraft gekostet sich dermaßen zu konzentrieren. Deshalb ist sie nach dem Telefonat auch sofort erschöpft eingeschlafen."

Er blickte Nina an und sagte: „Unfassbar, aber manche Menschen wachsen in bestimmten Situationen weit über sich hinaus. So, Herr Söhlbach, wir müssen jetzt weiter, denn es gibt auch noch andere Patienten. Ich denke, sie wollen bei ihr bleiben?"

Sven nickte.

Während der Doktor und die Krankenschwester das Zimmer verließen, schob Söhlbach einen Stuhl ganz nah an Ninas Bett heran.

Er setzte sich hin und schaute sie an.

Dann ergriff er ihre Hand, streichelte sie und sagte leise: „Du hast mir das Leben gerettet, mein Schatz. Ich bin so glücklich darüber, dass es dir wieder besser geht. Der

Arzt hat gesagt, du bist ein medizinisches Wunder. Er hat Recht, du bist ein Wunder, du bist der wunderbarste Mensch, den ich kenne. Das alles hat mir gezeigt, wie sehr ich dich brauche. Ohne dich könnte ich nicht mehr leben. Schade, dass du mich mich jetzt nicht hören kannst, denn ich hätte dir noch so viel zu erzählen. Ich liebe dich, mein Schatz."

Er schaute in ihr Gesicht; dieses hübsche und zarte Gesicht, das er so liebte. Bei diesem Anblick huschte ein glückliches Lächeln über seine Lippen.

In dem Moment hatte er das Gefühl, als hätte auch sie im Schlaf für einen kurzen Augenblick gelächelt.

„Ich liebe dich so sehr, mein Schatz", flüsterte er leise.

Dann konnte er die Tränen, die ihm über die Wangen liefen, nicht mehr zurückhalten.

*   *   *

Buchtipp

Dieter Ebels:

Scador – Die vergessene Legende

Der Erfolgsroman, der die Leser aufwühlt

Ein Abenteuer, das entsetzt, schockiert und begeistert.

„Ein spannungsgeladener Thriller, der dem Leser kaum Zeit zum Atmen lässt"

Ebenfalls im BoD-Verlag erschienene Bücher von
Dieter Ebels

Der Brunnenmörder	**Dionisyus**	**Mord am Magic Mountain**
Duisburg-Krimi	Duisburg-Krimi	Duisburg-Krimi

Die Toten vom Wambachsee	**Ruhrmord**	**Thingstätte**
Duisburg-Krimi	Duisburg-Krimi	Duisburg-Krimi

Das Geheimnis des Billriffs	**Die Bestie von Juist**	**Der schwarze Golk**
Inselkrimi Juist	Inselkrimi Juist	Inselkrimi Wangerooge

Das dunkle Vermächtnis
des Kaiserbergs
Duisburg-Krimi

Ghandoya
Das geheime Land
Jugend-Fantasy

Lola
…oder wie man eine
aufblasbare Sexpuppe
ermordet

 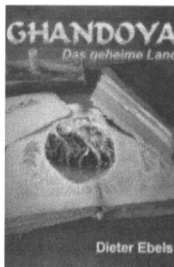 

Rache
Duisburg-Krimi

Helene – Eine Kriegskindheit
Eine wahre Geschichte[*]

[*] Der Krieg, gesehen mit Kinderaugen. Dieser, bereits 2007 auf der Frankfurter Buchmesse neu vorgestellte Erfolgstitel gehört mittlerweile zu den absoluten Buch-Klassikern. Originalauszüge des Buches, welches in die Deutsche Nationalbibliothek aufgenommen wurde, sind sogar zu Lehrzwecken in Geschichtschulbüchern zu finden.